Krischan Koch
Ruhe oder es knallt!

KRISCHAN KOCH

RUHE ODER ES KNALLT!

Roman

dtv

Von Krischan Koch sind bei dtv
außerdem erschienen:

Flucht übers Watt
Venedig sehen und stehlen

Die Fredenbüll-Reihe:
Rote Grütze mit Schuss
Mordseekrabben
Rollmopskommando
Dreimal Tote Tante
Backfischalarm
Pannfisch für den Paten
Mörder mögen keine Matjes
Friedhof der Krustentiere
Der Weiße Heilbutt
Mord im Nord-Ostsee-Express
Schnappt Scholle
Krieg der Seesterne

Originalausgabe 2024
© 2024 dtv Verlagsgesellschaft mbH & Co. KG,
München
Umschlaggestaltung: semper smile, München
Umschlagmotive: shutterstock.com / studiostoks, Ballerion
Satz: Uhl + Massopust, Aalen
Gesetzt aus der Source Serif Pro
Druck und Bindung: GGP Media GmbH, Pößneck
Printed in Germany · ISBN 978-3-423-26395-5

Für Gaby und die Fluglärmschutzbeauftragte

»Wut ist ein Geschenk.«
MAHATMA GANDHI

»Ich bin der Hans-Peter ...« Der schwergewichtige Hüne mit dem schütteren, in die Stirn gekämmten Haar und einem Gesicht wie ein weißer Pfirsich kämpft mit den Worten. »... und ... ich raste manchmal aus.«

Die im Kreis versammelten Teilnehmer der Therapiesitzung nicken verlegen.

»Hallo, Hans-Peter.« Eine der Frauen lächelt milde, ohne ihn richtig anzusehen.

»Sehr schön, Hans-Peter.« Workshop-Leiter Norbert wirft ihm durch die Gläser seiner schwarzgeränderten Riesenbrille einen aufmunternden Blick zu.

»Hallo, Hans-Peter«, murmelt der Rest der Gruppe.

»Hans-Peter, wie geht es dir?« Norbert nimmt die Brille ab und setzt sie in Zeitlupentempo wieder auf.

»Ach, eigentlich ganz gut.« Ein paar Haare kleben verschwitzt auf seiner Stirn. »Ich habe es jetzt schon geschafft, mich an der Supermarktkasse extra an der falschen, zu langen Schlange anzustellen, bei der Kassiererin, die sämtliche Preise nicht weiß ...« Über das Pfirsichgesicht geht ein Zucken »Ich hab mich da angestellt, ohne der Kundin, die mir immer den Einkaufswagen in die Hacken schiebt, die auf ihrem Einkauf thronenden Schokoküsse ins Gesicht zu drücken, und ohne den Rentner, der zehn Stunden im Portemonnaie nach Cent-Stücken kramt, anzuschreien.« Er kommt immer mehr in Rage. »Und ich habe dieser Kassiererin mit den vielen Ringen in der Nase und den Lippen ...«

»... die du vor zwei Wochen noch eine *gepiercte Pissnelke* genannt hast, bevor du ihr einen vollen Bierkasten in ihre Kasse geworfen hast ...«, rekapituliert Norbert mit sanfter, verständnisvoller Stimme.

»... einfach Hallo gesagt ... und meinen Einkauf aufs Kassenband gelegt und ... bezahlt ... Aber als ich dann aus dem Laden raus war, hab ich mich auf der Straße umgedreht und doch noch mal *gepiercte Pissnelke* gesagt. Nur so für mich.«

»Das ist vollkommen in Ordnung, Hans-Peter.« Er wendet sich der nächsten Teilnehmerin zu.

»Und wie geht es dir, Tatjana? Vor allem, wie geht es deiner Freundin ...?«

»Freundin?«, protestiert sie. »Hallo! Das ist die Geliebte meines Mannes. Die beiden hab ich zusammen in unserem Schlafzimmer erwischt!« Tatjana schießt kurz die Wut in den Kopf, dann hat sie sich wieder gefangen. »Es geht ihr schon viel besser. Der Oberarzt im Krankenhaus ist ganz zufrieden.«

»Denn Brandwunden sind nicht ganz ohne.« Der Norbert setzt eine mitfühlende Miene auf. »Und auch du arbeitest daran?«

»Ja, ich habe auch schon wieder gebügelt. Und wenn ich das heiße Bügeleisen in der Hand habe ... also das, das ich Charline neulich voll ins Gesicht gedrückt ...« Tatjana wirkt plötzlich erregt. »Also, das macht schon etwas mit mir ...« Was genau, weiß sie im Augenblick auch nicht so recht.

»Bügeln, ah, ja.« Norbert nickt. »Du hast das richtige Gespür. Wut hat eine enorme Kraft, du musst sie konstruktiv nutzen.« Er harkt sich die Haare aus der Stirn. »Leider gibt es in unserer Gesellschaft keinen gesunden Umgang mit diesem kraftvollen Gefühl. Die meisten haben destruktive Mechanismen verinnerlicht, um damit umzugehen. Die wenigsten wissen dieses Gefühl zu schätzen. Wut ist eine wichtige innere Kraft, die wir für ein erfülltes Leben brauchen. Eine gute Wut-Life-Balance sozusagen.«

»Einfach mal rauslassen«, platzt Henry unvermittelt und laut dazwischen.

»Henry?!« Norbert blickt ihn auffordernd an.

»Ja, ich bin Henry, und ... wie gesagt ...«

»Du hast da ja einen sehr offenen, zupackenden Umgang mit dem Thema gewählt. Und du bist dabei bereit, Grenzen zu überschreiten. Darüber werden wir noch gemeinsam sprechen.«

Einige nicken, ein paar andere blicken verlegen zu Boden.

Norbert wirft einen Blick in die Runde. »Ihr habt schon gesehen, wir haben ein neues Gesicht in unserer Gemeinschaft«, raunt der Antiaggressionsguru mit gedämpfter, aber eindringlicher Stimme. Er streicht sich die wirren Haare wieder zurück, einmal quer über die Stirn. Sein Blick bleibt bei Richy hängen. Er nickt ihm aufmunternd zu. Doch der reagiert nicht.

»Also, das ist der Klaus.« Norberts Nicken wird deutlicher, sodass ihm die schwere Brille halb von der Nase rutscht.

Richy zuckt zusammen, als habe es ihm die Sprache verschlagen. Aber dann scheint er sich darauf zu besinnen, warum er hier ist.

»Ja, ich heiße Klaus, Klaus Richards ... Aber die meisten nennen mich Richy.«

»Sehr schön, Richy.«

»Hallo, Richy«, raunt die Runde im Chor.

Norbert strahlt ihn durch seine Riesenbrille an. »Richy, magst du uns erzählen, warum du hier bist?«

TEIL EINS

1

Das durchdringende Heulen lässt ihn hochschrecken. Richy sitzt sofort aufrecht im Bett, und er weiß, dass da draußen eine feindliche Welt wartet. Automatisch wirft er einen Blick auf die Uhr. Halb sieben, danach kann er die Uhr stellen. Er reißt das Fenster auf und blickt aus dem zweiten Stock nach unten. Da steht er, sein Intimfeind Kevin Knappek, inmitten der verwelkten, über den kleinen Hof wirbelnden Lindenblüten. Den Echo PB 8010, genannt *The Beast*, den Power-Bläser für den rauen Dauereinsatz im freien Gelände, hat er auf den Rücken geschnallt. Mit dem dicken Rohr wedelt er unter den Müllcontainern herum.

»Weißt du, wie spät das ist!?«, schreit Richy zu ihm hinunter.

Knappek reagiert nicht. Er zieht den Gashahn auf, das »Beast« brüllt, unter den Müllbehältern stäuben die Lindenblüten heraus.

»Vor sieben ist das verboten!« Richy muss gegen den Bläser anschreien. »Lärmschutzgesetz! Und mit dem Monster darfst du auch zwischen sieben und neun noch nicht!«

»Willst du mir etwa sagen, wann ich meine Arbeit zu machen hab?«, brüllt Knappek zurück und verzieht dabei keine Miene. Er blickt teilnahmslos aus müden Augen in einem, wie ein Nappaleder-Rucksack, schlapp und großporig braungegerbten Gesicht zu ihm hoch.

Richy knallt das Fenster zu. Für einen ausgiebigeren Disput mit Kevin ist es noch zu früh. Aber in ihm kocht es bereits. Kevin und sein Echo PB sind für ihn ein rotes Tuch, eines von vielen. Für Klaus Richards hängt der ganze Stadtteil voll roter Tücher. In dem Moment schrillt von der Straßenseite schon das metallene Ächzen und Kratzen eines Schaufelbaggers vom Stromnetz Hamburg in die Wohnung herauf, und beim ersten Airbus im Sinkflug ist Richy auf Betriebstemperatur.

Noch vor dem Zähneputzen und dem ersten Kaffee greift er zum Handy und ruft die Nummer von Frau Ölmann-Rust auf. Früher hatte er die Nummern seiner Frau, seines Sohnes und seines besten Freundes als Favoriten auf dem Handy gespeichert. Inzwischen findet sich dort nur noch die Nummer der Hamburger Fluglärmschutzbeauftragten. Doch Frau Ölmann-Rust ist noch nicht am Platz. Richy schreit ihr aufs Band.

»Verdammte Scheiße. Ich halte das nich mehr aus!«

2

Richy nimmt für eine Weile die Ohrstöpsel heraus. Für alle Aktivitäten außer Haus nimmt er schon seit längerem Ohrstöpsel, mittlerweile braucht er sie auch zuhause. Er fährt sich durch die angegrauten, immer noch kräftigen Haare, die widerspenstig vom Kopf abstehen, auch wenn er sich gekämmt hat, und dreht sich die erste Zigarette des Tages. Das Formen des Tabaks in dem dünnen Zigarettenpapier und das Drehen mit Daumen, Zeige- und Mittelfinger lassen ihn wenigstens für einen Moment runterkommen. Richy leckt das Papier an. Noch während er den bittersüßen Geschmack der Gummierung auf der Zunge hat, schallt der nächste Airbus über den Block. Das Grollen fängt sich in der engen Straßenzeile, als wolle die Maschine zur Landung auf der Ottenser Hauptstraße ansetzen. Und dann erkennt er die bullige Delphinschnauze einer Beluga XL. Der unverkennbare Sound dröhnt ihm in den Ohren, aber der erste tief inhalierte Zug aus dem etwas zu stramm gedrehten Halfzware dämpft das Geräusch in seinem Kopf.

Gegen die ersten beiden Betonlaster, die an der Baustelle für die szenigen Townhouses vorfahren, hat die Selbstgedrehte aber keine Chance mehr. Im Duo mit dem Schaufelbagger vom Stromnetz Hamburg bringt der

Betonmischer sämtliche Wände der Umgebung zum Vibrieren. Das gesamte Viertel ist schon mal wach, bevor die Bauarbeiter in die ausgedehnte Frühstückspause gehen.

Dann ist es auf einmal ruhig. Richards öffnet eines der Fenster zur Straße. Die Wohnung hat sich in den letzten, viel zu heißen Juniwochen aufgeheizt. Aber jetzt kommt von draußen ein angenehmer Luftzug herein. Richy bläst den Zigarettenrauch in den kühlen Morgen, streicht sich über das unrasierte Kinn und sieht hinunter. Der orangene Schaufelbagger steht mit abgeschaltetem Motor ein Stück von seinem Hauseingang entfernt. Das Frühstücksvolk, das tagsüber unten im Café »Die Milchmädchen« mit ihren Kinderwagen zwischen den Sitzgruppen den Fußweg versperrt, ist noch nicht angerückt. Die Helikoptermütter und -väter sind noch damit beschäftigt, die Kinder in die Schule zu karren.

Auch Angie schraubt auf dem Hinterhof zu früher Stunde noch nicht am Schalldämpfer ihrer Moto Guzzi herum. Das museumsreife Motorrad schlummert still in der Garage. Und von Fricco ist ebenfalls nichts zu hören. Der reizende Pitbull des Vermietersohnes kläfft sonst ganze Nachmittage im Hof und verrichtet dabei gleich noch sein Geschäft. Beim Müllherunterbringen tritt Richy regelmäßig in die Haufen, die sich dann den direkten Weg in die Sohlenprofile seiner alten Tennisschuhe suchen. Und beschweren mag man sich bei dem Tier auch nicht, wenn es einen aus seinen kleinen Augen in dem kahlen Kopf mit der fliehenden Stirn provozierend und angriffslustig angafft.

In der Wohnung unter Richy ist es ebenfalls noch ruhig. Dort wohnt die schwerhörige Rentnerin Frau A. Horn, so steht es auf dem polierten Messingtürschild, weshalb Richy sie seit Urzeiten Frau AHorn nennt. Von Frau AHorn ist den Tag über nichts zu hören, bis sie am Nachmittag den Fernseher anschaltet. Dann scheinen sich die alten Holzdielen in Richys Wohnung ein Stück zu heben, wie die Membranen einer Lautsprecherbox. Der Sound ihres Fernsehers ist beachtlich, sodass auch Richy nach Folge fünfhundertdreißig über die Entwicklungen in ›Rote Rosen‹ immer auf dem Laufenden ist. Bis zu ihrer Rente hatte Frau AHorn die kleine Filiale der Hamburger Volksbank direkt unter ihrer Wohnung im selben Haus geleitet. Im Grunde war sie die einzige Mitarbeiterin dieser Zweigstelle mit der nostalgischen Ausstattung der frühen neunzehnhundertsechziger Jahre, noch ohne Panzerglas vor dem Schalter. Für den Fall der Fälle hatte sie angeblich eine Pistole unter dem Geldfach liegen. Richy hatte dort in WG-Zeiten sein stets leicht überzogenes Konto. Mit Frau AHorns Renteneintritt war die Volksbankfiliale in der Ottenser Hauptstraße geschlossen worden. Jetzt residieren die »Milchmädchen« dort.

Auch aus der Wohnung über ihm ist noch nichts zu hören. Jürgen schläft gern etwas länger. Doch wenn er nachmittags und gern auch in den Abendstunden seiner Profession nachgeht, wird es ungemütlich. Bei einer Studienreise durch Westafrika hat Jürgen sich in einem Workshop in Burkina Fasos Hauptstadt Ouagadougou in die Technik der Djembe-Trommel einweisen lassen. Nach

ein paar dürftig besuchten Soloabenden in verschiedenen Kulturzentren der holsteinischen Provinz hat er sich
umorientiert und veranstaltet jetzt bestens gebuchte
Events: »Mobiles Trommeln für Kind und Kegel«. In der
Regel trommelt Jürgen auswärts, aber manchmal findet
die Session auch zuhause statt. »Ein Wahnsinn, was da so
abgeht«, schwärmt der Djembe-Virtuose. Auch zwischen
Richy und Jürgen ist schon ein paarmal der Wahnsinn
abgegangen. Als Gegenmaßnahme legt Richy nachts mal
die Sex Pistols auf, was wiederum bei den Trommlern
gar nicht gut ankommt. Jürgen wohnt mit zwei Frauen
zusammen, die normalerweise sanft und etwas wegge-
treten lächeln. Aber an der einfelligen Bechertrommel
verwandeln sie sich in Furien. »Eigentlich schade, dass
der Klaus nicht mittrommelt«, findet die blondere der
beiden. Da könnte Richy gleich wieder ausrasten. Dass
sie ihn Klaus nennt, ist schon schlimm genug, aber *der*
Klaus, das ist zu viel.

Für einen Moment könnte Richards die Ruhe genie-
ßen. Aber er traut dem Frieden nicht. Alles still, verdammt noch mal, das gibt es doch nicht. Er bläst den
Rauch nach draußen und drückt die Filterlose aus. Er hat
keine Lust, sich zu rasieren, rasiert sich aber trotzdem.
Er putzt sich die Zähne, duscht und präpariert die italie-
nische Espressokanne. Und dann hört er schon durch das
offene Fenster zur Straße, dass er beim Espresso nicht
allein ist.

»Carlotta, für dich 'ne Latte?«, schallt es von den
»Milchmädchen« nach oben durch Richys offenes Fens-

ter. »Mit Hafer? Oder mit Erbsenmilch? Hast du doch neulich probiert und hast du gemocht.«

»Ja, mega lecker. Und Kuhmilch ist doch voll der Klimakiller. Genau!« Dieses übereifrige, ständig eingestreute »Genau« bringt Richy sofort auf die Palme. Und dann auch noch der darunterliegende, zur rosa Wand passende Musikbrei wie aus einer Nicholas-Sparks-Verfilmung. Er muss diesen Mix nur hören und hat schon keine Lust mehr auf einen morgendlichen Kaffee. Die Latte-Macchiato-Helikopter-Mütter gehen ihm schon lange auf den Geist. Die Väter mit den Wollmützen im Sommer und ihren stolz vor den Bauch geschnallten Kleinkindern sind fast noch schlimmer. Und dann erst die Großmütter, die sich die auf Saallautstärke gestellten Videos ihrer Enkel zeigen und damit alle Gespräche an sämtlichen Cafétischen ersticken.

»Na, Carlotta, hast du Heinrich gut in der Schule abgeliefert?« Ober-Milchmädchen Sabrina serviert offenbar gerade den Erbsen-Macchiato. »Wollte er nicht mit dem Rad fahren?«

Richys Espressokanne beginnt derweil leise zu röcheln.

»Oh nee, das ging gar nich, ich musste das Auto rausholen und Heinrich fahren. Meine Wetter-App hat vierzig Prozent Regen angezeigt.« Die Mutter klingt regelrecht aufgebracht.

Warum bitte soll es heute auf einmal regnen? Es hat seit Wochen nicht geregnet, brummt Richy zu sich selbst. Und wenn schon, dann macht das Kind mal die spannende Erfahrung von Regentropfen auf der Haut. Er nimmt die Espressokanne vom Herd, während der nächste Airbus die Ruhe durchschneidet. Er stürzt zum Fenster und sieht nach oben. Ein A350.

Mittlerweile hat sich die nächste Mutter bei den »Milchmädchen« eingefunden. Richy kann die Frauen mit den einheitlich langen blonden Haaren, den gestylten Augenbrauen und den Sportklamotten aus recycelter Baumwolle kaum mehr auseinanderhalten. Na ja, Carlottas Haare sind eher rotblond, und sie sieht besser aus als die anderen, findet Richy. Doch deshalb geht sie ihm nicht weniger auf die Nerven.

»Was ist mit deinen Augenbrauen, Carlotta?«, fällt einer Freundin auf. »Du hast was gemacht?«

»*Fluffy Brows*, genau. Jetzt ist der natürliche Look angesagt.«

Und dann wird die Augenbrauendiskussion auch schon von einer anderen Mutter unterbrochen. »Hat der Heinrich vielleicht Lust, am Sonntag zum Marmelade-Einkochen in den Schrebergarten zu kommen?«

»Marmelade?!« Carlotta klingt alarmiert. »Oh nee, voll schade, aber am Sonntag hat er ein Hockeyspiel. Außerdem ist Marmelade für den Heinrich ein *No-Go*, genau.«

»Marmelade?« Arglos nimmt die Freundin das böse Wort in den Mund.

»Du weißt doch, wir achten auf die Ernährung. Kein Zucker und kein Gluten.« Der Ton der alleinerziehenden Carlotta wird strenger.

»Gluten, safe.« Die andere Mutter nickt und schüttet ein ganzes Tütchen braunen Zucker in ihre Latte.

»Sorry wegen des Marmeladensonntags.« Carlotta klingt schon wieder versöhnlicher. »Eigentlich total süß von dir die Idee.«

»Alles gut.« Obwohl er sie gar nicht sehen kann, hat Richy gleich den angespannt relaxten Gesichtsausdruck der Freundin vor Augen.

»Nix ist gut!«, ruft er zum Café hinunter. »Macchiato-Schnepfen!«, brummt er in sich hinein. Speziell die Stammgäste Carlotta und ihren verzogenen Sprössling Heinrich hat er gefressen. Und vor allem dieses ewige »genau« und »alles gut«. Nein, eben nicht! Nichts ist gut!

Dann haben die Jungs vom Stromnetz Hamburg die Frühstückspause beendet und den Schaufelbagger angeworfen. Gebaggert wird noch nicht, aber der Motor läuft schon mal. Der Fahrer zündet sich in aller Ruhe eine Zigarette an und wartet auf die Kollegen. Zur Abwechslung dröhnen der nächste A320 und eine Beluga über das Viertel und setzen zur Landung an. Von allen Seiten schallt es auf ihn ein. Richy könnte ausrasten. Er weiß nicht, wo ihm der Kopf steht.

»Wie stellen Sie sich das eigentlich vor?« Diesmal hat er Frau Ölmann-Rust gleich dran. »Heute ist es besonders schlimm. Mehrere A350, ein 320 und schon die dritte Beluga. Dabei haben wir leichten Südostwind, da gibt es keinen Landeanflug über Altona. Wissen Sie, was B-e-l-u-g-a bedeutet?« Richy wechselt allmählich in den Schreimodus.

»Beluga? So nennt man den Weißwal, der dem Flugzeug den Namen gegeben hat. Wegen der typischen Schnauze.« Die Fluglärmschutzbeauftragte klingt freundlich routiniert.

Das bringt Richy erst richtig in Wallung. »Und wissen Sie, was es für den Weißwal bedeutet, wenn Sie die ganzen Maschinen kreuz und quer durch die Welt fliegen lassen?«

»Herr Richards, ich lasse hier gar nichts fliegen.« Sie wird im Ton jetzt auch etwas bestimmter.

»Verdammte Scheiße, Frau Ölmann!« Das »Rust« unterschlägt er, als könne er ihr damit eins auswischen. »Wir reden täglich von einer Energiewende ... in allen Medien. Und diese Idioten müssen nach Mallorca fliegen oder zum Businessmeeting nach Frankfurt. Sollen sie doch mit der Bahn fahren. Und die Ballermann-Proleten können sich zuhause besaufen!« Richy kommt immer mehr in Fahrt. »Wenn ihr noch mehr Belugas durch die Gegend fliegen lasst, können wir bald einpacken. Die Weißwale sind durch den Klimawandel bedroht! Die fliegenden Belugas killen die echten Belugas ... und mich bald auch!«

»Herr Richards, ich habe Ihre Einwände dokumen...« Dann bricht die Verbindung ab. Richy hat wütend den roten Button gedrückt.

3

Klaus Richards lebt seit Jahrzehnten in der großen Ottenser Altbauwohnung. Viele Jahre hatten er, Marion, Armin und Anja sich die geräumigen Zimmer mit den hohen Stuckdecken geteilt. Da war er noch ein umgänglicher, geselliger Typ. Die politischen Initiativen im Stadtteil und die nächtlichen Küchensitzungen bei einem Rotwein namens »Maître Simon« hatten die vier WG-Mitglieder zusammengeschweißt. Sie hatten Konzerte, Kunstausstellungen und Lesungen organisiert und Initiativen gegen die Umwandlung der Altbauten in Eigentumswohnungen gestartet. Seit etlichen Jahren besitzen die Mitkämpfer von einst selbst so eine Wohnung.

Irgendwann wurden Marion und er ein Paar, und nachdem ihr gemeinsamer Sohn Lars zur Welt gekommen war, verließen die beiden anderen nacheinander die WG. Armin hatte danach auf dem Land eine Werkstatt für edle, handgefertigte Schaukeln aus heimischen Hölzern betrieben. Inzwischen sind die Kids in den Elbvororten und den Alstervillen ausreichend mit Kirschholzschaukeln versorgt, und Armin hat auf edle Weine umgesattelt. Zwischenzeitlich hatte er sich als Autor für die Kulturnotizen lokaler Anzeigenblätter über Wasser gehalten. Seine beiden, in sehr kleiner Auflage erschienenen

Gedichtbände waren auch im Freundeskreis auf verhaltene Resonanz gestoßen. Im fortgeschrittenen Alter hat er jetzt sein Metier gefunden, die Wein-Journaille, in Verbindung mit einem exquisiten Weinhandel und Verkostungsabenden, bei denen in Geschmacksassoziationen von rotem Schiefer, Löss-Lehm, Leder und Petroleumnoten geschwelgt wird. Armins prägnante Nase prädestiniert ihn für große Weine und große Visionen. Seine poetischen Ambitionen hat er deswegen noch nicht ganz aufgegeben. Anja hat derweil von der Physio- auf Tanztherapie umgesattelt und wechselt im Semestertakt ihre Liebhaber, die von Workshop zu Workshop immer jünger werden.

Auch Marion und ihr gemeinsamer Sohn Lars hatten die Lebensgemeinschaft mit Richy vor etlichen Jahren verlassen. Zum Schluss hatte es nur noch Streit gegeben. Richy waren Marions politisch überkorrekte Pedanterie und Lars' permanente Brotbackerei auf den Geist gegangen. Überall in der Wohnung gärte ein Sauerteig vor sich hin, ständig klingelten die Eieruhren. Marion wiederum konnte Richys Nörgeleien und zunehmende Wutanfälle schlicht nicht mehr ertragen. »Unsere Beziehung ist toxisch«, hatte sie gesagt. Alle schwadronieren inzwischen über toxische Beziehungen. Richy schüttelt den Kopf. Inzwischen lebt Marion mit einem neuen Partner in einem Halstenbeker Reihenhaus, und Lars hat gerade ein Maschinenbaustudium in Hannover begonnen.

Der Kunst- und Gemeinschaftskundelehrer Klaus Richards ist nach einem Wutanfall vor versammelter Klasse auf Anraten der Behörde vorzeitig aus dem Schuldienst ausgetreten. Nach einer endlosen Zensuren-Diskussion über eine dilettantisch zusammengehauene Plastik aus Ton hatte er dem schnöseligen Schüler den klebrigen Klumpen auf sein gebügeltes Poloshirt gepfeffert. Immerhin fünfundzwanzig Jahre hatte er es als Lehrer in dem renommierten, ehemals altsprachlichen Gymnasium drei Kilometer westlich von seiner Wohnung ausgehalten. Nach eindringlichem Rat des verständnisvollen Schulleiters und nach Feststellung der Dienstunfähigkeit durch Amtsarzt Doktor Dohse, einem alten Klassenkameraden, ist er jetzt in Frühpension mit deutlich reduzierten Bezügen. Seitdem hat Richy seine Aktivitäten auf Beschwerden und Beschimpfungen verlegt.

Eigentlich hatte er seinen Job immer gemocht. In den ersten Jahren hatte er sich von seinen Altonaer Freunden vorhalten lassen müssen, dass er nicht in einem der Hamburger Problemstadtteile unterrichtete. Aber das Referendariat in dem sozialen Brennpunkt Mümmelmannsberg hatte ihm gereicht. Die verwöhnten Gören in den Elbvororten fand er zwar auch oft genug zum Kotzen. Aber sie waren pflegeleicht, und manche zeigten wirklich Interesse. Ein paar der Mädchen hatten die schräge Type aus Altona mit den verstrubbelten Haaren und der immergleichen speckigen Fliegerjacke aus dem Zweiten Weltkrieg, die er von seinem Großvater geerbt hat, sogar ein bisschen angehimmelt. Er sieht ja auch nicht schlecht aus, findet Richy. Und er ist immer noch ganz gut in Form, auch wenn er kein Judo mehr machte.

Zumindest seine ausgelatschten Adidas »Stan Smith« aus den Neunzigern hatten bei den Schülerinnen stets für Beachtung gesorgt. In der angesagten makellos weißen Retroversion trägt diese Tennisschuhe heute jeder männliche Talkshowgast. Seine dreißig Jahre alten Dinger sind dagegen wirklich cool. Allein die Hundescheiße in den Profilsohlen schmälert die Coolness etwas.

Bei den Schülerinnen und Schülern hatte er keine schlechte Figur gemacht. Nein, in seiner Schule waren die Eltern das Problem. Sobald einer ihrer hochbegabten Sprösslinge nur eine mehr als wohlwollende Zwei in Kunst für eine verunglückte Kollage bekommen hatte, tanzten die aufgebrachten Eltern bei ihm an und drohten erst mit der Schulbehörde und anschließend mit dem Anwalt. Die Kids durften keinen Schritt alleine machen. Er hat den Eindruck, seitdem er den Schuldienst quittiert hat, ist es noch schlimmer geworden. In seiner Schule haben sie deshalb eine *Kiss-and-Go*-Zone eingerichtet, um die übermotivierten Eltern wenigstens aus dem Klassenzimmer fernzuhalten. Mit dem Thema ist Richy durch. Doch das stimmt eigentlich nicht. Diese Helikopter-Eltern schwirren ständig bei den »Milchmädchen« vor seiner Nase herum.

Carlotta versetzt ihn fast täglich in seine alte Schule zurück. Heinrichs Mutter befindet sich offenbar in einem erbitterten, immer mehr ausufernden Krieg mit dem nicht mehr ganz jungen Doktor Dreesen, Chemie und Biologie, den Richy aus seinem Schuldienst noch bestens kennt. Nachdem Dreesen den dreisten Täuschungsversuch des sensiblen Kindes mit einer Fünf quittiert hatte, drohte die aufgebrachte Mutter mit Dienstaufsichtsbeschwerde und anlässlich eines wenig klärenden Gesprächs schließlich sogar mit Handgreiflichkeiten. Vor ewigen Zeiten hatte Carlotta mal die chinesische Kampfkunst Tai-Chi, und zwar in der Version mit der Stockwaffe, praktiziert. Sollte Carlotta auf dem Weg von der Helikopter- zur Rasenmäher-Mutter sein? Am liebsten würde sie auch beim Hockey für ihren Sohn die gegnerischen Spieler umsäbeln. Heinrich hat sowieso wenig Lust zum Hockey. Er verbringt die Tage und neuerdings auch die Nächte lieber vor dem Computer.

Nicht nur Richys Leben, auch sein ganzes Viertel hat sich verändert. Nichts ist mehr, wie es war. In seiner alten Kneipe, gegenüber der Kita »Wurzelwichtel«, residiert eines der unzähligen hyggeligen Cafés mit jährlich wechselnder Bewirtung, neuen Tapeten in Pastelltönen und neuem Namen. Momentan heißt es »Waffelwahn«. Im Sommer ist der Gehweg mit Tischen aus Rohholzkisten, Kinderwagen und Fahrrädern mit Anhänger zugeparkt, sofern zwischen den rot-weiß gestreiften Baustellenbarken und Schrankenzäunen überhaupt noch Platz bleibt. Vor zwanzig Jahren hatte Richards ja selbst für eine Verkehrsberuhigung gekämpft, aber dies hat er so nicht gewollt.

Die alten Geschäfte sind verschwunden. Es gibt keinen Schlachter mehr, der Fischladen, in dem seine Eltern und Großeltern schon eingekauft haben, ist lange weg. »Schirm-Ehlers« und »Waffen-Ritter«, wo er als Jugendlicher im Schaufenster die Messer und Kleinkaliberwaffen bestaunt hat, haben dichtgemacht. Inzwischen hätte Richy Bedarf. Und die ganzen alten Kneipen, »Vogel« oder »Subotnik« und vor allem die Malocher-Pinten wie »Min Jung« oder »Bei Irmi«, die es früher an jeder Ecke gab, sind alle nicht mehr da. Stattdessen gibt es jetzt fünf Friseursalons, die hippe Backmanufaktur »Zeit für Brot«, die »Weingarage«, wo Armin ab und zu seine Verkostungen veranstaltet, und »Schönes aus Papier und Filz«. In dem Nuss-Shop mit dem oberwitzigen Namen »Kernenergie« kosten die gerösteten Erdnüsse das Sechsfache einer »Ültjes«-Tüte, die Differenz muss der Kunde für die Erzählung von Nachhaltigkeit und geheimnisvollen Röstprozessen bezahlen. »Tauch ein in die Welt der (Ge) Nüsse.« Allein schon bei diesem Wortspiel würde Richy, statt in die Nussmischung »Indian Dream«, lieber in die nächste Tischkante beißen. Dafür reicht ihm schon der Begriff Nachhaltigkeit. Alles ist nachhaltig inzwischen, sogar Flugreisen und Aktienfonds.

Klaus Richards fühlt sich wie ein Fremder in seinem Viertel. Er muss sich beherrschen, nicht eine Bombe in diese hippen Schuppen zu werfen. Nur bei dem vor wenigen Wochen neu eröffneten Klamottenladen »Fein und Ripp« hat er dann doch gestutzt. »Modisch können sich Feinripp und Doppelripp sehen lassen. Angenehm auf der Haut, ermöglicht eine Luftzirkulation und ist deutlich bewegungsgerechter.« Ein bisschen Zirkulation in Hemd und Hose ist ja nicht verkehrt, brummt Richy. Fein- und Doppelripp der Firma Schiesser, in seiner Kindheit das Synonym für Schrebergärtner im Unterhemd, hat offenbar den perfekten Trend-Turnaround geschafft. Und die Aura des Afghanen-Mantels, den Klaus in seiner Jugend ein paar Häuser weiter erstanden hatte, war tatsächlich nicht unbedingt frischer und vermutlich nicht halb so nachhaltig.

Im Laden fällt ihm gleich das buntkarierte Flanellhemd für »Malocher im Herzen« auf. »Aus strapazierfähigem Twill, der gern rücklings über den Werkzeugkasten scheuert, als habe das Hemd schon Garagenluft geschnuppert.« Durch die offene Ladentür hört er das Ächzen des Schaufelbaggers.

»Jetzt wird gehobelt.« Der Servicekraft klebt das Grinsen wie aufgebügelt im Gesicht. Dabei hat der Hänfling in Tischlerhose mit dem »richtigen Tiefgang« garantiert noch nie einen Hobel in der Hand gehabt. Richy wirft ihm einen missbilligenden Blick zu. Einen Moment zögert er, aber dann ringt er sich zu zwei grauen T-Shirts in Doppelripp durch.

»Voll die gute Wahl«, flötet der Tischler. »Sehr nice, auch gerade für deine Generation.«

Dafür würde Richy ihm passend zum Gewerk am liebsten gleich eine reinzimmern. Stattdessen pfeffert er übellaunig seine EC-Karte auf den Rauspund-Tresen.

4

Seit zwei Monaten wird in der Straße wieder gegraben, gefräst und verdichtet. Das Verlegen der neuen Stromkabel zieht sich. Das ist nichts Besonderes, vor zwei Jahren hatten sie neue Wasserleitungen verlegt, drei Jahre davor Abwasserrohre. Immer war die Straße aufgerissen und erneut geschlossen worden. Richy ist im Daueralarm.

Vor zwei Wochen hatte er sich bei dem Baggerfahrer erkundigt, wann denn mit den Grabungsarbeiten direkt vor seiner Tür zu rechnen sei. Zu der Zeit will er das Weite suchen und sich vielleicht für ein paar Tage bei Armin in seinem Weinlager auf dem Lande einmieten. »Keine Panik!«, hatte der Mann von seinem Fahrersitz heruntergeschrien, als könne Richy es gar nicht abwarten, dass der Bagger endlich auch zu ihm kommt.

Der Dicke in Orange und sein Minibagger bilden eine harmonische Einheit. Auch zum Bäcker fährt er im Raupenfahrzeug, er frühstückt, raucht, liest Zeitung und diskutiert den letzten, in der Nachspielzeit verpassten Sieg des HSV auf dem Sitz seines Fahrzeugs. Er hat sich hier bestens eingelebt und scheint den Stadtteil gar nicht mehr verlassen zu wollen. Kürzlich hat Richy ihn in angeregtem Gespräch mit Angie von seinem Hinterhof gesehen. Angie saß auf ihrer Moto Guzzi und »Keine Panik«

auf seinem Bagger. Er rauchte, sie lachte, die beiden verstanden sich offensichtlich bestens. Hier formiert sich eine Verschwörung gegen ihn, da ist sich Richy sicher.

Er steht mit beiden auf Kriegsfuß. Angie hat er früher des Öfteren immer mal im Viertel gesehen, aber auf die Nerven geht sie ihm erst seit zwei Jahren, seit sie die Garage im Hinterhof gemietet hat und nach Feierabend und an den Wochenenden an ihrer Moto Guzzi mit abgenommenem Schalldämpfer herumschraubt. Sie haben sich alle gegen ihn verbündet. Angie, »Keine Panik« und vor allem Kevin und das »Biest«. Auch heute waren die beiden wie jeden Morgen in Aktion, und dabei war diesmal auch noch der Hausbesitzer Herr Hermann mit im Spiel.

»Ja, ja, Herr Hermann, schlimm is dat mit der Linde. Jedes Jahr dasselbe.« Der Vermieter war nicht zu verstehen. Gegen das Gebläse konnte man nur Kevin hören.

Richy weiß gar nicht, was er schlimmer findet, den Sound des Laubbläsers oder das servile »Alles klar, Herr Hermann.« In Kevins breitestem Hamburgisch klingt es wie »Hä Hämann«. Vor ein paar Jahren noch hat Knappek den Hof gefegt. Das Schüüh-schüüh-schüüh der harten Besenborsten auf dem Asphalt begleitet von dem wiederholten »Ja, ja, Hä Hämann« hatte Richards fast genauso aufgeregt wie jetzt der Laubpuster. Dabei ist der ältere Hausbesitzer im Grunde genommen ein ganz verträglicher Typ. Wenn er nur nicht dieses Faible für heilpraktizierende oder trommelnde Mieter oder Frauen mit einer alten Moto Guzzi hätte. Aber bei Mieterhöhungen hält er sich netterweise zurück. Sonst könnte Richy sich mit seiner reduzierten Lehrerpension die große Wohnung gar nicht mehr leisten. Nur bei den Lindenblüten und Blättern kennt Hermann kein Pardon. Und sein Sohn, der seinen SUV in einer der Garagen parkt und jetzt eine zweite Garage für seinen neu erstandenen Oldtimer beansprucht, sorgt für neue Probleme. Mit seinem geländegängigen Vierradantrieb hat er schon ein neben den Garagen abgestelltes Fahrrad plattgefahren, und Herrchen kümmert es nicht im Geringsten, wenn sein kläffender Pitbull sämtliche Geschäfte auf dem Hof erledigt. Die Töle scheint sich dafür alles aufzusparen.

Jetzt braucht sein edles Mercedes Cabriolet, Baujahr 1969, mit dem er abends durch Ottensen und die Elbvororte cruist, unbedingt eine Garage. Und zwar die Garage, in der Angie ihre Guzzi stehen hat. Am letzten Wochenende schraubte sie gerade an ihrem Motorrad herum. Der Motor lief mal wieder den halben Vormittag ohne Schalldämpfer zur Probe, da donnerte auch der Vermietersohn mit dem silbergrauen SE in überhöhter Geschwindigkeit auf den Hof. Gleich darauf waren die beiden in heftigem Disput. Das war so laut, dass Richy es zwangsläufig mitbekam. Alles verstehen konnte er nicht, nur einzelne Sätze. Die Motoren der beiden Oldtimer liefen die ganze Zeit weiter. Das rhythmische Hämmern der alten Maschinen hallte durch den Hof. Es ging natürlich um die Garage, die Angie räumen sollte.

»Ich hab einen Vertrag mit deinem Vater!«, schrie sie ihn an.

»Den kann man bei einer Garage jederzeit kurzfristig kündigen!«, moserte er. »Garage ist keine Wohnung. Oder wohnst du hier in der Garage? Dann fliegst du Rockerbraut hier gleich raus.«

»Ich soll hier rausfliegen? Du Schnösel hast hier gar nichts zu melden«, motzte sie zurück.

Die beiden pöbelten sich immer lauter an. Vor allem Angie flippte aus. So hatte Richy sie noch nie erlebt.

»Mach den Abgang, du Flachzange!« Gleichzeitig hatte sie plötzlich einen Riesenschraubenschlüssel in der Hand. Sie fuchtelte damit eine Weile in der Luft herum. Es sah aus, als wollte sie damit auf ihn losgehen. Einen Moment lang baute Hermann junior sich vor ihr auf, aber dann drehte er lieber ab, flüchtete sich auf den Ledersitz seines 220 SE, pfiff seinen Hund zurück, wendete umständlich und preschte vom Hof.

»Sieh zu, dass du Land gewinnst«, rief sie ihm noch hinterher, als er durch den Torbogen donnerte. Irgendwie fand Richy es sogar beruhigend, dass er nicht der Einzige war, der hier ausrastete.

Nach der üblichen Laubbläser-Arie am Morgen ist es vom Hof heute ruhig. Jetzt kommt der Krach von der Straße, und zwar gewaltig. Am Morgen hatte er noch mitbekommen, wie eine junge Mutter mit der »Milchmädchen«-Chefin Sabrina die großen Feierlichkeiten für den ersten Geburtstag ihres Babys im Café plante. Gleich danach legten die Jungs vom Stromnetz Hamburg los. »Keine Panik« war inzwischen ein ganzes Stück näher gerückt. Seit einer Stunde ist außerdem sein Kollege mit dem Presslufthammer in Aktion. Richards kann keinen klaren Gedanken fassen. Er stürzt nach unten. Der Mann am Presslufthammer trägt Ohrenschützer. Der Kollege sitzt ungerührt auf seinem Minibagger und raucht.

»Wie lange soll der Scheiß hier noch gehen?«, schreit Richy zu ihm hoch.

Der Fahrer deutet an, dass er ihn nicht versteht. Er gibt dem Kollegen ein Zeichen, dass er sein Gerät kurz abstellt.

»Wie lange soll der Irrsinn hier noch weitergehen?«, hallt Richys Stimme jetzt laut über die ganze Straße.

»Der Kollege is gleich durch. Keine Panik!«

5

Eigentlich will Richy sich nur schnell ein Brot vom Bäcker schräg gegenüber holen. Aber das ist einfach nicht möglich. Jede Straßenseite ist lückenlos mit rot-weiß gestreiften Schrankenzäunen abgeriegelt, überall sind Barken aufgestellt, damit ja niemand in den Kabelgraben purzelt. Auf der anderen Straßenseite parken außerdem zwei große Wohnmobile, »Südwind« und »Mein Hobby«, allein schon diese Namen, aber auch die stilisierten Möwen und Regenbogen-Linien auf der Karosserie könnten den Kunstlehrer zur Raserei bringen. »Was für ein Scheißhobby ist das, anderen Leuten mit ihren hässlichen Kisten das Viertel zuzuparken?« Überall stehen die Dinger jetzt rum. Und dann donnern im Sekundentakt die Betonlaster mit rotierenden Trommeln die Fahrbahn entlang. Die Straße zu überqueren ist schlichtweg unmöglich. Wie sind die Leute in der Warteschlange vor der Bäckerei dahingekommen? Wahrscheinlich dort geboren, murrt Richy.

Auch den restlichen Einkauf kann er vergessen. Dann gibt es eben wieder nur Spaghetti mit Ketchup, Knoblauch und den letzten Kräutern, die seit Tagen müde in einem milchigen Wasserglas vor sich hinvegetieren. Er sehnt sich fast schon wieder nach Marions vegetarischen

Quiches und Grünkernpuffern. Bratwürste und Pasta im täglichen Wechsel werden auf Dauer öde. Aber Richy hat keine große Lust zum Kochen. Er hat schließlich auch keine Zeit, mit dem ewigen Kampf gegen den Krach um ihn herum hat er genug zu tun.

Die Betonmischer und die Riesenlaster hört er nun schon seit Wochen durch das Viertel donnern. Und wozu das Ganze? Damit irgendwelche raffgierigen Immobilienfritzen die letzten Euros aus dem Viertel herausquetschen. Damit die letzten Ecken, in denen noch etwas passierte, in denen vor zehn oder zwanzig Jahren Theaterperformances, Experimentalfilmnächte oder die ersten Poetry Slams stattfanden, ein für alle Mal clean sind und keinen Platz mehr für die kulturellen Abenteuer bieten. In der stillgelegten alten Drahtstiftfabrik hatten Richards und seine Kunstkollegin Simone ausgestellt, als sie selbst noch malten. Sein Freund Willy Wollny hatte seine Kunstinstallation, meterhohe geschnürte und mit Altöl übergossene Zeitungsstapel, ausgestellt und auf der Vernissage mit seiner Punkband gespielt. Unter feuerpolizeilichen Gesichtspunkten war das vielleicht problematisch, es war leicht entzündbar, es stank, aber es war geil, findet Richy noch immer.

Jetzt steht eine haushohe Bautafel vor dem Gelände. »Townhouses. Zeitgemäßes Wohnen in historischen Mauern. Eine visionäre Verbindung von Geschichte und Gegenwart. Neue Lebensqualität im Drahtstift-Quartier. Ihre Herzdame im Szeneviertel Ottensen.« Was schreiben diese Idioten da für einen Mist zusammen? »Die haben doch 'ne Schraube locker mit ihren Drahtstiften.« Klaus Richards kann es nicht fassen.

Die über hundert Jahre alten Außenmauern in dekorativ verwittertem Rotklinker stehen zum großen Teil noch, aber innen wurde alles entkernt, neue Wände gesetzt und neue Decken gegossen. Die Betonlaster strapazieren schließlich seit Wochen Richys Nerven. Die alten Holzböden sind herausgerissen. Nur für eine Eingangstreppe hat man noch ein paar dekorative Alibi-Holzbohlen erhalten. Das Hochglanz-Exposé zeigt ein Schwarzweißfoto des historischen Stifthammers, vor dem Willy vor ein paar Jahren noch seine Zeitungsstapel aufgebaut hatte und der jetzt längst beim Alteisen gelandet ist. Da ist von hochwertigen Materialien und lichtdurchfluteten Räumen in Lofts und Penthouses die Rede. Exklusivität, Lebensqualität und Nachhaltigkeit.

Und jede Menge Krach, brummt Richy von der anderen Straßenseite aus mit Blick auf die große Tafel mit dem Hinweis »Etliche Wohnungen bereits verkauft«.

Er hat sich lange gefragt, welche Idioten diese unverschämt teuren Eigentumswohnungen für zwölftausend Euro den Quadratmeter kaufen sollen. Mittlerweile weiß er es. Carlotta hat morgen den Notartermin für eine der Maisonettewohnungen mit Gartenzugang, wie sie bei den »Milchmädchen« hinter vorgehaltener Hand, aber in Saallautstärke verkündet. Sie ist schon vollkommen aus dem Häuschen. Die überdrehte Stimme schallt durchs offene Fenster zu Richy in die Wohnung hinauf.

»Das wird voll schön. Genau! Nur ein paar Schritte

zum Café. Alles in der Nähe, cooler Bäcker, Wochenmarkt, Kino, Sternerestaurant und die ›Eisliebe‹. Nur Heinrichs Gymnasium, das ist ein bisschen weiter. Da muss ich ihn sowieso fahren, aber in der neuen Wohnung haben wir dann einen eigenen Parkplatz in der Tiefgarage. Mega praktisch.«

»Aber sonst kannst du doch auch das Fahrrad nehmen.« Bei ihrer Freundin klingt es wie ein dezenter Vorwurf.

»Genau. Voll schön.« An Carlotta perlt es ab. »Das wird bestimmt nice, das kann man in der Animation schon sehen. Dieses raue Ambiente von der alten Nagelfabrik, das ist nicht so nullachtfünfzehn. Und die Wohnungen sind super ausgestattet, zwei Bäder, das modernste Küchenequipment und alles mit neuster Nullenergietechnik.« Carlotta bekommt Schnappatmung. »Voll nette Nachbarn. Das Townhouse neben uns hat ein Typ, der hat wohl gleich mehrere Wohnungen gekauft. Der hat so ein Start-up für Computerspiele. Ein bisschen verrückt, aber echt interessant. Du bist mittendrin, und gleichzeitig ist es in dem Hinterhof auch total ruhig.«

»Na, wart mal ab«, grummelt Richy in sich hinein. »Da schicke ich euch Kevin und sein Biest mal vorbei.« Vielleicht gar keine schlechte Gelegenheit, den Kollegen Knappek outzusourcen.

»Drumherum hast du dieses herrlich wuselige Viertel!« Carlotta ist nicht mehr zu stoppen.

»Alles so schön bunt hier«, höhnt Richy hämisch aus dem Fenster, dass die Café-Kundschaft es mitbekommt und zu ihm nach oben sieht. »Genau!«, äfft er sie nach, und dann leiser: »Von wegen, alles nicht mehr da.«

Aber das »Min Jung« bei Rudi und Anni wäre für den abendlichen Apero der verwöhnten Klientel aus den Drahtstift-Townhouses sowieso nicht die passende Location gewesen. Richy und seine Freunde dagegen hatten die intime Lokalität mit den knallrot lackierten Wänden und Annis beeindruckender Porzellankatzensammlung in der Vitrine neben dem Tresen geliebt. In Studentenzeiten waren sie zu späterer Stunde immer mal bei Rudi und Anni hereingeschneit. Es gab vornehmlich Flaschenbier. Zapfen dauerte zu lange, da waren sich die Stammgäste einig. Und wenn Marion als Einzige einen O-Saft bestellen wollte, bekam sie von Anni eine klare Ansage.

»O-Saft? Nee, das gab's hier früher mal. Is mir aber immer schlecht geworden.«

Die Abende und Nächte im »Vogel« waren beschaulicher. Hier traf sich das Viertel. Richy war oft da, Marion manchmal und Armin immer, und zwar am mittleren Stehtisch gegenüber dem Tresen. Nach ihrer gemeinsamen WG-Zeit hatte er kurz direkt über der Kneipe gewohnt, womit sich sein Weg an den Stehtisch deutlich verkürzte. Und wenn das befreundete Paar aus der Wohnung darüber das Haus in Richtung einer anderen Altonaer Lokalität verließ, zeigte er ihm fassungslos hinterher. »Guck sie dir an, die Rastlosen.« Mittlerweile gehört Armin selbst zu den Rastlosen und pendelt zwischen australischen und südafrikanischen Weingütern.

Den »Vogel« gibt es schon lange nicht mehr. Auch die

»Mottenburger Stuben«, wo sie nach durchzechten Nächten »Strammen Max« gegessen hatten, gehören vergangenen Zeiten an. Stattdessen gibt es hier jetzt Sterne-Restaurants, Oldtimer-Porsches, Feinripp-Unterwäsche, fünfzehn Bäckereien und zwanzig Friseurläden. Armin behauptet ja, sie hätten die Gentrifizierung selbst in Gang gesetzt. Erst kommen die Künstler, dann die Studenten, dann die Möchtegern-Künstler, die Saab-Fahrer und jetzt die Hipster auf achttausend Euro teuren Lastenfahrrädern. Dabei sieht Armin auch die positiven Seiten. »Wir müssen keinen ›Maître Simon‹ mehr trinken, stattdessen haben wir südafrikanischen Shiraz im Glas.«

»Du lebst nur noch in der Vergangenheit«, hat Ex Marion ihm neulich vor den Latz geknallt. Vielleicht hat sie ja recht. Im Grunde holt er seine Brötchen immer noch bei Cassens, in der Bäckerei, die es seit über zwanzig Jahren nicht mehr gibt, und sitzt die Nächte auf dem Barhocker im »Vogel«. Mit diesen neuen Bars und Klamottenläden, mit den »Milchmädchen« und dem Gedöns aus Filz und Papier will er nichts zu tun haben.

»Alle reden von der Work-Life-Balance«, hatte Marion gemeint. »Richy, bei dir ist weder Work noch Life. Du hast aufgehört zu leben.« Es stimmt ja, mit den Jahren hat Klaus Richards immer weniger Kontakte. Andere Menschen stören ihn. Oder kommt ihm das nur so vor? Bei seinem Sohn hat er sich seit Ewigkeiten nicht gemeldet und der sich umgekehrt auch nicht bei ihm. Und Marion kommt nur vorbei, wenn sie Kohle braucht. Ab und an trifft er sich mit Armin zu Gesprächen mit Weinbegleitung. Und neulich war er sogar mal wieder in der »Trattoria Toskana«, wo sie in WG-Zeiten Pizza »Napoli« gegessen haben. Ab und zu fängt Frau AHorn ihn im Treppenhaus ab. Dann hat sie schon zwei Likörgläser in der Hand und schenkt ihnen beiden einen »Blue Curacao« ein. Dabei halten sie einen kleinen Plausch vor ihrer Wohnungstür, alle zwei Minuten drückt Frau AHorn das automatische Treppenhauslicht und meistens kredenzt sie einen zweiten Curacao. Ansonsten ist Richy allein. Allein mit Jürgens Djembe-Trommel, mit Hausmeister Knappek, mit Angie und Frau Ölmann-Rust.

6

Punkt siebzehn Uhr fünfzig geht wie jeden Tag ein kurzer Ruck durch die Bodenbalken und statt ›Rote Rosen‹ dröhnt heute ›Sturm der Liebe‹ von Frau AHorn zu Richy hinauf. Aber der Sturm legt sich nach fünfundvierzig Minuten auch schnell wieder. Den ganzen Abend und die halbe Nacht sitzt Richy am Fenster zur Straße und raucht. Es ist heiß und schwül, aber wenigstens ist es einigermaßen ruhig. Nur ein betrunkenes Paar steht eine Weile laut streitend vor »Schönes aus Filz und Papier«, bis die Frau wütend weitergeht und er ihr ein gelalltes »Hau bloß ab, du Sch-Schlunze!« hinterherruft. Alles fast wie früher. Allein die gelb glimmenden, dicht aufgehängten Warnleuchten an den Bauabsperrungen führen die ganze Straße zur Reitbahn hinunter und sehen aus wie die Lichtsignale einer Landebahn auf dem Flughafen. Von der Bar ein Stück entfernt kommt kühl und gedämpft Jazz herüber. Richy meint Miles Davis zu erkennen. Auch über die Musik hatten Marion und er sich immer gestritten. Statt der Sex Pistols wollte sie Miles Davis hören. Es ist schwül, von Abkühlung kann keine Rede sein. Das neue Doppelrippshirt klebt Richy auf der Haut. Er holt sich ein Bier aus dem Kühlschrank, nimmt einen Schluck und hält sich dann erst mal die beschlagene kalte Flasche ans Gesicht.

Marion hat ja recht, er sollte wieder anfangen zu arbeiten. Es gab sogar Anfragen, er könnte architekturhistorische Stadtteilführungen machen oder einen Volkshochschulkurs geben. Die Nachhilfestunden hat er aufgegeben. Vielleicht sollte er wieder malen? Er muss sich nur einen Rahmen neu bespannen, die Ölfarben müssten noch in einer Kiste liegen, die er seit Jahren nicht angerührt hat. Seitdem er aus dem Schuldienst raus ist, hat er schließlich Zeit. Aber heute Nacht muss es ja nicht unbedingt sein. Außerdem will er sich endlich die großen Romane vornehmen, die er schon immer lesen wollte. Wie oft hatte er den ›Mann ohne Eigenschaften‹ schon angefangen und immer wieder abgebrochen? Oder bei Thomas Pynchon immer nur ein paar Kapitel gelesen. Statt zu malen oder zu lesen oder seinen Sohn anzurufen, dreht er sich noch eine und holt sich ein weiteres Bier aus dem Kühlschrank. Er schläft kaum und fühlt sich am Morgen wie gerädert.

In der Nacht hatte es ein kurzes warmes Gewitter gegeben. Aber in der ersten Morgensonne ist das bisschen Feuchtigkeit längst verdampft. Nur die Lindenblüten im schattigen Hinterhof pappen fett zusammen, dass Kevin den Gashebel des Laubbläsers voll aufziehen muss. Er bekommt die klebrigen Blütenblätter vom Asphalt einfach nicht herunter. So etwas wie »Scheißlinde« schimpft Knappek vor sich hin. So genau kann Richy das gegen den heulenden Puster nicht verstehen. Vielleicht ist es auch das Dröhnen in seinem Kopf, vermutlich hört er deshalb nichts.

»Verdammt noch mal, nun hör endlich auf damit!«, schreit er in den Hof hinunter. »Du siehst doch, dass es nicht geht! Vielleicht nimmst du zur Abwechslung mal 'ne Harke!« Aber Kevin reagiert nicht. Der Idiot merkt wahrscheinlich gar nichts mehr. Richy wird heiß. Ihm ist, als werde zusätzliches Blut in seinen Körper gepumpt, das bedrohlich in ihm hochsteigt, von den Beinen und Armen über die Brust, direkt in den Kopf.

Gestern Abend war das »Beast« schon im Einsatz. Richy hatte beobachtet, wie der Hauseigentümer Herr Hermann im Hinterhof mit Kevin im Gespräch war. Er konnte nur den Hausmeister verstehen. »Ja, ja, Herr Hermann, schlimm is das mit der Linde. Jedes Jahr dasselbe.« Danach hatte Kevin nickend in alle möglichen Richtungen gezeigt, hatte noch ein paarmal »Ja, ja, Hä Hämann« beteuert und schließlich den Echo PB 8010 aufheulen lassen.

Das »Beast« im Hof wird immer lauter, das Dröhnen in Richys Kopf immer penetranter. Der Laubpuster, die Betonlaster für die Stahlstift-Höfe und der Schaufelbagger vom Stromnetz Hamburg verdichten sich zu einer wüsten kakophonischen Klangkatastrophe. Den Airbus, der gleichzeitig das Viertel überfliegt, nimmt er gar nicht wahr. Er hört nur noch das Trommeln in seinem Kopf.

»Schalt das Teil ab! Sofort!«, schreit Richards. Doch Kevin reagiert überhaupt nicht. »Für lärmrelevante Geräte gilt ein Betriebsverbot von sieben bis neun, von dreizehn bis fünfzehn Uhr, ab siebzehn Uhr sowieso.« Richards ist natürlich genaustens informiert. Aber im Augenblick kann er keinen vernünftigen Gedanken fassen. »Europäisches Umweltzeichen und Schallleistungspegel! Hörst du mich, du Vollkoffer?!« Er schreit immer lauter. Seine eigene Stimme hallt in seinem Kopf und dann das Trommeln, dieses unerträgliche Trommeln unter seiner Schädeldecke. Kevin bläst derweil unbeirrt und vergeblich auf die pappigen Lindenblüten ein. »Mal was vom Hamburger Lärmschutzgesetz gehört? Feinstaub?!« Richy schreit es nur so heraus. »Und außerdem bläst du hier die ganze Scheiße von diesem Köter durch die Landschaft! Das ist nicht nur ekelhaft, das ist auch 'ne Virenschleuder. Davon können wir alle krank werden!«

Sein Schreien und der Krach vermischen sich immer mehr. Auch »Keine Panik« ist näher gerückt und gräbt mittlerweile vor dem Nebenhaus. Richy kommt es vor, als würde die Trommel in ihm dumpfer schlagen, gleichzeitig immer heftiger und lauter, wie sonst über ihm Jürgens Djembe-Session kurz vor dem furiosen Finale.

Das Blut, das in seinem Körper hochsteigt, wie das Quecksilber in einem Fieberthermometer, ist endgültig in seinem Kopf angekommen. Unter seiner Schädeldecke fühlt er ein heißes, stechendes Brennen. Er kann nur noch schreien.

»Ruhe! Oder es knallt!«

Richy schnappt sich die lederne Fliegerjacke, in der sein Großvater angeblich hundertfünfzig britische Sterling-Bomber abgeschossen hat, zieht sie über das neue Doppelrippshirt und stürmt das Treppenhaus hinunter durch den Torbogen in den Hinterhof.

Knappek steht immer noch vor den Müllcontainern und hat ihm den Rücken zugewandt. Der PB 8010 heult auf höchster Stufe mit der Wucht von zehn Laubbläsern. Doch zwischen den Rädern der metallenen Mülltonnen bleiben die feuchten Lindenblüten hartnäckig kleben.

Richy spürt, wie ihm das Blut unter seiner Kopfhaut pulsiert. Der Laubbläser kreischt jetzt. Er hat nur das orange »Beast« auf Kevin Knappeks Rücken im Blick. Alles andere um ihn herum verschwimmt.

»Komm her, du Fuckface!« Richy sagt das laut und deutlich, aber er schreit nicht. Es klingt bedächtig und bedrohlich.

Knappek schwitzt, sein Nappaledergesicht glänzt. »Wat sagst du da?« Mit Kevins Englischkenntnissen steht es offensichtlich nicht zum Besten.

»Du Flachwichser! Dreh deinen verfickten Puster aus!« Jetzt schreit Richy doch. Er geht schnell auf den Hausmeister zu und schubst ihn gegen die Müllcontainer. Knappek gerät ins Stolpern. Er schnallt sich hektisch und dabei auch ein bisschen umständlich das »Beast« vom Rücken und lässt es auf den Boden fallen. Der Motor läuft weiter.

»Du tickst ja wohl nich richtig«, bellt der Hausmeister im breiten Hamburgisch und will sich Richards provozierend entgegenstellen. »Du grüner Warmduscher! Willst du mir sagen, wie dat hier läuft? Willst du hier den Dreck wegmachen?«

Knappek schnaubt, Richy sieht rot. Ohne dass der reagieren kann, stößt er den Hausmeister gleich wieder gegen die Müllcontainer. Der kommt kaum dazu, sich hochzurappeln, schon platziert Richy in einer schnellen Kombination erst eine Linke auf sein Auge, dann eine Rechte auf Kinn und Lippe.

Knappek sackt in sich zusammen. Vor lauter Überraschung vergisst er im ersten Moment das Stöhnen. Er fasst sich an den Mund und sieht sofort das Blut an seinen Händen.

Richards blickt fast auch etwas überrascht. Anschließend gibt er dem Laubbläser einen kräftigen Tritt, dass ihm der Fuß wehtut. Das Gerät dreht sich. Er verpasst dem Teil einen weiteren Tritt, dass es kratzend über den Asphalt des Hinterhofs rutscht und halb unter den Müllcontainern landet. Das »Beast« stöhnt, pustet müde ein paar wenige Lindenblüten vor sich her, es verschluckt sich noch einmal, dann säuft der Motor ab. Von einem Moment zum anderen ist es still. Nicht einmal »Keine Panik« ist durch den Torbogen zu hören, kein Betonmischer und auch keine Beluga am Himmel. Nur das Wimmern von Kevin Knappek, der sich die heftig blutende Lippe hält.

»Warmduscher?« Richy reibt sich die rechte Faust und schüttelt sie dann aus.

TEIL ZWEI

7

»Hört auf, es geht hier nicht um organisierte Kriminalität. Ich bin doch nicht bei der Mafia, ich habe unserem Hausmeister Kevin nur eins auf die Zwölf gegeben, das ist alles.« Richy versteht die Aufregung nicht. Er hat sich selbst schon einige Male eine blutige Lippe geholt. Aber deshalb hat er den anderen doch nicht gleich angezeigt. Da hat man sich gegenseitig noch ein paarmal den Stinkefinger gezeigt. Und beim Judo verbeugt man sich danach sogar voreinander. Er wollte überhaupt keinen Anwalt, aber Marion und Armin hatten ihm dringend zugeraten. Und Armin ist mit Doktor Schwertfeger befreundet, der sogar schon mal die Hells Angels verteidigt hat.

Über eine Stunde muss er auf der Holzbank vor Sitzungssaal drei des Altonaer Amtsgerichtes warten und sich die tollen Geschichten von den spektakulären Fällen und Fernsehauftritten des Staranwalts Doktor Schwertfeger anhören. Am anderen Ende des Flures auf einer anderen Bank sitzen der Sohn des Hausbesitzers, Hermann junior, und Hausmeister Kevin Knappek, der dumpf vor sich hinguckt. Wenigstens haben sie den Pitbull zuhause gelassen.

Während Schwertfeger noch die Akte durchblättert, macht er ein paar abfällige Bemerkungen über den tranigen Richter und die überambitionierte Staatsanwältin, mit der er schon des Öfteren aneinandergeraten war. »Spielt sich gern ein bisschen auf und zickt rum. Aber machen Sie sich mal keinen Kopf, das bekommen wir hin«, beruhigt er Richy jovial. »Ganz ohne Auflage werden wir da allerdings nicht rausgehen, das kenne ich schon.«

»Auflage?« Richards versteht kein Wort.

»Warten wir mal ab. Wie gesagt, ich habe da in ganz anderen Fällen schon die Kastanien aus dem Feuer geholt.« Schwertfeger nickt ihm aufmunternd zu.

Im Verhandlungsraum bekommt Richards auf einmal doch ein komisches Gefühl. Die Luft steht in dem Raum, gleichzeitig riecht es durchdringend nach Putzmitteln. Der ältere Richter sitzt erhöht vor der holzvertäfelten Wand. Er macht nicht den Eindruck, sich mit Richys Fall unnötig lange beschäftigen zu wollen. Am liebsten würde er sich wahrscheinlich damit gar nicht befassen. Er ist mit den Terminen schon in Verzug. Die Staatsanwältin dagegen hat alle Zeit der Welt. Sehr ausführlich befragt Frau Knobel-Ulrich den schnöseligen Hermann junior und den Hausmeister.

Hermann zieht gleich über Richy vom Leder, bezeichnet ihn als Querulanten und gemeingefährlichen Choleriker. Knappek hält sich zunächst zurück, von der Atmosphäre im Gericht beeindruckt sagt er erst mal gar nichts, kommt aber zunehmend in Schwung, und dann platzt es aus ihm heraus.

»Der tickt doch nich ganz richtig! Der ist gemeingefährlich!«, schimpft Knappek in breitem Hamburgisch.

»Eingesperrt gehört der! Muss man sich mal vorstellen, dass sie den auf Kinder losgelassen haben! Aber in der Schule haben sie ihn ja wohl aus'm Verkehr gezogen.« Der Hausmeister kotzt sich regelrecht aus, und Richy wird gleichzeitig schlecht. Die Staatsanwältin will immer mehr wissen und fragt ständig noch mal nach.

Warum müssen die Behördenvertreterinnen, mit denen Richy zu tun hat, alle Doppelnamen haben? Erst Frau Ölmann-Rust, jetzt Knobel-Ulrich. Rechtsanwalt Schwertfeger und die Staatsanwältin gehen immer mehr in den Clinch. Wer hier mehr herumzickt, ist für Richards nicht zu erkennen. Die beiden begegnen sich nicht zum ersten Mal, das ist nicht zu übersehen. Für ein moderates Urteil sind das vermutlich nicht die besten Voraussetzungen.

Für Richards wird es immer weniger begreiflich, wo er hier hineingeraten ist. Den Tathergang haben sie schnell geklärt, da gibt es ja auch keinen komplizierten Sachverhalt. Richy hatte kräftig zugelangt, einmal auf Kevins Auge und einmal auf seine Lippe. Das hat er ja alles auch zugegeben. Und er bereut es nicht, das wiederum gibt er lieber nicht zu. Schwertfeger hatte ausdrücklich davon abgeraten.

Nachdem der Richter die beiden streitenden Anwälte unterbricht, geht es am Ende doch recht schnell. Die Zeugen Hermann und Knappek werden zügig entlassen. Dabei hätten sie sich gerne noch ausführlicher über Richy ausgelassen. Wenn es nach ihnen ginge, müsste er gleich mehrere Jahre weggesperrt werden. Der Richter dagegen belässt es bei einer Einstellung des Verfahrens gegen eine Geldbuße, ein Schmerzensgeld an den Geschädigten, verbunden mit der Auflage zur Teilnahme an einem Antiaggressionsseminar. Auf Richards wirkt es so, als sei dies sein Standardurteil.

Als er und Schwertfeger sich von ihren Plätzen erheben und den Raum verlassen wollen, ruft die Staatsanwältin Richy hinterher und überreicht ihm ein Kärtchen.

»Herr Richards, das gebe ich Ihnen mal mit.« Er wirft einen Blick auf die türkis geflammte Visitenkarte. »Bei dem Norbert sind Sie in den besten Händen. Er hat da einen besonderen Zugang. Ich denke, das könnte das Richtige für Sie sein.«

Davon ist Richy allerdings nicht überzeugt. Fassungslos starrt er auf die geschwungene Schreibschrift: *Mindful Based Stress Reduction*.

»Muss ich das machen?«, raunt er seinem Anwalt zu.

»Dazu sind Sie jetzt verdonnert.« Schwertfeger grinst ein bisschen süffisant. »Die übliche Empfehlung von Frau Knobel-Ulrich.«

Statt des unangenehmen Reinigungsmittels meint er auf einmal den Geruch des Esoterikladens bei ihm um die Ecke in der Nase zu haben.

8

Die Teilnehmer der Therapierunde mustern ihn mit neugierigen Blicken. Klaus Richards fühlt sich in der Runde ausgesprochen unwohl. Kursleiter Norbert macht eine aufmunternde Geste in seine Richtung. Richy kostet es sichtlich Überwindung.

»Ich bin Richy ... und ... ich raste schon manchmal aus.« Dabei klingt er etwas nervös und ungewöhnlich zurückhaltend, ganz und gar nicht so, als raste er gleich aus.

»Hallo, Richy«, murmelt die Runde im Chor.

Seine ganze Kehle schnürt sich immer weiter zu. Er weicht den Blicken aus und starrt kurz auf einen vor der kahlen Wand liegenden länglichen Pappkarton und die Zeitschriftenstapel daneben. Er möchte am liebsten sofort wieder gehen. Doch dann besinnt er sich auf die Bewährungsauflage. »Ich hab ... Probleme ... Na ja, ich hab unserem Hausmeister eine reingedrückt.«

»Ah, ja. Guuut.« Der Norbert nickt ihm verständnisvoll zu. Henry, den eine ganz ähnliche Erfahrungsgeschichte in diesen Stuhlkreis geführt hat, grinst breit. Und die zartbesaitete Moni, die nach jahrelang erduldeter Ehetyrannei völlig unverhofft zum Küchenmesser gegriffen hatte, sieht ihn mitfühlend an. Nach der Schilderung der Odyssee durch sein alltägliches Horrorkabinett in den grellsten und lautesten Farben sitzt die Runde beeindruckt da.

»Das ist ja der Wahnsinn, was der Richy da immer erlebt«, flüstert Moni.

»Krass.« Auch Büglerin Tatjana ist beeindruckt.

»Welchen Weg könnte es für dich geben?« Norbert kämmt sich die Haare quer über die Stirn und sieht ihn mitfühlend an.

Da fällt Richy spontan das Motto auf dem großen Werbeplakat eines Baumarktes ein, das ihm auf dem Weg hierher ins Auge gesprungen ist. »Es ist in dir, lass es raus.«

»Sehr schön, ein ganz wichtiger erster Schritt«, findet Norbert. »Bei allen weiteren Schritten werden wir dich begleiten. Wir müssen die Aggression annehmen. Uns wurde anerzogen, dass wie unsere Wut nicht zeigen dürfen. Beim kleinsten Anlass schlucken viele die Wut herunter, drücken sie weg.«

Norbert nickt, richtet seine Brille und wendet sich der nächsten Teilnehmerin zu.

»Du hast es auch lange weggedrückt, nicht wahr, Monika?«

Die blasse Frau in dem mintfarbenen Pullover, der aussieht wie aus einer teuren Blankeneser Boutique, blickt verlegen zu Boden.

»Ich bin die Moni ... und manchmal spüre ich diese unglaubliche Wut in mir.«

»Hallo, Monika.« Kursleiter Norbert nickt sanft.

»Hallo, Monika«, brummelt die Runde.

»Wie gesagt, es ist nur manchmal.« Sie spricht so leise, dass sie kaum zu verstehen ist. Es klingt ein bisschen weinerlich. Von Wut ist da nichts zu spüren. Eigentlich sieht man es der schmalen, blassen, wohlsituiert wirkenden Frau nicht an, dass sie ausrasten und gewalttätig werden kann.

»Aber dieses eine Mal ist es dann doch geschehen«, flüstert sie.

»Wie ist das passiert?«, fragt Norbert betont interessiert nach.

»Wir kochen zusammen, schon immer.«

»Zusammen kochen, das ist doch schön«, findet Norbert.

»Ja, ich habe ja auch diesen tibetanischen Kochkurs gemacht ...«

»Ti-be-ta-nisch. Schön«, säuselt der Coach und harkt sich die Haare erneut über die Stirn.

»Na ja.« Sie gibt einen stillen Seufzer von sich. »Marko mag Tibetanisch nicht so. Er bestimmt, was wir kochen und wie wir es machen. Genaustens nach Rezept und nach exakten Zeitangaben. Und wehe, ich mache es anders. Ich arbeite ihm zu, ich spüle die Kräuter, putze die Pilze und schäle das Gemüse.« Ihr Ton wird bestimmter. »Damit Marko es dann mit dem Santoku, seinem japanischen Kochmesser, schneidet. Das ist wie ein Ritual. Und an diesem Abend hat er mich immer wieder angefahren, dass die Zwiebeln nicht sauber gepellt, die Möhren nicht perfekt geschält waren. Da war noch so ein bisschen was Dunkles dran. Ich gebe ja zu, da hatte ich nicht ganz sorgfältig gearbeitet. Wir waren auch etwas im Stress. Wir erwarteten Gäste zum Abendessen. Und dann hatte ich angeblich die Gasflamme am Herd nicht abgestellt, aber das stimmte gar nicht. Normalerweise lässt er mich an den Herd ja gar nicht ran.« Monis Stimme hat jetzt normale Lautstärke.

»*Stress Reduction*«, haucht Norbert. »Dafür sind wir da.«

»Ich kann Marko nichts recht machen, aber auch gar nichts. *Wieso sind in dem Waldfrüchtepüree noch Kerne drin?*, hat er mich angeblafft. Das sollte es zu einer ›Bayrischen Creme‹ geben. Und da waren von den Brombeeren noch diese kleinen Kerne drin.« Monika zuckt mit den Achseln.

»Waldfrüchtepüree«, wiederholt Norbert andächtig und nickt.

»Waldfrüchte?« Henry, der es offenbar nicht so mit Waldfrüchten hat, staunt.

»Und dann hast du das japanische Kochmesser von der Arbeitsfläche genommen?«, fährt der Workshop-Leiter fort.

»Das lag noch da, neben dem Bresaola, den der Marko für ein Carpaccio hauchdünn geschnitten hatte. Das Santoku-Messer darf ich ja normalerweise gar nicht in die Hand nehmen, da ist Marko etwas eigen.« Sie hat ihre Stimme wieder gesenkt, sodass sie kaum zu verstehen ist.

»Aber dann hast du das japanische Kochmesser endlich mal genommen ...«

»Das mit den Brombeerkernen, das hätte er nicht sagen dürfen.«

»… und hast es …« Norbert streckt seine Hand Monika entgegen.

»Ich hab es dem Marko einfach in den Bauch gesteckt. Einfach so, ich weiß auch nicht. Dann war auf einmal das ganze Blut da … und auch noch das Brombeerpüree. Der Behälter mit dem Pürierstab war dabei auch umgefallen. Alles voll roter Soße. Schrecklich! Das sah vielleicht aus!« Jetzt ist sie wieder ganz außer sich.

»Ganz ruhig«, sagt Norbert sanft und sieht sie verständnisvoll an. »Monika, was bedeutet das für dich?«

»Was bedeutet das? *San-toku* heißt ja drei Tugenden.« Es wirkt, als überlegte sie. »Das passt ganz gut, das Messer ist eine Allzweckwaffe, geeignet für Fisch, Gemüse und eben … für Fleisch.«

»Eine Allzweckwaffe?« Tatjana sieht sie fragend an. Die anderen im Kreis staunen.

Echt krank, denkt Richy. Wo ist er hier gelandet? Das ist ja noch eine ganz andere Nummer als seine Geschichte mit Hausmeister Kevin. Dagegen ist er ein Waisenknabe. Er blickt sich in der Runde um. Die Truppe sieht ganz harmlos aus, ganz normal. Aber das täuscht offenbar. Die Teilnehmer der Runde haben alle ihr Geheimnis. Die mit dem Bügeleisen bewaffnete Tatjana, die flüsternde Moni und Henry, von dem er noch gar nicht weiß, was er angestellt hat. Die drei tätowierten Punkte auf dem Handrücken zwischen Daumen und Zeigefinger verweisen darauf, dass Henry nicht allein mit *Mindful Based Stress Reduction* davongekommen ist. Er behauptet von sich, ein friedfertiger Typ zu sein. Aber wenn er sich die etwas fettige Tolle aus dem Gesicht schüttelt, verrät sein Blick, dass sich das jederzeit ganz schnell ändern kann.

Und nicht zu übersehen ist der schwergewichtige Hans-Peter, der nicht nur so aussieht, sondern sich tatsächlich wie ein Elefant im Supermarkt aufführt. Ihn ausrasten zu sehen, ist schwer vorstellbar, wenn man ihn so sieht mit seinen penibel auf die Stirn gelegten Haaren und den präzise ausgerichteten Hemdkragenspitzen. Der ganze große Mann hat keine einzige Falte in Hemd oder Hose, als hätte Mutti ihn vor Dienstantritt im Amt komplett einmal durch den Bügelautomaten laufen lassen. Offenbar ist Hans-Peter Beamter, das meint Richy am Rande mitbekommen zu haben. Doch für einen Beamten ist der Mann ungewöhnlich ungeduldig und wütend. Zum Ende der heutigen Sitzung möchte er auch noch drankommen.

»Ich bin der Hans-Peter und ich ...« Er wird von Norbert gleich sanft, aber bestimmt unterbrochen.

»Das nächste Mal, Hans-Peter. Du weißt ja, die Dinge brauchen manchmal etwas Geduld. Und wir sind hier kein *Rage Room*, wie sie jetzt in Mode sind und wo man sich mal kurz austoben kann und irgendwelche Pappkameraden mit Farbbeuteln bewirft oder Möbel zerlegt.« Er blickt einmal durch die Runde. »Unser *Rage Room* ist die Realität.«

Nach der Sitzung stampft der korpulente Staatsdiener sichtlich unzufrieden aus dem Seminarraum. Die anderen stehen vor dem Eingang noch eine Weile zusammen. Die meisten von ihnen rauchen, das ist schon auffällig.

Monika und Henry unterhalten sich, ein ungewöhnliches Paar, die zarte Frau in dem teuren pastellfarbenen Pullover und der drahtige Typ mit dem Lederarmband und den drei Knastpunkten auf der Hand.

»Was bedeuten die drei Punkte eigentlich?«, fragt Moni.

Henry nimmt einen Zug von seiner Zigarette. »Glaube, Liebe, Hoffnung.« Mit den Worten entweicht der inhalierte Rauch aus Mund und Nase.

»Das ist ja eine schöne Botschaft«, findet Monika. »So einfach und so wahrhaftig.«

»Na ja, es sind auch die drei buddhistischen Affen, die nix sehen, nix hören … und vor allem, die nich quatschen.«

»Dabei sind wir ja zum Reden hier«, flüstert Monika.

»Aber man kommt ja nicht zu Wort«, beschwert sich Hans-Peter.

»Ja, genau, eines würde mich tatsächlich interessieren«, fragt Henry. »Wie hieß noch mal dieses japanische Messer?«

9

Nach seiner ersten Sitzung bei Norbert war Richy eigentlich ganz relaxt nach Hause gekommen. Routinemäßig hatte er sich kurz bei Frau Ölmann-Rust gemeldet, um ihr den abendlichen Flugverkehr zu schildern. Ganz ruhig und sachlich. Er hatte Armin in seiner Weingarage mal wieder einen Besuch abgestattet und zusammen mit ihm ein paar Rieslinge verkostet. Dabei hatte er geduldig dessen Weinpoesie über sich ergehen lassen, die ihm normalerweise schwer auf die Nerven geht. Armins Weinverkostungen meidet er deshalb, insbesondere wenn auch noch dieser Kulinarik-Oberlehrer Marko teilnimmt, bei dessen Geschwurbel über Sur-lie-Gärung und autochthone Rebsorten man gar nicht mehr zum Trinken kommt. »Aber im Augenblick ist er nicht dabei«, hatte Armin ihn beruhigt. »Marko liegt wohl gerade im Krankenhaus.«

Unter diesen Umständen fand Richy das Schwelgen in Tabaknoten, in der Kühle von Gletschern und dem Duft von Weihrauch und Brioche sogar ganz amüsant. Und dann wollte Armin ihn zu einer Weinlesewoche in den Steillagen der Mosel überreden. Einen »Piesporter Goldtröpfchen Blauer Schiefer« im Glas war er fast überredet. Er war ungewohnt tiefenentspannt. Der Workshop bei den Anonymen Ausrastern scheint tatsächlich zu wirken. Richy staunt über sich selbst.

Doch da hat er sich zu früh gefreut. Es wurde noch eine wilde Nacht. Schon von Weitem auf der Straße hört er die lauten Rhythmen aus seinem Haus. Jürgen und ein paar andere haben die Djembe-Trommeln in Arbeit. Trommeln für Kind und Kegel ist das diesmal nicht. »Es gibt eine Night-Session mit der Djembe-Trommel. Wenn es zu laut wird, komm einfach hoch und trommle mit«, steht auf dem Zettel, den Jürgen ihm vor die Tür gelegt hat.

Richy muss sich richtig zusammennehmen, um sich nicht auf seine Weise an der Trommelsession zu beteiligen. Ein sattes kleines Solo mit geballten Fäusten auf Jürgens Wohnungstür kann er sich doch nicht verkneifen. Dann öffnet sich weiter unten die Wohnungstür von Frau AHorn.

»Herr Reinhard!«, ruft sie ihm entgegen.

»Richards!«, schreit Richy zurück.

»Wie bitte?!!« Zu später Stunde scheint sie gar nichts mehr zu hören. Aber das irritiert sie nicht weiter. »Haben Sie die Handwerker da oben? Um diese Uhrzeit?«

»Die sind oben im dritten Stock am Trommeln!«

»Wozu wird denn da getrommelt?«

Richy will gerade weiter, als Frau AHorn ihn zurückhält. »Moment!«, schreit sie. »Ich hab noch Post für Sie, die ist bei mir im Kasten gelandet.« Sie holt den Brief. »Komisch nur, statt Reinhard steht da Klaus Richards drauf.«

»Ist schon in Ordnung, Frau Horn.«

Im nächsten Moment dröhnt ein Airbus über das Viertel, sodass Richy Frau Ölmann-Rust gleich noch eine nächste nächtliche Botschaft im üblichen Tonfall zukommen lässt. »Nachtflugverbot!«, schreit er ihr aufs Band. »Schon mal was davon gehört?!« Er stopft sich die Stöpsel in die Ohren. Beim Zuziehen der Schlafzimmergardinen sieht er noch eine fette Ratte über den Hof huschen. Der Weihrauch und die kühlenden Gletscher in seinem Kopf lassen ihn dann irgendwann doch in den Schlaf gleiten. Und die Trommler werden zur späteren Stunde auch müde.

Die Nacht ist allerdings kurz und das Erwachen am Morgen schrecklich. Um Punkt halb sieben heult im Hinterhof der Echo PB 8010 auf. Aber Richy schnellt nicht hoch. Er ist zu deprimiert, und sein dicker Kopf liegt schwer im Kissen. Dann quält er sich aus dem Bett, schiebt die Gardine einen Spalt zur Seite und sieht nach unten. Kevin Knappek steht mit dem »Beast« in den Armen inmitten der aufwirbelnden Lindenblüten und sieht zu seinem Fenster hoch. Bisher hat Kevin stets selbstvergessen vor sich hin geblasen und Richy ignoriert. Jetzt blickt er suchend zu ihm hoch. Im Augenblick kann er Richards hinter dem Fenster nur erahnen. Aber er hat schon ein triumphierendes Grinsen im Gesicht. Knappek möchte seinen großen Sieg vor Gericht weidlich auskosten. Hätten sie Richards eingesperrt, wäre das für ihn nur der halbe Spaß gewesen.

Klaus Richards spürt ein leichtes Hämmern in seinem

Kopf, er merkt, wie sein Puls immer schneller wird. Und dann ist da schon wieder dieses Drücken unter der Schädeldecke. Die entspannende Wirkung der letzten Sitzung bei Norbert und die Gletscher-Rieslinge sind mit einem Lindenblütenwirbel wie weggeblasen. Er könnte ausflippen. Er zieht die Gardine weiter auf und öffnet das Fenster. Jetzt sieht Knappek ihn. Sein Grinsen wird breiter. Kevin heftet ihn mit seinem Blick fest. Das Heulen des Biestes steigert sich. Das Kreischen des Laubbläsers lasert sich bei Richy ins Hirn. Kevin starrt ihn unverschämt grinsend in Grund und Boden.

»Hast du immer noch nicht genug?«, schreit Richards zu ihm hinunter. »Willst du noch einen auf die Nuss haben?«

»Überleg dir, was du sagst, du Lackaffe!«, brüllt der Hausmeister zurück. »Das nächste Mal fährst du ein. Dat is dir schon klar, oder?« Gleichzeitig fuhrwerkt er an dem Sauger herum und klappt ein Teil des Chassis auf. Das Biest verschluckt sich kurz, dann heult und brüllt es wie noch nie. Es klingt, als wolle der Laubbläser abheben und zu ihm hochschießen oder explodieren. Richy und Kevin können schreien, so laut sie wollen, jetzt ist absolut nichts mehr zu verstehen. Das macht diese Flachpfeife nur, um ihn noch mehr zu provozieren.

Richy bekommt Schnappatmung. Er läuft stampfend über den langen Flur seiner Wohnung. Was hat Norbert gesagt? Du musst deine Wut produktiv nutzen. Aber was heißt das? Was bitte soll er mit Kevin und seinem PB 8010 machen? Am besten auf den Mond schießen. Dazu fällt ihm nichts Produktives ein. Er ist ohnmächtig vor Wut. Er muss einfach nur ganz schnell raus aus der Wohnung. Aber wo soll er hin? Er kann Kevin nicht schon wieder eins auf die Nase geben. Dann ist es nicht mehr mit Norberts Kurs getan. Er muss aufpassen, dass er jetzt keinen Blödsinn macht. Aber wo soll er mit seiner Wut bleiben? Das ist ihm noch nicht ganz klar.

Er läuft kopflos nach draußen, die Ottenser Hauptstraße einmal rauf und runter. Fast stößt er mit einer Frau zusammen, die sich ihr Smartphone wie ein Stück Knäckebrot vor den Mund hält und im Laufen hineinspricht, ohne rechts oder links zu gucken. »Pass doch auf!«, ranzt er sie an. An der Ecke Reitbahn fällt ihm sofort der rote Mülleimer ins Auge. Er muss die oberwitzigen Sprüche auf diesen überall in der Stadt installierten Abfallboxen nur sehen, schon sieht er rot. Wortspiele wie »Ich bin jung und brauch den Müll« oder »Empfänglich für Abfälligkeiten« versteht er als Aufforderung, seinen Müll danebenzuschmeißen. »Ich kann jede Menge einstecken« steht auf dem roten Eimer. Eben nicht, flucht Richards und holt in einem unbeobachteten Moment das Teil mit einem beherzten Fußtritt vom Laternenpfahl herunter und »Mülle Grazie« auf der anderen Straßenseite gleich hinterher. Du solltest deine Aggression produktiv nutzen. Produktiv? Na ja, das Ding ist erst mal hinüber, und bevor die Stadtreinigung eine neue Box mit einem neuen Spruch aufgehängt hat, sollte Richy ein paar Wochen Ruhe haben.

Aus dem Haus, in dem eine Wohnung nach der anderen zum Airbnb umgewandelt wird, kommen ihm zwei jugendliche Touristen entgegen. »Wo isch d'n hier die Szäne«, wollen die beiden unverkennbar auf Schwäbisch wissen.

»Seht ihr das nicht?!«, pflaumt Richy sie mit Blick auf den demolierten »Mülle Grazie«-Eimer an. Wieso reden eigentlich alle Touristen Schwäbisch?

10

Klaus Richards traut seinen Augen nicht, als er zwei Tage später wieder im Stuhlkreis sitzt. Bei seinem Blick durch die Runde bleibt er an einem Gesicht hängen. Immer wieder muss er hinsehen. Er kann zunächst gar nicht glauben, wer da mit den anderen im Kreis sitzt. Ohne den obligatorischen Blaumann hat er sie im ersten Moment kaum erkannt.

»Ich bin Angie«, stellt sich die Motorradfahrerin vom Hinterhof mit rauer Stimme und für eine erste Sitzung sehr selbstbewusst vor. Sie hat ein leichtes Grienen auf dem Gesicht. Statt des blauen Overalls trägt sie Jeans mit Rissoptik, ein etwas zu enges schwarzes Shirt mit der Aufschrift *Biker Bitch* und an den Fingern zwei schlichte, dicke Ringe, die aussehen wie Unterlegscheiben an einem Motor. Sie hat streichholzkurze schwarze, von ein paar grauen Strähnen durchzogene Haare. Ganz jung ist Angie nicht mehr und auch kein Hungerhaken. Sonst könnte sie die schwere Guzzi auch gar nicht aufbocken. Das leicht verwaschene *Biker-Bitch*-Shirt saß vor etlichen Jahren vermutlich mal etwas lockerer. Der Fahrtwind vieler tausend Kilometer und die Abgase aus dem defekten Auspuff an zahllosen Schrauber-Wochenenden haben Spuren auf ihrem Gesicht hinterlassen. Aber sie sah bestimmt mal sehr gut aus, denkt Richy. Nein, sie sieht immer noch toll aus. Auf dem Hinterhof hat er sie so noch gar nicht richtig wahrgenommen.

»Hallo, Angie.« Ihre offene Art gefällt Norbert.

»Hallo, Angie«, raunen die anderen nicht ganz synchron. Norbert sieht sie aufmunternd an.

»Normalerweise komme ich mit allen ganz gut klar.« Ihr Blick in die Runde bleibt kurz bei Richy hängen und verdüstert sich für einen Moment, zumindest bildet er sich das ein und hat sofort den hämmernden Sound der Moto Guzzi im Ohr.

»Aber diesmal, ich weiß auch nicht, es hat sich so hochgeschaukelt«, fährt Angie fort. »Ich hab einen Mietvertrag mit dem alten Hermann. Dem gehören schließlich das Haus und auch die Garage.«

»Die Ga-ra-ge? Ah, ja?« Norbert möchte sich achtsam einfühlen, aber in seinem Gesicht steht noch ein großes Fragezeichen. Allein Richy weiß, worum es geht. Er muss Angie immer wieder auf ihr T-Shirt starren. *Biker Bitch.* Gefällt ihm irgendwie. Wenn sie nur nicht diesen Krach veranstalten würde.

»Dieser Arsch von Vermietersohn will mich aus meiner Garage rausschmeißen!«

»Ist das hier der Mieterverein, oder was?«, funkt Tatjana dazwischen, die sich in diesem Kreis nicht mit den banalen Mietangelegenheiten anderer beschäftigen möchte.

»Wann komm ich denn dran?«, will Hans-Peter wissen, der es wieder nicht abwarten kann.

»Ich denke, die Angie war noch nicht fertig.« Norbert rückt sich die Brille zurecht. »Hans-Peter, wir haben ja schon darüber gesprochen, du musst geduldiger werden. Du solltest dir und auch anderen Zeit geben.«

»Ja, ja.« Hans-Peter ist nervös. Sein Hemdkragen ist verrutscht.

»Ich hatte den halben Motor auseinander.« Angie lässt sich nicht aus dem Konzept bringen. »Einzelteile alle sauber sortiert in der Garage, da kam Hermann junior gleich wieder in seinem schicken 220 SE reingefegt. Er so, ich soll sofort zusammenpacken, das wäre jetzt seine Garage.« Aus der Schrauberin sprudelt es nur so heraus, beim Thema Motorrad ist sie ganz in ihrem Element. »Muss man sich mal vorstellen: Der will mich da aus meiner Garage rausschmeißen! Kommt bei mir reingelaufen und stolziert zwischen den Teilen rum und tritt mir auf der ausgebauten Zylinderkopfdichtung herum. Als ich sag, er soll Land gewinnen, wurde er gleich pampig. Da hab ich ihm mit dem Vierundzwanziger eins übergezogen.«

»Dem Vierundzwanziger?« Der Norbert blickt verständnisvoll, versteht aber nicht ganz.

»Gabelschlüssel ... also Schraubschlüssel, der ganz große, den brauchst du so gut wie nie. Also normalerweise.« Angie winkt ab. Sie klingt, als leite sie einen Kfz-Kurs für Frauen.

»So 'n Vierundzwanziger hat schon Wumms!«, bemerkt Henry, der sich auskennt, der Ex-Knacki arbeitet schließlich im Baumarkt an der Säge. »Wenn du 'n bisschen mit Schwung ...«

»Und Angie, ich glaube, du hattest ein bisschen Schwung genommen?« Norbert nickt ihr freundlich zu.

»Er ist kurz zu Boden gegangen, konnte aber gleich wieder aufstehen und ist schimpfend in seinem SE wieder abgerauscht.«

»Sehr mutig, Angie, dass du dich so öffnest.« Der Workshop-Leiter sortiert sich die Haare. »Ihr müsst wissen, hier können wir uns alles sagen. Und ganz wichtig: Alles bleibt unter uns. Das habt ihr vor unserem Kurs unterschrieben, und daran halten wir uns auch.« Er klingt auf einmal ungewöhnlich bestimmt. »Das gilt auch für Straftaten, die eventuell noch gar nicht öffentlich und noch nicht verfolgt worden sind.«

»Aber dass Tatjana gut bügeln kann, dürfen wir schon erzählen, oder?«, schaltet sich Henry zur Abwechslung mal ein und grinst.

Norbert wiegt den Kopf und setzt zum Resümee der heutigen Sitzung an. »Wir haben unterschiedliche Arten, mit Wut umzugehen.« Er harkt sich die Haare in die andere Richtung. »Einige explodieren, andere schlucken alles herunter, sobald sie die Wut nur in sich aufkommen fühlen. So können sie Wut oft überhaupt nicht mehr richtig spüren.« Norbert kommt ins Predigen. »Wut ist ein Gefühl, das wie alle Gefühle wahrgenommen werden möchte. Wenn wir das immer wieder wegdrücken, richtet die Wut sich irgendwann gegen uns selbst und zerstört uns.« Norbert nickt ernst und achtsam. »Wir sollten uns den Ursachen unserer Wut stellen, sie sogar suchen, uns konfrontieren. Wir nennen das ›paradoxe Intervention‹.«

Klaus Richards staunt. Irgendwie hatte er in diesem Kurs etwas anderes erwartet. Auch Angie nimmt er hier ganz anders wahr. Im Vorbeigehen sieht sie ihn kurz aus ihren grünen Augen an, verzieht die Mundwinkel zu einem angedeuteten Lächeln und streicht sich einmal kräftig durch das kurze graumelierte Haar. Wenn ihre Guzzi nur nicht so einen Höllenlärm machen würde.

Nach der Sitzung stehen wieder die meisten vor der Tür noch ein bisschen zusammen und rauchen. Richy hat sich eine gedreht. Beim Rauchen studiert er die Namensschilder diverser Firmen in dem hässlichen Gebäude aus den Achtzigerjahren, mehrere Arztpraxen, ein Steuerberater, und dann sticht ihm das Schild von »Wut-Coach Norbert Knobel« ins Auge. Beim Reingehen war ihm das noch gar nicht aufgefallen. Hat dieser Antiaggressions-Guru etwas mit der Staatsanwältin Knobel-Ulrich zu tun? Sind die verwandt oder vielleicht sogar verheiratet? Machen die gemeinsame Sache?

11

Die gestrige Sitzung bei Norbert hat Richy zu denken gegeben. Bis dahin hatte er gedacht, er solle weitere Konfrontationen meiden. Er müsse die Auslöser seiner Wut weiträumig umschiffen. Doch jetzt hatte Norbert etwas von »paradoxer Intervention« erzählt, und Richy hat eine Idee. Er wird seinen Morgenkaffee ausnahmsweise mal bei den »Milchmädchen« nehmen. Das Café unten im Haus hat er ja bisher gemieden. Die aufgeregten Gespräche, die von den »Milchmädchen« zu ihm hochschallen, haben ihm gereicht. Doch jetzt will er es mal ausprobieren. Er will sich, wie Norbert das propagiert, ganz bewusst mit den schmerzhaften, unangenehmen Situationen konfrontieren, um gegen die Wut immun zu werden, wie bei einer Impfung. Vielleicht ist es ja Zeit für einen ersten Piks.

Bei den »Milchmädchen« ist auch zu früher Stunde schon reger Betrieb. Zwei Touristinnen machen Selfies mit Cappuccino-Tasse und Haferschaum auf den geschürzten Lippen. Carlotta hat sich ebenfalls schon eingefunden und ist in angeregter Diskussion mit zwei Frauen. Es geht wohl um ihren Sohn Heinrich und seine ungerechtfertigt als mangelhaft bewerteten Leistungen in Chemie und Mathe. So genau durchschaut er das auf die Schnelle nicht. Er will ja auch nur einen schnellen Milchkaffee. Aber Ober-Milchmädchen Sabrina ist *busy*. Richy steht an der Theke vor der voluminösen italienischen Kaffeemaschine und starrt entsetzt auf die Lebensweisheiten, die in Rohholz gerahmt an der rosa geschlämmten Wand hängen.

»Ich trinke keinen Kaffee zum Aufwachen, ich wache auf, um Kaffee zu trinken.« Geht ja noch, denkt Richy. Aber dann kommt es dicke. »Liebe ist in der Luft und es duftet nach Kaffee.« Er muss sich beherrschen, den gerahmten Kalendersprüchen nicht die gleiche Behandlung zukommen zu lassen wie gestern den Papierkörben.

»Was kann ich dir denn Gutes tun?«, schreckt Sabrina ihn aus seiner Lektüre auf. Sie lächelt ihn an, und er hat das Gefühl, dass sie ihn erkennt. »Du wohnst doch hier im Haus, oder? Bist du nicht ...« Sie überlegt. »... der Klaus?«

Da muss Richy erst mal tief durchatmen. Wieso weiß sie seinen Namen? Vielleicht vom Klingelschild. Aber da steht nicht *DER* Klaus. Mehr als ein Brummen und ein angedeutetes Nicken bekommt er nicht hin.

»Einfach einen Milchkaffee ... oder meinetwegen 'nen Cappuccino.«

»Was nimmst du lieber, Hafer- oder Erbsenmilch?«

»Erbse?« Richy weiß, warum er den Laden gemieden hat. Doch dann lässt er sich darauf ein. »Öfter mal was Neues. Hab ich noch nie getrunken, aber meinetwegen, probiere ich mal.«

»Ich bin gespannt auf dein Urteil.« Sabrina ist so nachsichtig gutgelaunt, dass es Richy fast wehtut.

Er setzt sich nach draußen. Später am Tag ist es immer unerträglich heiß, aber am Morgen geht es. Auch der Verkehr auf der Ottenser Hauptstraße hält sich gerade in Grenzen. Nur ein Typ mit Dutt fährt ihm mit seinem edlen Lastenfahrrad fast über die Füße. Während er sich einen Halfzware dreht und auf seinen Cappuccino mit Erbsenmilch wartet, muss er sich endlose Erörterungen über verschiedene Techniken des Windelwechselns anhören. Er hat bei Lars früher auch manchmal die Windeln gewechselt, na ja, eher selten, und ein Gesprächsthema war es wirklich nie.

Ein weiterer Wortschwall über Wanderyoga und vegane Babynahrung überflutet ihn. Da ist ihm der Verkehr fast noch lieber. Autos können einen wenigstens nicht zutexten, es sei denn, sie haben ein redseliges Navi. Aber Richy hat kein Navi, er hat nicht mal ein Auto. Der uralte R4, den er auf dem Gelände von Armins Weinlager noch stehen hat, dürfte sich mittlerweile in Rost verwandelt haben.

Es ist eigentlich noch gar nicht so lange her, dass er selbst jung war, zumindest hat Richy das Gefühl. Aber zu den jungen Leuten im Viertel hat er nicht das beste Verhältnis. Wollen sie mit Erbsenmilch die Welt retten? Gleichzeitig duschen sie fünfmal am Tag und fliegen mit ihren verwöhnten Kids wie wild in der Weltgeschichte herum. Die Großeltern bezahlen die Ferien in der ehemaligen Ölmühle mit Swimmingpool und Yoga auf Sar-

dinien und zuhause die Eigentumswohnung im Szeneviertel.

Und dann bemerkt er die junge Frau am Nebentisch.
Sie hat wilde, drahtige blonde Haare und trägt ein kurzes
Top, das einen Streifen ihres Bauches freilässt, und eine
fette Kette als Gürtel ihrer groben, weiten Hose. Ihr Blick
ist motzig, dabei sieht sie gut aus. Richy ist beeindruckt.
Statt des obligatorischen Smartphones hat sie ein Plastikfläschchen mit der Aufschrift »Ultra fast. Dickflüssig«
vor sich stehen. Nach einem Nasenspray sieht das nicht
aus. Daneben liegen eine Packung Tabak und Zigarettenpapier.

»Da können wir ja noch Hoffnung in die junge Generation setzen.« Richy nickt zu ihr hinüber.

»Was heißt das jetzt?« Sie sieht ihn fragend und nicht
besonders freundlich an, während sie ein Zigarettenpapier aus der schmalen Packung zieht.

»Na ja, die Jugend dreht wieder selbst.«

Doch dann wird Richy abgelenkt, denn er nimmt auf
einmal die Stimme seiner speziellen Freundin Carlotta
zwei Tische weiter wahr. Es geht natürlich um Söhnchen
Heinrich und dessen ungerechte Beurteilung in Richys
ehemaliger Schule. Doktor Dreesen in Chemie hatte
offenbar mal wieder zugeschlagen. Oder hatte Heinrich
oder sogar Carlotta zugeschlagen? War da von Chlorwas-
serstoff die Rede? Ist das nicht Salzsäure? Chemie war
nicht gerade sein Spezialfach, und außerdem hat Richy
vorher nicht richtig zugehört. Das hätte ihn nun ausnahmsweise mal interessiert. Aber die Blonde mit dem

Kettengürtel, der Erbsengeschmack im Kaffee und ein paar Airbusse über seinem Kopf haben ihn irgendwie abgelenkt. Gab es da eine dramatische Elternsprechstunde oder sogar eine Gerichtsverhandlung? Carlotta wirkt besonders aufgebracht, aber auch so, als hätte sie etwas zu feiern. Normalerweise interessiert ihn nicht, was die Helikoptermutter von sich gibt. Aber diesmal ärgert er sich richtig, dass er es nicht mitbekommen hat, nicht aufmerksamer war. Und jetzt scheint das Thema durch zu sein.

Was war da passiert? Hatte die Helikoptermutter das Chemielabor in seiner alten Schule aufgemischt? Dieser autoritäre Knochen Dreesen hätte es verdient. In den Lehrerkonferenzen war Richards regelmäßig mit ihm aneinandergeraten.

12

»Heute beschließe ich, glücklich zu sein.« Allein Norberts
Leitspruch für die aktuelle Sitzung könnte bei Richy genau das Gegenteil bewirken. Für solche Kalendersprüche
hätte er auch zu den Milchmädchen gehen können. Wenigstens präsentiert Norbert seine Sprüche nicht gerahmt
auf rosa Tapete.

»Wenn wir die Wut annehmen, ganz entspannt, nichts
wegdrücken, dann werden wir glücklicher.«

Weiter kommt er gar nicht. Ehe der Wut-Coach die Sitzung eröffnen kann, meldet sich der korpulente Hans-
Peter zu Wort.

»Ich bin der Hans-Peter«, platzt es gleich zu Beginn
ungeduldig aus ihm heraus.

»Hallo, Hans-Peter«, murmeln die anderen.

»Hallo, Hans-Peter.« Norbert klingt ein bisschen
weniger behutsam als sonst. »Eigentlich wollten wir ...«
Es wirkt so, als wollte er erst mal einen anderen Kursteil-
nehmer zu Wort kommen lassen.

Hans-Peter nestelt nervös an seinem sauber gebügel-
ten Hemdkragen. Er atmet schwer.

»Hans-Peter, wir haben schon des Öfteren darüber gesprochen, du solltest manchmal etwas geduldiger sein ...«
Der Antiaggressions-Trainer hält kurz inne. »Aber gut,

beginnen wir heute mit dir.« Er nickt ihm zu, und dem Schwergewicht ist deutlich anzusehen, dass er gerade so allerlei weggedrückt hat.

»Endlich!« Er schnauft. Die Hemdkragenspitzen sind jetzt endgültig verrutscht. »Ich bin der Hans-Peter ...«

»Dat sagtest du bereits.« Die Zwischenbemerkung kann sich Henry nicht verkneifen.

»... und wenn ich warten muss, wenn es einfach nicht weitergeht, dann ... dann ...« Das Schnaufen wird heftiger.

»... dann platzt dir schon mal der Kragen.« Norbert hat dabei seine asymmetrisch verrutschten Hemdkragenspitzen im Blick. »Und das geschieht nicht nur in der Schlange an der Supermarktkasse, sondern auch in deinem Beruf.« Norbert wendet sich an die ganze Runde. »Der Hans-Peter ist Beamter.«

»Ja, eben nicht!« Er wird gleich sauer.

»Ahhh, ja«, fällt Norbert ein. »Du wartest auf deine Verbeamtung, das ist ja gerade das Thema.«

»Warten ist gut, meine Verbeamtung wurde abgelehnt! Ich warte schon ewig! Und das nur, weil dieses Arschloch seine Steuererklärung nicht abgegeben hat.« Hans-Peter gerät außer sich. Die Runde blickt verwundert, Richy versteht kein Wort.

»Ich denke, das sollten wir den anderen erklären«, greift Norbert ein. »Der Hans-Peter ist Finanzbeamter ...«

»Eben nicht!«

»Na ja, aber im Finanzamt bist du schon tätig, Finanzamt Hamburg-Am Tierpark in der Mahnabteilung.«

»Wir sind für den ganzen Hamburger Westen zuständig.« Da schwingt sogar etwas Stolz mit in der Stimme.

»Und wenn dort jemand seine Steuererklärung nicht rechtzeitig abgibt oder seine Steuern nicht bezahlt, dann bekommt er Post von Hans-Peter, mit einem Säumniszuschlag.« Bei dem sanften Wut-Guru Norbert klingt es wie eine Belohnung.

»Weil dieser Computer-Fuzzi, der Millionen macht, seine Steuern nicht zahlt, bin ich noch kein Beamter.« Er wird immer wütender. Glücklicherweise ist kein Bierkasten in der Nähe.

»Es war schon sehr mutig, dass du ihn persönlich in seiner Villa aufgesucht hast. Aber die steinerne Blumenschale in die Glasscheibe neben der Eingangstür zu werfen, das war natürlich nicht so gut.«

»Der macht Millionen mit seinen Scheißspielen, so ein paar Glasscheiben sind für den doch Peanuts.« Der Elefant vom Finanzamt Hamburg-Am Tierpark hat mittlerweile einen hochroten Kopf.

»Hans-Peter, wir sollten erst mal gemeinsam atmen ... einfach einmal ganz tief durchatmen.« Norbert rutschen dabei ein paar Haare über die Brille. »Und dann müssen wir mal schauen, wo wir mit deiner Wut bleiben ... und mit der fehlenden Geduld. Oft hast du ja schon vor Ablauf der Fristen die Mahnung herausgeschickt.« Norbert wiegt den Kopf.

»Und mit den Bierkästen ist das auch keine Lösung, is meine Meinung«, schaltet sich Henry ein. »Schade um dat Bier.«

»Ja, das ist natürlich ein guter Gedanke vom Henry.« Henry hat als Einziger aus dem Workshop im Knast gesessen, aber er ist kurioserweise auch der Einzige, der höchst selten, eigentlich nur einmal ausgerastet ist. »Mit dir, Henry, werden wir das nächste Mal ausführlicher sprechen.«

»Jo, muss nich unbedingt.« Henry möchte eigentlich lieber seine Ruhe haben.

»Doch, doch«, signalisiert Norbert. »Und für Hans-Peter werden wir auch einen guten Weg finden. Es ist wichtig, seiner Wut Raum zu geben. Sie befreit uns von innerer Spannung.« Es klingt schon wie das Schlusswort, aber dann setzt der Seminarleiter noch mal an und erkundigt sich nach den Verletzten.

»Ich denke, Richys Hausmeister ist mit einem blauen Auge davongekommen. Aber Monika, die Stichverletzung deines Mannes war dagegen etwas ernster. Wie geht es euch beiden denn jetzt miteinander?«

»Ach, es ist doch immer wieder dasselbe. Ich hab ihn im Krankenhaus besucht und ihm Schokolade mitgebracht.«

»Schön. Sehr gut.«

»Nein, es war die falsche. Ein Kakaoanteil von nur siebzig Prozent, und außerdem waren da so kleine Orangenstückchen drin. Der Marko hat mich gleich wieder zusammengefaltet.« Moni zuckt resigniert mit den Schultern. »Ich hab die Schokolade wieder mitgenommen und selbst gegessen. Mir haben die Orangenteilchen geschmeckt.«

»Ganz typisch, der Marko demütigt dich, du bist wütend auf ihn, aber du frisst die Wut in dich hinein.«

»Und zuhause habe ich, auch wenn er nicht da ist, ständig die Angst, dass ich den Gasherd nicht ausgeschaltet habe oder den Wasserhahn laufen lasse. Der Marko hält mir das immer wieder vor, aber das kann eigentlich nicht sein. Ich bin in solchen Dingen immer sehr umsichtig. Manchmal denke ich schon, dass ich verrückt werde. Und dass der Marko das sogar beabsichtigt. Aber warum sollte er das tun?«

»Monika, du nutzt Abwehrmechanismen, um mit der Wut gar nicht in Kontakt zu kommen. Du weißt, da müssen wir noch andere Wege finden. Ein gewisses Maß an Aggression ist auch für ein gesundes Familienklima unabdingbar. Wut ist wertvoll. Sie setzt Warnsignale, vermittelt den anderen Grenzen.«

»Na ja«, flüstert die schlanke Frau. »Aber die Schokolade war echt lecker.« Sie streicht sich die dünnen blonden Haare aus dem Gesicht, wobei Henry gleich wieder die teure Uhr auffällt.

»Ich merke schon, bei dem Marko ist das noch nicht so angekommen.« Norbert harkt sich zur Abwechslung die Haare von rechts nach links über die Stirn. »Wut entsteht oft durch Kränkungen oder fehlenden Respekt, häufig auch von Menschen, die wir mögen, denen wir nahestehen.«

»Kann ich bei Kevin Knappek definitiv ausschließen.« Das muss Richy nun doch mal klarstellen. Und das Warnsignal scheint bei Kevin auch noch nicht richtig angekommen zu sein.

»Aber Monika, du magst deinen Mann doch vielleicht«, nimmt Norbert den Faden auf. »Mit dem Messer hast du ihm signalisiert, dass du etwas verändern möchtest, dass du anders mit ihm kommunizieren willst.«

Ganz überzeugt wirkt Monika nicht. Aber inzwischen hat sich Wut-Guru Norbert der Büglerin und Krankenschwester Tatjana zugewandt, um sich nach ihrer Rivalin, mit der sie ihren Freund erwischt hat, zu erkundigen.

»Wie geht es unserer Patientin denn inzwischen? Macht die Heilung der Brandwunde Fortschritte?« Er sieht Tatjana fragend an. »Du hast ja berichtet, dass sie bei dir auf der Station liegt ...«

»Ja, ich kümmere mich sogar um sie. Ich hab da eine spezielle Brandsalbe für sie zusammengestellt, die ist etwas unangenehm ...«, sie muss sich ein Grienen verkneifen, »... die ist sogar ziemlich unangenehm ...«

»... hilft der Patientin aber offenbar gut«, bringt Norbert den Satz zu Ende.

»Ja, und die auch mir sehr guttut.« Jetzt hat sie ein kleines, aber doch unverkennbar schadenfreudiges Grinsen auf dem Gesicht.

Plötzlich wird die Sitzung unterbrochen. Ohne zu klopfen, betritt eine Frau den Raum. Alle in der Runde drehen sich um.

»Pardon, aber ich habe es nicht früher geschafft. Ich musste Heinrich zum Hockey fahren. Und man braucht ja ewig hierher. Das ist der totale Wahnsinn!« Sie ist aufgebracht. »Es ist alles abgesperrt, überall rot-weiße Barken. Du kommst nirgends durch.«

»Das ist jetzt tatsächlich etwas zu spät, die heutige Sitzung geht gerade zu Ende.« Norberts Ton klingt nicht mehr achtsam, ganz im Gegenteil.

»Meint die etwa, dass wir hier ewig warten?«, grummelt der ungeduldige Hans-Peter zu der neben ihm sitzenden Moni.

»Aber magst du uns erst mal sagen, wer du bist?«, fragt Norbert.

»Ach so, ja ... also, Schlesinger, Carlotta Schlesinger. Ich soll mich hier melden.«

Angesichts dieser unüblichen Vorstellung macht ein allgemeines Stirnrunzeln die Runde.

13

Eben hat noch das ganze Viertel gebebt. Stromnetz Hamburg hatte heute Morgen die große Steinsäge im Einsatz. Während ein Kollege mit der kreischenden Säge eine Schneise durch den Asphalt fräste, saß »Keine Panik« tatenlos auf seinem Schaufelbagger und rauchte. Ein großer Abschleppwagen hatte das »Mein Hobby«-Mobil aus der Parkbucht gehievt. Kevin war um halb sieben natürlich ebenfalls wieder im Einsatz gewesen. Frau AHorn sah ausnahmsweise mal Frühstücksfernsehen. Und die Transportmaschinen von Airbus hatten morgens offenbar die Teile für eine ganze Airline geliefert.

Es war ein mörderischer Krach gewesen. Doch seit einer Stunde herrscht auf einmal Stille, eine plötzliche, fast unheimliche Stille. So etwas hat Richy noch nicht erlebt. Ganz kurz fragt er sich, ob mit seiner Wahrnehmung etwas nicht stimmt. Ist etwas mit seinen Ohren? Hat er einen Hörsturz oder so etwas? Er nimmt seine Ohrstöpsel heraus, öffnet eines der Wohnzimmerfenster. Sofort schallen Stimmen von unten aus dem Café herauf, dann ertönt ein ungewöhnliches Rufen auf der Straße. Auf der Einbahnstraße unter seinem Fenster stehen dichtgedrängt die Autos. Sie fahren nicht, sie stehen. Die Motoren scheinen alle abgestellt. Etwas entfernt, vom Anfang der Straße her, ist gedämpft das regelmäßige Rotieren eines Betonmischers zu hören. Mehrere Autofahrer sind ausgestiegen, sie recken die Hälse, um nach der Ursache zu sehen. Aber sie können offenbar nichts entdecken. Einer hupt jetzt ungeduldig, aber ansonsten ist es vergleichsweise ruhig.

Richards sieht in die andere Richtung die Straße hinunter, aber er kann nichts entdecken. Überall stehen Leute, auf den Fußwegen und auch neben den Autos. Am Ende der Straße, kurz vor der Reitbahn, hat sich ein Auflauf gebildet. Und dann meint er, eine orangene Sicherheitsweste zu erkennen. Liegt da jemand mitten auf der Straße? Da scheint ein Unfall passiert zu sein. Aber von einem Krankenwagen oder Sanitätern ist nichts zu sehen. Kein Blaulicht und keine Sirene weit und breit. Was ist da geschehen? Richy beugt sich weit aus dem Fenster. Da liegt niemand, vielmehr scheint da jemand auf dem Asphalt zu sitzen. Das ist gar kein Unfall, sondern wirkt mehr wie eine Inszenierung, eine Performance. In dem Moment hat Richy so eine Ahnung, was da passiert sein könnte. Er hat auf einmal das bunte Plastikfläschchen der jungen Frau im Café vor Augen. »Ultra fast. Dickflüssig.«

Obwohl es schon wieder reichlich warm ist, zieht er sich seine alte Fliegerjacke über das T-Shirt und läuft hinunter auf die Straße. Ruhig ist es jetzt nicht mehr. Aber es sind andere Geräusche als sonst, die ihm weniger auf die Nerven gehen. Aufgeregte Stimmen, die er vorher, mit Ohrstöpseln durch das geschlossene Fenster, nicht wahrgenommen hat. Milchmädchen Sabrina balanciert mit einem Kaffeetablett zwischen den Außenplätzen hindurch. Carlotta zieht die *Fluffy Brows* nach oben und nickt ihm bemüht beiläufig zu.

»Wir gehören ja jetzt wohl zum selben Verein.« Sie quält sich ein Lächeln ab. Richy verzichtet darauf ganz.

Der Fußweg ist voller Menschen. Wegen der überall aufgestellten rot-weißen Absperrungen, Warnbarken, Kettenpfosten und herumstehenden E-Scooter ist kaum ein Durchkommen. Dazwischen schlängelt sich ein Jungvater mit Kleinkind im Lastenfahrrad hindurch, und auch Richy muss sich durchkämpfen. Das Schimpfen der Autofahrer wird lauter, einige legen ein Hupkonzert ein. Mitten in der Autoschlange, eingeklemmt zwischen einem Betonlaster und einem Paketboten, entdeckt er das Mercedes-Cabrio des Vermietersohnes, der sonst röhrend mit einem Affenzahn die Ottenser Hauptstraße hinunterbrettert. Jetzt steht Hermann junior neben seinem Auto und schimpft, Pitbull Fricco sitzt auf dem Beifahrersitz und blickt zähnefletschend einem vorbeigehenden Mops hinterher. »Kannst ja zur Abwechslung mal die schönen Ledersitze vollkacken«, knurrt Richy den Kampfhund an.

»Nicht, dass ihr mir hier den Beton in mein Cabrio kippt!«, blökt der Junior. Ein Stück weiter wartet auch der Schaufelbagger von »Keine Panik« führerlos am Straßenrand.

Von Weitem ist jetzt die Sirene der Polizei oder eines Unfallwagens zu hören. Nur zu sehen ist nichts. Für Autos ist derzeit kein Durchkommen. Als Richy das Ende der Ottenser Hauptstraße erreicht, wird seine Ahnung bestätigt. Auf den Pflastersteinen, mitten auf der Straße, sitzt die junge Frau, die Zigarettendreherin, die er vor Kurzem am Nebentisch bei den »Milchmädchen« beobachtet hatte. Er hat es doch gleich gewusst, dieses kleine Fläschchen auf dem Tisch war Klebstoff.

Die Frau mit der drahtigen blonden Mähne hat sich mit einer Hand auf den Pflastersteinen festgeklebt. Ihre linke Hand und das Pflaster drumherum sind von einem durchsichtigen Klebstofffilm überzogen. Sie sitzt auf einem großen Fleck ausgelaufener grell oranger Farbe. Vor ihr steht ein Schild mit der selbstgemalten Aufschrift »Achtung! Verkehr lahmgeKlebt!«. Das klingt zumindest nicht ganz so verbittert wie bei ihren Mitstreitern, denkt Richy. Und sie sieht auch wirklich ganz anders aus, als er sich eine Klimakleberin vorgestellt hat. Mit ihrer blonden Mähne, der dicken Kette und der lässig übergeworfenen orangen Sicherheitsweste könnte sie gut in einer Werbekampagne »Coole Klamotten für Klimakleber« mitmachen. Irgendwie macht das Eindruck auf Richy.

Um die Klimakleberin hat sich eine Menschentraube gebildet. »Klimakleben is nich mehr angesagt, hast das noch nich mitbekommen?«, ruft einer. Auch der Mann vom Stromnetz Hamburg steht jetzt rauchend neben der Frau. »Alles kein Thema, keine Panik!«, verkündet er sein Lebensmotto. »Wir brauchen erst mal ein paar Liter Speiseöl!« Und dann, fast vertraulich an die Klimakleberin gewandt: »Wir holen dich da schon wieder von der Straße runter, min Deern.« Es klingt so, als müsse er die junge Frau retten.

»Mir wird der Zement in der Trommel hart«, schreit der LKW-Fahrer dazwischen.

Die Umstehenden sind in lebhaften Diskussionen über das Klima und das Ende der Klimakleber, über Gasheizungen, steigende Strompreise und die Hamburger Verkehrspolitik verstrickt.

»Alles Chaoten!«, schimpft ein Mann, der ein paar Meter weiter neben seinem Geländewagen steht. »Was wollen die denn? Hamburg is Fahrradstadt.«

»Aber mit dem Rad kommst du hier ja auch kaum mehr durch«, ruft der Lastenradvater.

Angesichts der chaotischen Situation macht Richy sich Gedanken, wie sich die ersten Leitsätze aus Norberts Seminar umsetzen ließen. An welcher Stelle ließe sich seine Wut und vielleicht auch die der anderen produktiv umwandeln? Wo könnte man Signale setzen? Bei Kevin Knappek ist die Botschaft noch nicht angekommen, so viel steht mal fest. Und bei Hermann junior vermutlich auch nicht. Wie denken die anderen in der Ausrastergruppe darüber? Was ist mit Henry und Moni? Ein Ex-Knacki und die schüchterne Lady aus besserem Hause? Inzwischen beginnt sich Richy sogar für das Elefantenbaby Hans-Peter zu interessieren. Doch jetzt steht er erst mal neben der Klimaaktivistin mit Blick auf ihre festgeklebte Hand.

»Soll ich dir eine drehen?« Er weiß auch nicht, was auf einmal in ihn gefahren ist. Wie kommt er dazu?

»Kann ich auch mit einer Hand.« Sie grinst, aber ganz entspannt ist sie angesichts der Situation nicht.

»Klar, ich auch«, brummt Richy. »Aber das werden ziemlich krumme Dinger. Deshalb bekommst du jetzt eine schöne zweihändig Gedrehte.« Er zieht das Päckchen Halfzware aus seiner Fliegerjacke und dreht ihr eine Zigarette. »Dazu vielleicht noch 'n Kaffee?« Richy überschlägt sich fast. »Ich hol dir einen Latte Macchiato aus dem Café da hinten.«

»Latte? Wie bitte?« Der Gesichtsausdruck der Blonden verfinstert sich sofort. Richards versteht es im ersten Moment gar nicht.

»Kuhmilch-Latte? Hallo?!«

»Ah, sorry, ich vergaß, Milch ist böse. Böse CO_2-Kühe!« Er zieht eine Grimasse. »Also: Hafer oder Erbse?«

Als Richy sich wenig später mit einer Erbsen-Latte im Mehrwegbecher von den »Milchmädchen« über den dicht bevölkerten Gehweg zu der Kleberin durchschlägt, wird er von zwei Polizisten im Laufschritt überholt.

14

Die Zigarette kann Frieda noch zu Ende rauchen. Dabei erfährt Richy auch ihren Namen. Aber die Erbsen-Latte trinkt er dann selbst, während drei Sanitäter die Klimakleberin mithilfe mehrerer Liter Speiseöl vom Straßenpflaster lösen. Zwei Polizisten wollen sie gleich in Gewahrsam nehmen. Doch vorher kippt Frieda dem Hochkamper SUV-Fahrer in der moosgrünen Steppweste, der ganz vorne in der Autoschlange steht, noch schnell einen halben Eimer orangene Farbe über die Kühlerhaube des polierten Cayennes. Und als die Steppweste wütend auf sie losgehen will, schüttet sie ihm das Restorange aus dem Eimer auf seine Gelfrisur hinterher. Die beiden Beamten sind in dem Moment überfordert. Die Kollegen im Peterwagen können den Ort des Geschehens zunächst nicht so schnell erreichen. Aber dann überwältigen sie Frieda schließlich und führen sie ab. Sie wehrt sich auch gar nicht weiter, sondern lässt sich mit fast stolzer Miene in den inzwischen von der Nebenstraße angerückten Polizeiwagen verfrachten. Der Verkehrsstau löst sich recht schnell auf, und auch die meisten Schaulustigen ziehen ab.

Nur Richards bleibt samt Erbsen-Macchiato noch eine Weile und bekommt Gesellschaft von zwei anderen Anonymen Ausrastern. Angie ist auf dem Weg zu ihrer Garage, und Henry hatte sich gerade mal wieder bei der Arbeitsagentur gemeldet, ob es neue Jobs für ihn gibt. Er will nicht ewig im Baumarkt an der Säge stehen. Richy zückt gerade das Handy, um sich bei Frau Ölmann-Rust zu melden. Aber stattdessen überreden die beiden anderen ihn zu einem Kaffee bei den »Milchmädchen«. Und weil die frisch gewonnenen Erkenntnisse aus Norberts Kurs nach drei Macchiatos mit Erbsenmilch noch nicht erschöpfend nachbereitet sind, zieht man weiter, erst auf zwei Drinks in der Bar gegenüber und dann in »Schröders Eck«, der letzten Altonaer Kneipe, wo man noch rauchen darf, weshalb die Lokalität sich auch »Raucherclub« nennt.

»Das letzte Refugium der Altonaer Asphaltcowboys«, grinst Henry. Er zündet sich eine Zigarette an, wobei er beide Hände schützend um die Flamme hält, als herrsche in »Schröders Eck« Windstärke zwölf. Anschließend sind die drei auch schon wieder mitten im Fachgespräch, mitten in der *Mindful Based Stress Reduction*. Auf dem Weg haben die drei Anonymen Ausraster in angeregter Stimmung nämlich noch eine interessante Entdeckung gemacht.

»Is das nich auch so was, wat wir machen?«, hatte Henry gleich gefragt, als sie an dem Schaufenster vorbeikamen, in dem vor wenigen Wochen noch alte Münzen und Briefmarken ausgestellt waren. Jetzt klebt da ein Schild: *Mind Corner. Self Love Club Ottensen.*

»*Self Love Club?*« Vorgestern hätte Richy noch ausflippen können, jetzt kann er sich nur wundern.

94

»*Self Love?* Nachhilfe in ... na ja, ihr wisst schon.« Henry wird nicht deutlicher und grinst nur betont unschuldig.

»Da haben wir mit Nobbi noch Glück gehabt.« Richy grient mit.

»Nobbi, der Mutmachhase.« Auch Angie muss lachen.

»Aber sag mal, Richy, unser Hinterhof ist ja wohl der Hotspot der Ottenser Gewaltkriminalität!« Sie prostet ihm zu.

Richy hat keine Ahnung, was er davon halten soll.

Und dann beginnen die drei von sich zu erzählen, Richy von seiner verkorksten Karriere als Kunstlehrer und Angie von ihrer erfolgreichen Tätigkeit als Tischlerin in einem kleinen Betrieb in Eidelstedt.

»Und was ist eigentlich mit dir, Henry?« Die Frage liegt Richy schon eine ganze Weile auf der Zunge. Schließlich hatte er gleich die Knast-Tätowierung auf seiner Hand bemerkt.

Ehe Henry damit rausrückt, dauert es noch ein Bier. »Ich hab das ansatzweise ja schon mal in der Runde bei Norbert erzählt. Aber da wart ihr noch nicht dabei.«

Henry zögert. »Also, ich hab mit einem Kollegen 'ne Bank gemacht. Mich haben sie gekrallt, dafür bin ich eingefahren.«

»Und der Kollege?« Angie sieht ihn gebannt an. Auch die Clique ein Stück weiter am Tresen wird gleich hellhörig.

»Der Kollege?« Auf die Frage braucht Henry erst mal einen Kurzen. »Der Kollege hat sich derweil 'n flotten Lenz gemacht, nur weil ich ihn nicht verpfiffen hab.«

»Für den Bankraub hast du gesessen. Aber wieso landest du danach auch noch bei Norberts Antiaggressionsnummer?« Das interessiert Richy dann doch. »Damit du mit den Bankmitarbeitern beim nächsten Mal schonender umgehst, oder wie muss man sich das vorstellen?«

»Nee, als ich rausgekommen bin, hab ich meinen Kumpel vermöbelt.« Er sieht die beiden an, als wäre das die selbstverständlichste Sache der Welt. »Eigentlich bin ich ja ein friedlicher Typ, aber mein Freund Delewski hat während meiner Knastzeit die ganze Kohle durchgebracht, behauptet er zumindest. Davon hab ich keinen Cent mehr gesehen. Und deshalb ... Na ja.«

»... hast du ihn dir mal vorgenommen«, bringt Angie den Satz zu Ende.

»Ja, war schon 'n bisschen heftiger. Irgendein Nachbar hatte gleich den Krankenwagen gerufen, dann waren die Bullen sofort da, Anzeige, Bewährung gefährdet und so weiter. Na ja, da war der Stuhlkreis bei Norbert sozusagen die Rettung.«

Richards kommt immer mehr zu der Einsicht, dass er gegen Henry und auch die meisten anderen ein ziemlicher Waisenknabe ist. Seltsamerweise spürt er seine notorische Wut heute Abend gar nicht. Liegt es daran, dass er hier mit Angie und Henry zusammensitzt? Oder liegt es am Bier? Normalerweise wird er eher wütend, wenn er mehr trinkt.

Bei den Überlegungen, wie Norberts Leitsprüche in die Tat umzusetzen sind, kommen die drei allerdings nicht recht weiter. »Es ist wichtig, seiner Wut Raum zu geben.« Was meint Norbert damit? Die Anzahl der Biere schärft den Blick nicht unbedingt, aber sie scheint ein erstes Zusammenwachsen der Gruppe zu fördern. Richy sieht Angie an und staunt. Sie sieht toll aus in dem schummrigen Kneipenlicht. Ist das die Frau, die ihn seit Wochen auf dem Hinterhof mit ihrer Moto Guzzi nervt? Kann doch nicht sein.

Richy bestellt für die drei noch einen letzten Absacker. Und weil sie danach so gut aufgelegt sind, stellen sie auf der Straße kurzerhand ein paar Verkehrsschilder um. Was die Klimakleberin heute geschafft hat, eine vorübergehende Verkehrsberuhigung, sollte ihnen doch auch gelingen. »Vielleicht sollten wir ja in die Richtung weiterdenken?«, überlegt Richy.

Angie schreitet gleich zur Tat und stellt erst mal ein paar Warnbarken um. Henry und Richy heben gleich mehrere Absperrgitter und Schrankenzäune aus ihren Ständern und setzen sie um. Angie hantiert derweil mit verschiedenen Verkehrsschildern. Mitten in der Ottenser Hauptstraße ist jetzt die weitere Zufahrt verboten. Dafür weist das Gebotsschild Nummer zweihundertneun, der weiße Pfeil auf blauem Rund »Vorgeschriebene Fahrtrichtung rechts« direkt auf die Baustelle der Stahlstift-Townhouses. Eine Konzeption der veränderten Verkehrsführung ist nicht zu erkennen, am allerwenigsten von den drei Anonymen Ausrastern. Aber vielleicht lassen sich auf diese Weise der Verkehr und der Krach mal für einen Moment zur Ruhe bringen.

Nach getaner Arbeit erfüllt und gleichzeitig müde von

ein paar Bieren zu viel verabschieden sich Henry, Angie und Richy voneinander. Angie gibt den beiden Männern einen vertraulichen Knuff in die Seite, anschließend trennen sie sich.

Richy schläft so gut wie lange nicht mehr. Er vergisst sogar den obligatorischen nächtlichen Anruf bei Frau Ölmann-Rust. Er schläft tief und traumlos. Doch die Nacht ist kurz. Es ist noch gar nicht richtig hell, als er im Bett hochschreckt. Diesmal ist es nicht Kevin Knappek, der ihn weckt. Es ist das schrille laute Heulen mehrerer Martinshörner, das sich in der Häuserschlucht sammelt. Als er aufsteht, spürt er schlagartig jedes einzelne Bier des gestrigen Abends in seinem Kopf. Und beim Blick aus dem Wohnzimmerfenster sieht er, wie sich auf der gegenüberliegenden Fassade das erste Licht der Morgendämmerung mit dem grellblauen Blinken mehrerer Polizeifahrzeuge und Unfallwagen mischt, die in die Auffahrt zur Baustelle der Townhouses abbiegen.

15

»Wie war das jetzt? Genau, ich bin Carlotta ... und ... keine Ahnung.« Sie verdreht genervt die Augen und wirft die rotblonden Haare zurück. Die Wangen sind deutlich gerötet.

»Hallo, Carlotta«, antworten die meisten im Stuhlkreis, aber nicht alle. Richy runzelt nur die Stirn, und Henry grient still in sich hinein.

»Hallo, Carlotta.« Zur Begrüßung harkt sich der Norbert wie üblich einmal die Haare quer über die Stirn.

»Ganz ehrlich, ich weiß gar nich, was ich hier soll. Genau! Tatsächlich hab ich gerade gar keine Zeit. Ich muss Heinrich gleich abholen, und dann ...«

»Carlotta!«, unterbricht Norbert sie sanft, aber bestimmt. »Ich möchte dich an dieser Stelle mal unterbrechen. Erst mal ganz tief durchatmen.« Der Stuhlkreis nickt wissend. »Und dann lass uns mal gemeinsam überlegen. Ich erinnere da an Heinrichs Chemielehrer und eine ätzende Lösung, ich kenne die chemische Formel nicht, aber ...«

Jetzt unterbricht Carlotta den Therapeuten. »Ich hab im Augenblick ganz andere Probleme. Mit unserem neuen Haus beziehungsweise der Wohnung, genau!«

Carlotta ist ja immer auf dem Sprung, Heinrich

irgendwo hinzubringen oder abzuholen, aber heute ist sie besonders nervös. Und wenn sie nervös ist, hagelt es nur so ein »genau« nach dem anderen. Richy kriegt schon wieder einen zu viel.

»Unsere neue Wohnung ist voll ruiniert.«

Der ganze Stuhlkreis sieht sie fragend an. Hans-Peter drängelt, er würde lieber von seinen Problemen erzählen. Dabei blickt er immer wieder nervös zu dem Pappkarton, der schon seit mehreren Sitzungen neben den Zeitschriftenstapeln auf dem Boden liegt. Die Zeitschrift heißt ›Psychologie Morgen‹, und auf der Pappe des Kartons meint Richy die Buchstaben HÄTTAN zu erkennen. Norbert gibt Hans-Peter ein Zeichen, sich zu gedulden. Carlotta lässt ihm auch gar keinen Raum.

»Ja, hallo, da hängt 'n Auto bei uns im Keller. Voll in dem Beton, in diesen Eisenstäben.«

Die Blicke bleiben fragend. Nur Richy weiß Bescheid, und Angie und Henry ahnen es natürlich auch. Richards hatte sich das morgens gleich angesehen, nachdem er von Blaulicht und Martinshörnern geweckt worden war. Das halbe Auto steckte in dem mittlerweile hart gewordenen Beton, das Heck ragte schräg aus der Baugrube heraus. Richy musste unwillkürlich an die berühmten »Beton-Cadillacs« des Aktionskünstlers Wolf Vostell denken. Was hatte Vostell gesagt? »Es gibt nur zwei sinnvolle Dinge, die man mit einem Auto machen kann: es stehen lassen oder in Beton gießen und es Kunst nennen.« Wut in Kunst verwandeln, das ist es doch, überlegt Richy.

Für Carlotta sind die Vorgänge in der Schule ihres

Sohnes im Augenblick vollkommen nebensächlich. »Unglaublich, das sind unsere Kellerräume, der Weinkeller, das sollte ganz toll werden. Genau! Da steckt jetzt ein Auto drin, bis über die Hälfte einbetoniert. Das bekommen die da so schnell gar nicht wieder raus. Das ist die Megakatastrophe!« Sie ist vollkommen außer sich.

»Weißt du, was das für ein Auto ist?« Angie will es ganz genau wissen.

»Interessiert mich doch nicht! Irgend so eine Oldtimer-Kiste!«

»Mercedes 220 SE Cabriolet. Baujahr 1969?« Angie ist elektrisiert.

»Das ist mir so was von scheißegal, welches Baujahr die Schüssel hat.« Jetzt wird Carlotta richtig sauer.

Richy weiß gar nicht recht, was er denken soll. Er ist hin- und hergerissen. Der weiße Pfeil auf blauem Rund »Vorgeschriebene Fahrtrichtung rechts« ist Hermann junior ganz offenbar zum Verhängnis geworden. Angie, Henry und er haben letzte Nacht schließlich die Schilder und Barken umgestellt. Aber der Junior war in seinem Cabrio ganz sicher wieder mit weit überhöhter Geschwindigkeit unterwegs. Letztlich hatte er sich das selbst zuzuschreiben. Aber jetzt sorgt sich Richy schon etwas um ihn. Er weiß nicht mal, ob der Mann das überlebt hat. Er ist nach dem Unfall auf jeden Fall gleich ins Krankenhaus gebracht worden.

Als erfahrener Coach erkennt Norbert natürlich, dass er im Augenblick wenig Chancen hat, auf Carlottas eigentliches Thema zu kommen.

»Ja, Angie, es ist ein 220er Cabriolet, Baujahr 1969, silbermetallic.« Richy blickt sie wissend an. Als er den Unfallort morgens genauer inspiziert hatte, war er sogar kurz mit einem anwesenden Polizisten ins Gespräch gekommen. Was mit dem Fahrer war, wusste der allerdings auch nicht. Und allzu genau wollte Richy besser nicht nachfragen. Er wollte sich auf keinen Fall verdächtig machen.

Angie blickt versonnen ins Leere. Vor ihrem inneren Auge sieht sie die silbermetallic lackierten Kotflügel des Oldtimers aufgespießt von den Firmierungseisen in den Betonfundamenten hängen. Der dickflüssige Zement kleckert träge, aber unerbittlich in das offene Cabrio, auf die edlen Ledersitze und das nostalgische Armaturenbrett. Mit ihr geht die Fantasie durch.

»Ah, ja, Baujahr 1969.« Norbert blickt ratlos, aber bemüht interessiert.

»Sagt mal, ist der Unfall bei euch in Ottensen passiert, bei der Baustelle dieser Edelhäuser?« Krankenschwester Tatjana wird jetzt hellhörig.

»Gleich bei mir gegenüber«, bestätigt Richards.

»Weil ... Also, der Typ liegt bei mir auf der Chirurgie.« Die Krankenschwester ist jetzt hellwach.

»Könnte sogar sein, dass wir den Unfallfahrer kennen.« Angie äußert sich ungewöhnlich zögerlich, aber sie ahnt es natürlich. »Ist er denn verletzt?«

»Verletzt ist gut.« Tatjanas Gesichtsausdruck wird dramatisch. »Der gute Mann kämpft um sein Leben.«

»Oh Gott.« Angie ist betroffen. »Wird er denn überleben?« Ihr wird auf einmal ganz anders.

»Ja, den haben sie bei uns schon weitgehend wieder zusammengeflickt. Er wird es wohl schon überleben. Aber ob er jemals wieder Autofahren kann?« Die Krankenschwester zuckt mit den Schultern.

Angie und Richy werfen sich einen Blick zu. Henry nickt wissend. Sie bekommen ein ungutes Gefühl im Magen.

»Der ist doch selbst schuld«, schaltet sich Carlotta jetzt wieder ein. »Voll verpeilt der Typ, düst mit seiner alten Kiste in unseren Weinkeller.«

»Carlotta, ich würde gern wieder auf unser eigentliches Thema kommen. Weshalb du hier bist. Der Vorfall in Heinrichs Schule ...«

»Ach, der Kerl dort ist doch auch irre!«, regt sich die Mutter gleich wieder auf. »Das ist ein Wahnsinn, dass sie Lehrer wie diesen Dreesen auf die Kinder loslassen.« Sie ist so in Fahrt, dass sie urplötzlich von einem Thema zum anderen umschaltet. »Wie kann man in Gegenwart der Kinder mit so gefährlichen Dingen hantieren? So jemand gehört doch aus dem Schuldienst entfernt.«

»Aber in dem Fall warst du es doch, die Herrn Doktor Dreesen diese ätzende Lösung über seinen Kittel und ... äh ... auch ins Gesicht geschüttet hat.« Aus Norberts Mund klingt das gar nicht so dramatisch. »Er hat doch einige Verletzungen davongetragen.«

»Ja, keine Ahnung!« Carlotta hat offenbar keine Lust, weiter darüber zu reden. Sie fährt sich hektisch durch ihr rotblondes Haar. »Ich muss mich erst mal darum kümmern, wie diese Scheißkiste aus unserem Keller wieder rauskommt. Wer zahlt das? Das darf alles nicht wahr sein! Und außerdem muss Heinrich gleich zum Hockey!«

Norbert gibt es endgültig auf, Carlotta in ein Therapiegespräch zu verwickeln. »Aber die Zeit sollten wir uns das nächste Mal unbedingt nehmen«, schiebt er noch etwas lahm hinterher. Dann wendet er sich Angie zu und macht eine auffordernde Geste.

»Ja ... also, ich bin die Angie, und manchmal ... werde ich wütend.« Sie sagt das heute zögernd und alles andere als wütend, fast etwas demütig.

»Hallo, Angie«, raunt ein großer Teil des Stuhlkreises. Nur Carlotta wirft einen irritierten Blick in die Runde.

»Angie, wie sieht es denn bei dir aus?« Norbert rückt seine große Brille zurecht. »Wie haben sich die Dinge mit ...«, er sucht nach Worten, »... mit der Garage weiterentwickelt?«

Angie weiß erst mal nicht, was sie sagen soll. »Es könnte eventuell sein, dass die Sache mit der Garage ...«

»... sich eventuell geregelt haben könnte?«, bringt Norbert den Satz zu Ende. »Das wäre doch schön.«

Richy ist nicht ganz klar, ob Norbert ahnt, dass sie da etwas nachgeholfen haben. Das heißt, eigentlich haben sie das ja gar nicht. Im Grunde hat dieser Kotzbrocken von Hermann junior sich das alles selbst zuzuschreiben, so wie der hier im Viertel herumkarriolt ist. Er ist erstaunt über die Folgen ihrer spontanen Verkehrsregelung und gleichzeitig auch irritiert.

»Das ist doch schön, dass die Dinge sich in eurem Sinne entwickeln.« Der Norbert kämmt sich zufrieden durch die Haare. »Viele meiner Kolleginnen und Kollegen beschränken sich auf das Atmen und auf die Meditation. Wir atmen ja auch, aber wir denken weiter. Wir nehmen Kontakt miteinander auf ... und vor allem mit der Gesellschaft. Wir versuchen etwas zu verändern.«

So hat Richy ihre spontane Verkehrsberuhigung in der letzten Nacht noch gar nicht gesehen. Aber vielleicht hat Norbert ja recht. Vielleicht ist das gar nicht so doof. Anfänglich hat er es wirklich nicht für möglich gehalten, dass er von diesem verrückten Kurs profitiert.

»Ich möchte auch etwas verändern«, funkt Hans-Peter dazwischen. »Ich bin der Hans-Peter und muss auch langsam mal weiterkommen. Dieser Idiot macht Millionen und reicht seine Steuererklärung nicht ein.« Der Elefant vom Finanzamt Hamburg-Am Tierpark ist aufgebracht. »Und ich bekomme Trollhättan jetzt nicht aufgebaut.«

»Trollhättan?« Norbert unterbricht ihn gleich etwas unachtsam.

»Das ist das Regalsystem, das ich mir gekauft habe für meine Akten ...«

»... die du dir aus dem Amt immer wieder mit nach Hause nimmst.« Norbert möchte die Dinge nachvollziehen können.

»Geht doch nicht, dass die Stapel bei mir im Arbeitszimmer auf dem Fußboden herumliegen. Das muss alles seine Ordnung haben.« Hans-Peter wirft einen kurzen, verächtlichen Blick auf die Zeitschriftenstapel im Seminarraum.

»Hans-Peter, wir haben ja schon darüber gesprochen«, unterbricht Norbert ihn mit sanfter Stimme. »Dass du all die Akten zu dir in die Wohnung mitnimmst, ist für deine Verbeamtung natürlich nicht so hilfreich.«

Doch Hans-Peter hört überhaupt nicht hin. »Trollhättan treibt mich in den Irrsinn.«

»Das heißt, du hast es noch nicht aufgebaut.« Norbert rückt sich die Brille zurecht. Es wirkt, als wüsste er, worum es geht.

»Soll ich mal vorbeikommen?«, bietet Henry an. »Ich arbeite schließlich im Baumarkt.«

»Aber an der Säge«, gibt Richy gleich zu Bedenken. »Vielleicht nicht so passend.«

Hans-Peter ist jetzt in seiner eigenen Welt. »*Stecken Sie die runde Befestigungsschraube mit der zylinderförmigen Ausstülpung in den dünneren ausziehbaren Teil des Verbindungspfostens.* Ich kann diese Montageanleitung inzwischen auswendig. *Dorthinein stecken Sie noch die runde …,* verdammte Scheiße, … *die geriffelte Unterlegscheibe.*«

»Geriffelte Unterlegscheibe, ah, ja, schön.« Norbert nickt.

»*In das andere Ende des Pfostens verschrauben Sie die lange Schraube mit einer der Muttern. Die Aufbewahrungselemente können auf den Aufhängebeschlägen liegend verschraubt werden.* Ich träume inzwischen davon, aber ich krieg dieses Scheißtrollhättan trotzdem nicht aufgebaut.«

»Hans-Peter, du solltest dir deine Wut bewahren.« Norbert streicht sich die Haare einmal hin und wieder zurück. »Sie wird dir am Ende noch helfen, deine Aufgabe zu bewältigen. Am Ende wird sie dich und Trollhättan zusammenbringen.«

16

Nach der Sitzung bei den Anonymen Ausrastern hatte Richy einen erstaunlich entspannten Abend verbracht. Die spontane Verkehrsregelung in der letzten Nacht hat ihm erstmals das Gefühl gegeben, dass er nicht machtlos ist und gegen seine täglichen Feinde etwas tun kann. Und vor allem, dass er dabei nicht allein ist. Den ganzen Abend hat er schlicht vergessen, Frau Ölmann-Rust anzurufen. Er hat auch gar keine Flugzeuge gehört. Haben Lufthansa und Ryanair den Flugbetrieb eingestellt? Haben sämtliche Mallorca-Urlauber auf den Harz umgebucht? Er hat die Flugzeuge einfach nicht wahrgenommen. Sein Freund vom Stromnetz Hamburg hatte offenbar früh Feierabend gemacht. Und auch die neuesten Entwicklungen der ›Roten Rose‹ Sandra und des Tierarztes Mathias aus Frau AHorns Fernsehzimmer hat er einfach überhört.

Er hat mit seinem Sohn Lars telefoniert, nach ewig langer Zeit, halbwegs entspannt. Lars hat von seinem Maschinenbaustudium erzählt, was ihn eigentlich nicht die Bohne interessiert. Aber er hat sich das geduldig angehört. Jetzt will sein Sohn ihm demnächst ein selbstgebackenes Brot vorbeibringen. Während ihrer letzten gemeinsamen Zeit in der Ottenser Hauptstraße war Richy dieses Gewese mit dem Sauerteig, den Lars sogar in den

Urlaub mitnahm, mächtig auf den Geist gegangen. Aber jetzt freut er sich sogar auf das Brot.

Für den nächsten Tag hatte er sich vorgenommen, in einem der Zimmer seine Staffelei wieder aufzustellen und die Tuben mit den Ölfarben zu sortieren. Oder sollte er wie damals in seiner Studienzeit Nagelplastiken machen nach dem Vorbild seines Idols Günther Uecker? Wäre doch eine passende Antwort auf die Trommler über ihm. »Poesie der Destruktion«, hieß es über Ueckers Nagelbilder. Ist doch gerade ganz passend, dachte Richy.

In seinem ganzen Übermut, nach dem Gespräch mit seinem Sohn, wollte er auch noch Ex-Frau Marion anrufen. Vielleicht sollten sie mal wieder zu ihrem Lieblingsgriechen gehen. Na ja, Lieblingsgrieche traf die Sache nicht ganz. Er hasst Tsatsiki und frittierte Gummireifen. Aber nur so *for sentimental reasons*. Er hatte die Favoritentaste seines Handys gedrückt. Statt der Ex Marion meldete sich die Fluglärmschutzbeauftragte Frau Ölmann-Rust, am späten Abend vom Band. Mit der wollte er nun wirklich nicht zum Griechen, so weit war er noch nicht. Er musste fast über sich selbst lachen. »Alles klar, Frau Ölmann. Heute geht es einigermaßen. Also, nur weiter so.« Er hatte sich noch eine gedreht und am offenen Fenster geraucht. Dann war er friedlich eingeschlafen.

Morgens pünktlich um halb sieben wacht er auf. Diesmal nicht durch Kevin Knappek und seinen PB 8010. Was ist los? Hat Kevin seine Aktivitäten verlagert? Vorgestern hatte er Knappek im Gespräch mit dem Hausbesitzer Hermann und dessen Sohn beobachtet. Es ging ganz offenbar um die Ratten, die sich neuerdings zwischen und auch in den Müllcontainern tummelten. Auch Richy meinte, neulich wieder ein fettes Exemplar auf dem Deckel der Mülltonne gesehen zu haben. Er dachte zunächst, er hätte bei Armin etwas zu tief ins Rotweinglas geschaut. Aber Hermann junior hatte den Hausmeister instruiert, gleich dutzendweise Würfel mit Rattengift auszulegen, die den üblichen Geschirrspültabs zum Verwechseln ähnlichsehen.

»Jaja, Hä Hämann«, hatte Kevin dem Sohn des Vermieters versichert. Hermann junior hatte die Packung mit den Giftwürfeln gleich dabei. Das war vor seinem spektakulären Crash die letzte Tat, die Richy von ihm mitbekommen hatte. Knappek wollte am nächsten Tag gleich zur Tat schreiten und das Gift auslegen.

Ist er heute am frühen Morgen gerade dabei? Richy sieht noch mal auf die Uhr. Tatsächlich halb sieben. Was ist mit Kevin los? Verschlafen? Er zieht die Gardinen beiseite und blickt in den Hinterhof. Der Hausmeister hockt auf dem Boden, der Laubpuster liegt mit aufgeschraubtem oder aufgeklapptem Chassis neben ihm. Kevin zerrt ungeduldig fluchend an dem Gerät. »Scheißpuster!«, kann Richy deutlich verstehen, und ausnahmsweise ist Kevin mit ihm mal einer Meinung. Pitbull Fricco, den der Hausmeister während des Klinikaufenthalts offenbar in Pflege hat, tollt aufgeregt durch die verwelkten Lindenblüten. Er schnuppert, scharrt unter den Müllcontainern und setzt einen solventen Haufen in das von Jürgens Trommlerinnen angelegte Kräuterbeet. Dann springt er stolz zu Kevin zurück und kläfft den Laubbläser an.

Was ist nur los mit dem »Beast«? Richy hatte es in den letzten Tagen auch schon bemerkt. Das Gerät lief nicht ganz rund. Entweder streikte der 8010 ganz oder er heulte noch mal deutlich lauter. Hat Kevin die Kiste frisiert, irgendeinen Schalldämpfer ausgebaut, um ihn richtig zu ärgern? Oder hat Angie etwa an dem Laubbläser geschraubt? Gestern hatte er sie auf dem Hof beobachtet, wie sie das orange Monster kurz in der Hand hielt, und einen Schraubenschlüssel trägt sie ja sowieso immer mit sich herum.

Richards ist gerade auf dem Weg in die Küche, um sich einen Kaffee aufzusetzen, als plötzlich ein lautes Heulen und Geknatter zu ihm nach oben schallt. Richy zuckt zusammen, dass er vor Schreck das Kaffeepulver auf der ganzen Arbeitsplatte verteilt. Zwischendurch knallt es ein paarmal, dann stottert der Bläsermotor kurz. Richy sieht aus dem Fenster. Die grellorange Verkleidung flattert, schließlich gibt das Gerät ein schrilles Knattern von sich, als würde, statt Angies Moto Guzzi, eine ganze Eskorte frisch frisierter Mopeds durch den Hof cruisen.

»Was ist denn das wieder für ein Höllenalarm! Das darf doch alles nicht wahr sein! Kevin, mach die Scheißmühle aus!«, schreit Richy zu dem Hausmeister hinunter. Eben war er noch relativ entspannt, jetzt könnte er schon wieder ausrasten. Knappek sieht provozierend zu ihm hoch. Er zieht das Gas bis zum Anschlag auf. Aber das dreckige Grinsen mag ihm nicht ganz gelingen, dafür läuft der Bläser zu unrund. Es klingt, als liege das »Beast« in den letzten Zügen.

17

Richy ist heute mit Angie und Henry verabredet. Angie hat sich den Tag freigenommen, und Henry arbeitet ohnehin nur halbtags im Baumarkt. Eigentlich wollte Angie gern mit der Guzzi nach Timmendorfer Strand fahren. »Aber zu dritt auf'm Moped ist schlecht«, meinte Henry treffend und hat von seinem Baumarkt einen Pritschenwagen organisiert, der heute nicht gebraucht wird. Besonders viel Platz haben sie zu dritt auf der vorderen Sitzbank des Transporters zwar auch nicht. »Aber irgendwie gemütlich«, findet Angie. Und außerdem ist bei Henry im Auto das Rauchen erlaubt. Fast so schön wie in »Schröders Eck«.

Sie wollen Henrys Komplizen Delewski einen Besuch in Timmendorfer Strand an der Ostsee abstatten. Zumindest wollen sie sich ein Bild machen, wie es um dessen finanzielle Situation steht. Ganz hat Henry die Hoffnung noch nicht aufgegeben, dass ein Teil der Beute aus ihrem gemeinsamen Bankraub noch vorhanden ist. Angie und Richy hatten ihm beim gemeinsamen Bier neulich angeboten, zusammen mal vor Ort nachzuforschen, ganz friedlich natürlich. In seiner Luruper Doppelhaushälfte sind Delewski und seine Lebensgefährtin kaum mehr anzutreffen. Er arbeitet angeblich nicht mehr und residiert die meiste Zeit in einem großen Camper an der Ostsee, so viel hatte Henry in Delewskis Nachbarschaft herausbekommen. Außerdem hatte er sich auch mal in dessen Haus umgesehen. Henry war da neulich eingestiegen. Mit dem Schloss gab es keine Probleme, aber Geld aus ihrem gemeinsamen Raub hatte Henry dort nicht finden können. Es wirkte tatsächlich alles ziemlich verlassen. Die Nachbarin behauptete, dass Delewski die meiste Zeit an der See auf großem Fuß weilte.

»Timmendorfer Strand ist dat Sylt der Ostsee«, verkündet Henry mit Kennermiene. »Und Delewski ist der König von Timmendorfer Strand, na ja, vom Campingplatz Timmendorfer Strand ... genau genommen is das ein paar Kilometer im Hinterland. ›Camp Lübecker Bucht‹ nennt sich dat.«

Nach einem Sylt der Ostsee sehen die fünfzig, in Reih und Glied stehenden Campinghütten, die von der Straße zu sehen sind, nicht aus, eher wie ein Verkaufsgelände für Gartenhäuser.

Die drei im Pritschenwagen schwitzen. Der Kleintransporter hat keine Klimaanlage. Durch das geöffnete Seitenfenster kommt nur warme Luft herein. Angie wäre lieber mit der Guzzi unterwegs, und Richy würde lieber zum Baden fahren. Die Stimmung ist trotzdem gut. Angie und Richie finden Gefallen an ihrer neuen Rolle als Inkassomitarbeiter.

Sie fahren mit ihrem Baumarkt-Transporter unter einem hölzernen Torbogen mit einer stilisierten Welle, einem Strandkorb und dem Schriftzug »Camp Lübecker Bucht« hindurch. Ein paar Meter weiter versperren zwei Schranken an einem Wärterhäuschen die Zufahrt. Es wirkt, als würden sie auf ein Firmengelände oder eine Kaserne fahren, auf jeden Fall sieht es aus, als passiere hier etwas Geheimes. Von der See ist nicht viel zu sehen, nur Tannen, Wohnmobile und Gartenhäuser. Wie eine Reihenhaussiedlung im Kreis Pinneberg, denkt Richy. Nein, Pinneberg ist eine noble Location dagegen. Irgendwie widerstrebt es Richy, das Gelände zu betreten. Der Typ im Wärterhäuschen trägt keine Uniform, sondern Unterhemd. Richy muss gleich an »Fein und Ripp« denken. Aber ganz so stylisch wie die Klientel in Ottensen sieht er doch nicht aus, mit seiner Wampe und den üppigen Tätowierungen auf den Armen.

»Wo wollt ihr denn hin?«, blafft er die drei im Pritschenwagen an. »Anbauten an den Camper is nich!« Er deutet mit strengem Blick auf ein paar Holzbretter auf der Ladefläche des Wagens. »Dat is hier streng geregelt, sonst kommt gleich das Amt.«

»Wir wollen 'n Kumpel besuchen«, ruft Henry durchs Seitenfenster. »Delewski, kennt man hier, glaub ich, oder?«

»Das kann man wohl sagen, Delewski is hier so was wie der King vom Camp.« In der Stimme des Platzwarts meint Richy Anerkennung und gleichzeitig Spott herauszuhören.

»Seid ihr angemeldet?«, will der Tätowierte wissen.

»Soll 'ne Überraschung werden«, entgegnet Henry. »Wo steht er denn mit seiner Kiste?«

»Kiste ist gut, dat is der größte Wagen auf dem ganzen Platz. Dat is 'n Liner. Die haben da sogar Whirlpool und Sauna drin. So was war hier früher überhaupt nich zugelassen. Aber heutzutage kann das ja nich groß genug sein. Erst mal geradeaus, dann dritte Reihe rechts, also drei B, und dann is der Camper nich zu übersehen.«

Sie parken den Lieferwagen am Rand und gehen zu Fuß weiter. Delewskis Wohnmobil fällt tatsächlich sofort ins Auge. Es hat die Größe eines Busses. Als sich die drei dem Campingbus nähern, sehen sie den Bankräuberkollegen und seine Lebensgefährtin Manuela, die Henry von früher kennt, auf einem aufblasbaren Camping-Lounge-Sofa mit einem Mittagscocktail vor ihrem »Carthago Comfort Line« sitzen.

»Carthago, das ist die Premiumklasse«, raunt Henry den beiden anderen leise zu, ein bisschen neidisch, aber vor allem wütend.

Carthaginem esse delendam fällt Richy sofort ein, so viel hat er aus seinem Lateinunterricht behalten. »Karthago muss zerstört werden.« Vor ein paar Wochen war ein Carthago-Tourer vor einer Blankeneser Villa in Neonpink mit dem berühmten lateinischen Zitat besprüht worden. Damit muss der mobile Camper rechnen, wenn er sein Fahrzeug den Bildungsbürgern vor die Villa stellt. Zwei Tage später hatte der Carthago gebrannt wie in der Antike die Stadt. Auch eine jahrhundertealte Eiche hatte dabei gelitten. Aber dafür waren die Blankeneser Altphilologen vermutlich nicht verantwortlich.

Delewski schnellt sofort aus dem Lounge-Sofa hoch

und schiebt seine Spiegelsonnenbrille ins Haar. Sonderlich erfreut ist er über Henrys Besuch offenbar nicht. Die Lebensgefährtin nippt verlegen an ihrem knallgrünen Drink. Sie trägt eine hauteng, wie aufgemalte Hose mit Spinnwebmuster und ebenfalls eine gelbe Spiegelsonnenbrille.

»Jo, Henry, willst mal vorbeigucken.« Delewski weiß offenbar nicht, was er sagen soll. »Also, um eines gleich mal klarzustellen, für mich ist die Sache erledigt.«

Henry fehlen im ersten Moment ebenfalls die Worte, aber die findet er schnell wieder. »Also, für mich ist die Sache noch lange nicht erledigt.«

»Wer sind die beiden denn überhaupt? Was haben die mit der Sache zu tun?« Delewski sieht die beiden provozierend an. Richy begutachtet derweil verächtlich den Riesencamper. »Das ist ja praktisch ein Bus.« Er schüttelt den Kopf. Mit dem Teil könnte man die Ottenser Hauptstraße komplett lahmlegen. Vielleicht gar keine schlechte Maßnahme zur Verkehrsberuhigung.

»Carthago Sprinter«, verkündet Delewski voller Stolz. »Das ist der größte Carthago, das Premium-Modell«

»Fünf-Sterne-Hotel auf Rädern. *Caravaning* ist unsere Leidenschaft«, bekennt Lebensgefährtin Manuela freimütig und zieht dann gleich wieder an dem Strohhalm in ihrem Drink, dass es laut gurgelt.

»Und was ist das da?« Angie zeigt auf die große Klappe im Heck. »Zusätzliche Garage? Hast du da noch 'n Motorrad drin? Oder ein weiteres Auto?«

»Ja nö, 'n Quad.« Delewski setzt sich seine Spiegelsonnenbrille auf die Nase zurück. »Immer schön bescheiden bleiben.« Er grinst.

»Und ich weiß auch, wo die ganze Kohle dafür herkommt.« Henrys Laune verschlechtert sich zunehmend. »Ich will meinen Anteil ... sonst ...«

»Da is keine Kohle mehr.« Delewski hebt die Schultern und streckt beide Arme von sich. »Kannst mit dem Camper mal in Urlaub fahren, mehr kann ich dir nich anbieten.«

»Wir sind hier nicht zum Campen gekommen«, schaltet sich Angie ein.

»Du lebst hier in Saus und Braus.« Henry deutet auf den Carthago. »Kannst du mir doch nich erzählen, dass da keine Kohle mehr ist.«

»Ich hab eben 'ne reiche Freundin.«

»Manuela?« Henry glaubt ihm kein Wort. »Ich will meinen Anteil ... sonst ...«

»Sonst?« Delewski sieht ihn herausfordernd an. »Willst du deine Bewährung aufs Spiel setzen?«

Die beiden anderen müssen Henry zurückhalten, dass er nicht wieder auf seinen Komplizen losgeht.

»Da finden wir vielleicht noch andere Wege«, meint Angie. Aber ihr ist klar, dass sie so heute nicht weiterkommen. Als die drei mit einem Fischbrötchen wieder im Transporter sitzen, ist Henry immer noch außer sich.

»Delewski macht hier den ganz dicken Max, ist ja nun nicht zu übersehen.« Henry ist stocksauer.

»In Karthago.« Richy kann sich das Grinsen nicht verkneifen. Solange die Wohnmobile nicht vor seiner Tür stehen, sieht er das Thema halbwegs gelassen.

Bei Henry dagegen steigt gleich wieder der Blutdruck. »Is sonst nich meine Art, aber in dem Fall könnte ich schon wieder ausrasten.«

»Ist eigentlich schon meine Art«, kontert Richy. »Aber in diesem Fall sollten wir kühlen Kopf bewahren.« Er und Angie überlegen, wie sie vorgehen sollen. »Er hat einen dicken Camper, aber sonst? Wie können wir ihm nachweisen, dass er die Kohle aus eurem Raub hat?«

»Wir müssen ihn unter Druck setzen.« Jetzt überlegt Henry auch. »Zur Not mit etwas, das wir gar nicht haben. Also, ich meine, dass wir nur so tun, als hätten wir was gegen ihn in der Hand.« Er sieht die beiden erwartungsvoll an. »Dat nennt sich Empfängerhorizont.«

»Empfängerhorizont?« Angie und Richards sehen ihn fragend an.

»Kannte ich auch nicht, ist so ein juristischer Begriff, hab ich in meinem Prozess gelernt. Is mir da zum Verhängnis geworden.« Er holt tief Luft. »Bei unserem Überfall hatten wir nur Spielzeugpistolen. Aber das ist egal, weil die Leute in der Bank das ja nich wissen. Die denken, dass die Waffen echt sind, und das war entscheidend für das Urteil. Es geht um den Empfängerhorizont.« Das letzte Wort betont er noch mal besonders.

»Aber eventuell können wir auch tatsächlich etwas gegen ihn in die Hand bekommen«, fällt Angie ein. »Wir haben doch Hans-Peter in unserer Gruppe. Vielleicht weiß das Finanzamt, ob da irgendwelche Gelder sind ... vielleicht als Aktien angelegt, oder ein Depot ...? Keine Ahnung.«

»In der Koje von seinem Camper wird er die Scheine nicht gebunkert haben.« Richy fährt sich durch die Haare.

»Oder hat seine Freundin die Kohle? Und gehört ihr vielleicht auch die Carthago-Kiste?«, überlegt Angie. »Wer da welches Geld hat, das könnte Hans-Peter im Amt doch alles herausfinden.«

»Vielleicht sollten wir Hans-Peter einfach mal fragen.« Henry wirkt auf einmal sehr zuversichtlich und gut gelaunt.

18

Als Angie und Richy nach ihrem Ostsee-Ausflug abends von Henry in Altona abgesetzt werden, stehen zwei weitere Wohnwagen in der Ottenser Hauptstraße. Ein zusätzlicher »Hobby« und dann tatsächlich ein Carthago, deutlich eine Nummer kleiner als Delewskis Geschoss. Zwischen den Gitterzäunen und Barken ist absolut kein Platz, aber irgendwie haben die Fahrer ihre Riesenkisten noch dazwischen gezwängt. Vermutlich haben die Campingfreunde auch ein paar Barken umgestellt. Anwohner sind das nicht. Die Fahrzeuge haben auswärtige Kennzeichen, SHA und TUT. Das sind garantiert Schwaben, überlegt Richy. Er sieht sich die Kennzeichen an. Tatsächlich, Schwäbisch Hall und Tuttlingen, wo immer das liegen mag, auf jeden Fall im Schwäbischen.

Der Carthago hat mehrere Nordkap-Aufkleber zwischen den Dekorstreifen kleben. Richy würde am liebsten gleich die Sprayflasche herausholen, aber er hat natürlich keine dabei. Sein Blick fällt noch mal auf die Aufkleber. »Nordkap?«, brummelt er. »Karthago ist aber die andere Richtung.« Angie muss grinsen.

Nach der Begutachtung der neu geordneten Absperrgitter und Barken holen die beiden sich noch ein Eis an der Reitbahn.

»Pampelmuse ist in der ›Eisliebe‹ genial«, meint Angie. »Schmeckt wirklich voll nach Pampelmuse.« Und Richy muss ihr recht geben. Das Eis ist weniger süß als anderswo, auch wenn der zuckrige Name der Eisdiele eher das Gegenteil verspricht. Sie sitzen auf einem Absperrgitter, lecken ihr Eis und reden. Plötzlich lehnt sich Angie kurz an seine Lederjacke.

»Ich versprech dir jetzt was, Richy, keine Guzzi ohne Schalldämpfer mehr!« Richards muss grinsen. »Und ich könnte mir vorstellen, mit deinem Freund Kevin, das regelt sich auch noch.« Zum Abschied drückt Angie ihm noch einen flüchtigen Kuss auf die Wange. Er duftet nach Pampelmuse.

Richy weiß überhaupt nicht, wie ihm geschieht. Er ist verwirrt.

Später, als er im Bett liegt, kann er erst mal nicht einschlafen. Und diesmal liegt das nicht an der Beluga, an Kevin oder an »Keine Panik«. Irgendwann ist er dann doch weg.

Am nächsten Morgen schreckt er durch einen lauten Knall im Hinterhof hoch und sitzt gleich wieder aufrecht im Bett. Aber das ist nicht der übliche Sound des Laubbläsers. Nach dem ersten Knall gibt es ein lautes, bedrohlich klingendes metallisches Scheppern, ein weiteres Knallen und dann einen entsetzlichen Schrei. Es folgt Hundebellen, ein kurzes Wimmern, nicht besonders lang, danach verstummt es plötzlich. Der Laubbläser rattert kurz, blubbert ein paarmal, dann ist es auf einmal still. Das ganze Geräusch-Potpourri dauert nur wenige Sekunden, in denen Richy aber sofort zum Fenster stürzt, um nach unten in den Hof zu sehen.

Im ersten Moment kann er gar nicht einordnen, was er da sieht. Kevin Knappek kniet inmitten der welken Lindenblüten. Der PB 8010 rutscht ihm gerade aus den Händen. Es ist nur ein Teil des Geräts. Der andere Teil des Chassis steckt in seinem Hals. Es wirkt, als sei ein Stück der Verkleidung bei dem Knall aus dem Bläser herausgeplatzt. Die scharfe Kante ist Kevin offenbar in den Hals geschnellt, als wollte das »Beast« sein Herrchen köpfen. Das Blut strömt aus der Schnittwunde. Auf dem orangen Höllending ist es kaum zu sehen, aber auf Knappeks Overall suppt das Blut. Es sieht aus, als pumpe das Herz dem Hausmeister das gesamte Blut aus dem Körper. Kurz darauf sackt der bis dahin noch kniende Knappek in sich zusammen und bleibt regungslos zwischen den Lindenblüten liegen. Pitbull Fricco schleicht um die Blutlache herum und glotzt dumpf. Dann leckt er das Blut, erst vorsichtig, dann begierig. Kevins Nappaledergesicht sieht jetzt noch müder aus als sonst, das meint Richy sogar aus dem zweiten Stock deutlich zu erkennen.

Richards ist wie paralysiert. Was soll er machen? Soll er sofort nach unten in den Hof laufen? Aber Knappek braucht jetzt nicht ihn, sondern ganz dringend einen Notarzt. Richy zückt sein Handy und wählt den Notruf. Gleichzeitig hastet er zu einem der Fenster, die zur Straße gehen, und sieht zu den »Milchmädchen« hinunter.

»Wir brauchen schnell einen Unfallwagen!«, schreit er zu Ober-Milchmädchen Sabrina hinunter, die gerade ein Tablett an einen der Außentische bringt. »Notarzt!«, ruft er hinterher. »Ich ruf gerade an ... nur damit ihr Bescheid wisst! Soll sofort in den Hof durchfahren!« Sabrina lässt fast das Tablett fallen und stürzt zusammen mit ihrer Mitarbeiterin in den Hinterhof.

Im selben Moment hat Richy beim Notruf eine Verbindung. Er meldet den Vorfall und die genaue Adresse. Er fühlt sich dabei ganz seltsam. Wütend ist er auf einmal überhaupt nicht mehr. Eine kurze Schrecksekunde zuvor hat er noch überlegt, ob er wirklich den Unfallwagen rufen soll. Irgendwie hat er das Gefühl, er solle sich besser im Hintergrund halten. Aber der Typ braucht schnell Hilfe. Ganz schnell. Und er hat nichts mit Kevins Unfall zu tun. Oder vielleicht irgendwie doch? Wer weiß. Dass er mit dem Hausmeister auf Kriegsfuß steht, ist kein Geheimnis. Es ist innerhalb kürzester Zeit der zweite Vorfall bei ihm im Hinterhof. Die Polizei ermittelt offenbar schon wegen des verunglückten Oldtimerfahrers Hermann junior. Einen der Beamten hatte Richy an der Unfallstelle selbst gesprochen. Außerdem hatte er mitbekommen, dass die Polizei in der Nachbarschaft herumfragte, ob jemand ein Umstellen der Verkehrsschilder und Absperrungen beobachtet hat.

Während Richy sich hektisch ein paar Klamotten überzieht und gerade doch nach unten stürzen will, hört er schon das Martinshorn. Der erste Unfallwagen ist nach wenigen Minuten vor Ort. Trotzdem kommt ihm alles ewig lang vor. Er bleibt erst mal am Fenster stehen. Die Sanitäter werden von Sabrina gleich durch den Torbogen in den Hinterhof geschickt. Richards beobachtet von oben, wie Notarzt und Sanitäter mit metallenen Arztkoffern zu dem Hausmeister stürzen. Der Arzt beugt sich über Knappek. Die Blutlache auf dem Asphalt ist inzwischen größer geworden. Etliche Lindenblüten sind rot gefärbt. Während der Unfallarzt nach der Atemfrequenz horcht, den Puls zu fühlen versucht und den Blutdruck misst, legt einer der Sanitäter einen Venenzugang, der andere zieht das in seinem Hals steckende Teil des Laubbläser-Chassis vorsichtig heraus und legt sofort einen Druckverband an, um die Wunde zu stillen. Aber Knappek hat schon jede Menge Blut verloren, das kann Richards von seinem Fenster aus beobachten. Während der Pitbull hechelnd über den Hof läuft, versucht das Team aus dem Notarztwagen noch einige Wiederbelebungsversuche. Doch dann sieht der Arzt seine beiden Mitarbeiter an und schüttelt den Kopf. Nur angedeutet, aber Richy kann das deutlich sehen. Die jetzt in den Hinterhof fallende Sonne lässt die blutbespritzten Lindenblüten gelb, orange und rot aufleuchten.

Richards geht jetzt auch nach unten. Vor dem Café hat sich ein regelrechter Auflauf gebildet. Ein Beamter in Uniform versperrt den Zutritt zum Hinterhof. Sabrina und auch Richys neue Ausrasterkollegin Carlotta stürmen gleich auf ihn zu. Sohn Heinrich ist heute auch dabei und steht höchst interessiert daneben.

»Das ist ja voll das Drama hier.« Carlotta wirft sich aufgeregt die rotblonden Haare aus dem Gesicht.

»Bamm, den hat es erwischt ... voll mit der Axt.«

Begeistert simuliert Heinrich einen tödlichen Schlag, wie er das aus seinen Computerspielen kennt, und grinst. Das soll dreckig wirken, bleibt aber kindlich. Richy müsste ihm das nachfühlen können, aber ihm gelingt es einfach nicht.

Carlotta ignoriert den ganzen Vorgang. »Ich bin gerade gekommen, dann meint Sabrina gleich so, geh da bloß nicht auf den Hinterhof. Genau! Vor allem Heinrich nicht.«

»Wieso nicht? Das ist doch voll die *Action*!« So munter hat Richy den sonst gelangweilten Jungen noch gar nicht erlebt. Heinrich hat es gleich an den Ort des Geschehens gezogen, aber ein Polizist hat ihn sich sofort geschnappt und bei seiner Mutter abgeliefert.

Kurz darauf rückt die Besatzung des Notarztwagens wieder ab. Und anschließend dauert es gar nicht lang, bis das Bestattungsunternehmen aus dem Stadtteil vorfährt. Zwei Mitarbeiter von »Petersen und Söhne« bringen den in einer verschlossenen Zinkbahre liegenden Hausmeister zu ihrem schwarzen Kombi mit dem Lorbeerkranz auf der Milchglasscheibe. Zusammen mit einigen der Cafébesucher beobachtet er das durch den Torbogen. Sabrina läuft aufgeregt hin und her, und Carlotta hat alle Mühe, ihren Heinrich vom Unfallort fernzuhalten.

»Was ist denn hier passiert?«, will ein Passant wissen.

»Unser Hausmeister«, verkündet Sabrina mit Leidensmiene.

»Der Hausmeister?« Der Mann sieht sie fragend an. »Das ist doch Kevin Knappek, oder?«

»Dem ist offenbar sein Laubpuster um die Ohren geflogen«, ergänzt Richy.

»Voll abgeranzter Typ ... keine Ahnung.« Carlotta sieht Richy an. Irgendwie kommt ihr Blick ihm verschwörerisch vor. So als müsse sie sich ein Grinsen verkneifen.

Beim Zurücksetzen des Leichenwagens aus der Toreinfahrt kommt es fast zur Karambolage mit einem Lastenfahrrad. Währenddessen sprintet Fricco mit ein paar athletischen Sätzen durch den Torbogen auf die andere Straßenseite. Dann rollt der schwarze Leichenkombi von »Petersen und Söhne« die von rot-weißen Barken und Gitterzäunen gesäumte Ottenser Hauptstraße majestätisch hinunter Richtung »Eisliebe«.

Die Gruppe der Schaulustigen löst sich schnell wieder auf. Die meisten gehen weiter. Im Café wird schon wieder Latte Macchiato mit Erbsenmilch bestellt. Nur Richy sieht dem Wagen hinterher. Er hat Kevin gehasst. Aber jetzt hat er doch ein komisches Gefühl in der Magengrube.

19

Die Ausraster-Runde hat sich zur nächsten Sitzung bei Norbert eingefunden, und sie ist schon wieder größer geworden. Richy staunt und nickt der neuen Teilnehmerin kurz zu.

»Wir haben ein neues Mitglied in unserem Kreis.« Norberts sanfte, immer etwas schläfrige Stimme klingt heute richtig enthusiastisch. »Magst du dich vorstellen?«

»Klar. Hallo, ich bin Frieda.« Die Klimakleberin lässt sich nicht lange bitten.

»Die Frieda.« Norbert nickt fleißig, wobei ihm seine Frisur gleich wieder auf die Brille rutscht.

»Hallo, Frieda«, antwortet Richy schnell vor allen anderen. Eben hatte er noch über Kevins dramatisches Ende sinniert und sich mit Angie darüber ausgetauscht, jetzt bringt ihn die Klimaaktivistin mit der drahtigen blonden Mähne auf andere Gedanken.

Die anderen folgen ihm sofort. »Hallo, Frieda«, murmeln sie. Hans-Peter starrt dabei abwesend auf den langen Pappkarton, der ihm verdammt bekannt vorkommt.

»Ja ... und ...?« Norbert möchte offenbar noch etwas mehr hören.

»Ja, was und?« Frieda lässt ihren Blick einmal trotzig durch die Runde kreisen und kaut demonstrativ auf einem Kaugummi.

»Wollen mal hoffen, dass sie sich nicht auf ihrem Stuhl festgeklebt hat.« Carlotta, die die Klebeaktion natürlich auch mitbekommen hat, gibt gleich Kontra.

Für diese Bemerkung wirft Frieda ihr sofort einen giftigen Blick zu und nimmt dann Richy ins Visier. Aber ganz so giftig blickt sie ihn nicht an, das erkennt er gleich. Schließlich hat er sie mit einer Selbstgedrehten versorgt.

»Ich bin Frieda und ich bin wütend ... Aber das hat ja nun auch seine Berechtigung. So können wir schließlich nicht weitermachen!«

Norbert nickt ihr verständnisvoll zu. »Frieda, da hast du recht. Wir wollen dir deine Wut auch gar nicht nehmen. Nur helfen, richtig damit umzugehen. Wir verstehen dich. Nur ...« Er zögert einen Moment. »Die Beamten, mit denen du zu tun hattest, haben es nicht so verstanden. Da hat das Gericht ja eine strafrechtliche Relevanz festgestellt, und der Farbeimer auf dem Auto ...«

»Ja, Scheiße, die müssen es auch kapieren, die sind vom Klimawandel genauso bedroht.« Frieda ist mehr sauer als wütend. »Wenn wir so weitermachen, kommen die mit ihren Bullenwannen und SUVs überhaupt nicht mehr nach Altona rein! Dann haben wir hier Hochwasser!«

»Das ist jetzt natürlich schon ein größeres Thema, das du da ansprichst.« Norbert wiegt den Kopf.

»Ist das hier jetzt 'ne Polit-Schulung, oder wie?« Tatjana ist genervt. »Deshalb bin ich nicht da.«

»Ja, Tatjana, sehr gut, dass du deine Position offen ansprichst.« Norbert will gleich moderieren, wird aber sofort wieder unterbrochen.

»Hallo, das ist aber ein politisches Thema, verdammt noch mal.« Frieda wird deutlich, kaut aber gleichzeitig demonstrativ lässig weiter ihr Kaugummi. Dem Seminarleiter drohen die Fäden aus der Hand zu gleiten. Richy dagegen gefällt es irgendwie, er fühlt sich an früher erinnert. Auch Angie und Henry müssen über die Klimakleberin schmunzeln.

»Solltest du vielleicht auch mal drüber nachdenken«, pfeift die Umweltaktivistin Tatjana an, die Frieda darauf feindlich fixiert. »Was machst du überhaupt?«

»Die Tatjana ist Krankenschwester. Chirurgie.« Norbert hält kurz inne. »Das ist auch ein wichtiger Beitrag.« Er ordnet seine Haare über der Stirn.

»Chirurgie? Darum geht es in zwanzig Jahren nicht mehr, da ersaufen wir alle.« Sie beißt noch mal heftiger auf dem Kaugummi herum. »Da hilft Operieren auch nicht mehr.«

»Frieda, wir werden das Thema ganz sicher noch vertiefen.« Norbert wird unruhig und nestelt an seinen Haaren herum. Irgendwie verliert er gerade die Kontrolle über seinen Workshop.

»So wie jetzt werden wir in zwanzig Jahren nicht mehr wohnen.« Frieda kommt immer mehr in Schwung. »Diese eeedlen Stahlstift-Schuppen in Ottensen. Alles nachhaltig und wahnsinnig stylisch. Von wegen, das ist Schrott! Das ist nicht die Lösung!«

Antiaggressionscoach Norbert wird immer unruhiger.

»Ganz toll, wie die Frieda sich hier gleich auf Anhieb öffnet und einbringt, aber wir sollten doch ...«

Weiter kommt er gar nicht, Carlotta unterbricht ihn. »Sie hat ja recht, die Stahlstift-Townhouses sind Schrott, das kannst du vergessen!«

»Wie bitte?« Richy wundert sich. »Du hast da doch 'ne Wohnung gekauft, oder? Nur weil euch da dieser Oldtimer ins Betonfundament gerasselt ist, willst du die Hütte nicht mehr haben?« Carlotta hat da offenbar eine radikale Kehrtwendung gemacht.

»Seit diesem Unfall passiert an dem Bau nichts mehr, überhaupt nichts.« Sie wird richtig sauer. »Aber das allein ist es nicht. Es gibt so Gerüchte, dass der Bauträger keine Kohle mehr hat. Genau! Mein Nachbar, der sich drei der fünf Townhouses untern Nagel gerissen hatte, hat kalte Füße bekommen und seine ganze Kohle rechtzeitig abgezogen. Jetzt ist für den Weiterbau nichts mehr da. Nur, ich hab meine erste Rate schon bezahlt. Keine Ahnung, was da jetzt wird. Das ist voll die Katastrophe.«

Die Mehrheit im Stuhlkreis hört sich das geduldig an. Nur Hans-Peter wird immer unruhiger.

»Norbert, jetzt muss ich aber doch mal dazwischen ...«

»Ja, Hans-Peter ...« Der Antiaggressionscoach nimmt es dankbar auf.

»Hallo, was soll das jetzt?«, protestiert Frieda.

»Genau!«, unterstützt Carlotta sie.

»Ich bin der Hans-Peter ...«

Henry verdreht die Augen, aber er zeigt es nicht zu

deutlich. Schließlich haben er, Angie und Richy noch etwas mit ihm vor. Und auch Norbert möchte den Mann vom Finanzamt Hamburg-Am Tierpark nicht gleich abwürgen. Nur Frieda und Carlotta strecken protestierend die Hände in die Luft.

»Hans-Peter, ich glaube, du warst schon wieder bei deinem Lieblingskunden. Hat er seine Steuererklärung immer noch nicht abgegeben?«

»Der ist über zwölf Monate in Verzug, das ist kriminell!« Sein Gesicht läuft rot an. »Der macht als Spieleentwickler Millionen mit seinem Kram. *Gun Fighter*, *Bloody Hellrider*, so was lässt der auf die Menschheit los. Allein schon die Namen sind doch kriminell. Und die *Hellrider* zahlen keinen Euro Steuern.«

»Was sagst du da? *Gun-Fighter? Bloody Hellrider?*« Carlotta schnellt hoch und sitzt auf einmal kerzengerade auf ihrem Stuhl.

20

Richy, Henry und Angie mussten keinen Tag warten, schon hatten sie detaillierte Informationen aus dem Finanzamt Hamburg-Am Tierpark. Gleich nach der letzten Sitzung bei den Anonymen Ausrastern hatten sie Hans-Peter zur Seite genommen. Der verhinderte Finanzbeamte musste nicht lange überredet werden, die finanziellen Verhältnisse von Henrys Komplizen Delewski mal etwas genauer unter die Lupe zu nehmen. Hans-Peter arbeitete gewissenhaft und schnell.

Torsten Delewski hat tatsächlich kein Geld auf der Bank, nur ein Girokonto für das Bürgergeld. Seine Freundin Manuela Warnke dagegen ist eine wohlhabende Frau mit einem ganz beachtlichen Wertpapierdepot. Zunächst fand Hans-Peter nichts dabei, Manuela zahlt brav ihre Steuern, das heißt, die fällige Kapitalertragssteuer wird von den Dividenden und Zinseinkünften gleich einbehalten. Als der Mann vom Finanzamt sich die Akten länger zurückliegender Jahre zog, stellte er fest, dass die Dame sehr plötzlich von einem Monat zum anderen zu Reichtum gekommen war. In den Jahren davor hatte Manuela überhaupt nichts versteuert, aber ein halbes Jahr nach dem Bankraub hatte sie plötzlich Steuern entrichtet, ganz automatisch.

Hans-Peter war gleich elektrisiert, allerdings auch ein bisschen enttäuscht. Wegen des automatischen Einzugs der Steuern konnte er gar nicht weiter tätig werden. Er hat leider überhaupt keine Veranlassung, eine Steuererklärung anzumahnen, geschweige denn Steuern einzutreiben. Aber dass seine Kompetenz in der Gruppe gefragt ist, freut ihn schon sehr. Am liebsten wäre er gleich nach Timmendorfer Strand mitgereist. Wenigstens setzt er noch ein Schreiben mit dem Briefkopf der Behörde auf, in dem Manuela die plötzliche Veränderung ihrer finanziellen Verhältnisse erklären soll.

Sehr detailliert haben Henry, Angie und Richy ihren Coup nicht geplant. Die ganze Aktion läuft recht spontan. Richy hatte die Idee, den Carthago aus der Tristesse des Timmendorfer Campingplatzes zu befreien und in seine Heimat zurückzuführen. Sie wollen den Camper klauen und möglichst ins Ausland verkaufen. Der Markt für luxuriöse Wohnmobile ist angeblich eng. Dafür gibt es doch bestimmt jede Menge Abnehmer, vielleicht ja auch im arabischen Raum. Henry könnte das Geld einstreichen, und die deutschen Behörden bekämen nichts davon mit.

Bestens gelaunt machen sie sich frühmorgens erneut auf den Weg zum Timmendorfer Strand. Diesmal sind sie mit der Bahn unterwegs. Es soll wieder ein heißer Sommertag werden, und in dem stickigen Abteil kommt Richy in seiner alten Lederjacke jetzt schon ins Schwitzen. Aber bei diesem Coup will er unbedingt die Fliegerjacke seines Großvaters tragen, in der seine Schultern gleich ein paar

Zentimeter breiter sind. Statt des *Biker-Bitch*-Shirts trägt Angie heute eine Jeansjacke über dem schwarzen Tanktop mit einem großen Schraubenschlüssel auf der Brust. Richy muss an ihr Tatwerkzeug gegen Hermann junior denken. Er ist alles andere als ein Fan bedruckter Shirts, aber Angie sieht darin toll aus. Immer wieder fährt er sich verlegen durch die Haare, wenn er sie auf der Fahrt etwas zu oft und zu lange ansieht.

Der Klau des Campers ist riskant. Richy, Henry und Angie müssen da auf ihr Improvisationstalent vertrauen und einen guten Moment abpassen. Wenn Delewski und seine Bekannte ihren Carthago verlassen, wollen sie zuschlagen. Henry kann die Kiste knacken, und Angie besitzt das nötige Knowhow, sie kurzzuschließen.

Als sie nach der Anreise über Travemünde und einem kleinen Spaziergang auf den Campingplatz kommen, ist zunächst alles einfacher als gedacht. Das Wärterhäuschen neben der Schranke ist nicht besetzt, sodass die drei unbeachtet das »Camp Lübecker Bucht« entern können. Und auch im Carthago treffen sie niemanden an. Delewski und seine Freundin sind aushäusig und haben ihr mobiles Zuhause nicht mal abgeschlossen. »Wahrscheinlich beim Baden«, vermutet Richy, der sich immer noch nicht entschließen kann, seine Fliegerjacke auszuziehen. Henry und Angie sehen sich im Inneren kurz um. In der Küche des Campers stehen noch halb ausgetrunkene Kaffeebecher und der Rest eines Marmeladenbrötchens. Richy behält währenddessen die Umgebung im Blick. Ein Nachbar ein paar Wohnwagen weiter blickt etwas argwöhnisch zu ihm herüber. Richy nickt ihm kurz zu und dreht sich wieder weg. Er möchte später nicht unbedingt wiedererkannt werden. Wer weiß, wie sich die ganze Aktion weiterentwickelt.

»Los, komm, wir wollen hier keine Wurzeln schlagen!«, ruft Henry ihm im nächsten Moment schon vom Fahrersitz durch das offene Autofenster zu. Angie ist gar nicht zu sehen, sie hockt im Fußraum unter dem Lenkrad zwischen den Kabeln. Im nächsten Moment ist ein knappes Wiehern des Anlassers zu hören und gleich darauf das leise Summen des Motors. Richards springt auf, und dann manövriert Henry, lässig eine Zigarette im Mundwinkel, den monströsen Campingbus von seinem Stellplatz über den Schotterweg des Platzes zum Ausgang. Der Campingnachbar sieht ihnen mehr interessiert als erstaunt hinterher. Die Schranke ist geöffnet und das Häuschen immer noch nicht besetzt.

Auf der schmalen Straße durch das Waldstück Richtung Bundesstraße gibt Henry Gas. Der Carthago fährt sich nicht anders als die Lieferwagen vom Baumarkt. Angie juchzt auf dem Beifahrersitz. Richy hockt auf der cremefarbenen Sofasitzbank hinter dem Fahrer und dreht sich eine Zigarette. Die Stimmung ist bestens. Er lässt während der Fahrt die Bäume und eine Familie mit Badezeug, Kinderschaufeln und einem Kescher an sich vorbeiziehen. Viel Verkehr ist hier nicht. Doch dann kommt ihnen unüberhörbar röhrend ein Quad entgegen. Auf dem Ungetüm, mit dem man sicher auch über den Strand und durch Dünen brettern kann, sitzen unübersehbar Delewski und seine Bekannte Manuela, beide in Badezeug und mit gelber Spiegelsonnenbrille.

Henry und Delewski nehmen sich im selben Moment wahr. Henry umklammert das Steuer des Wohnmobils fester und gibt noch etwas mehr Gas. Delewski will sein Quad auf dem Weg querstellen, um den Carthago zu stoppen. Als das Wohnmobil mit unverminderter Geschwindigkeit auf ihn zurast, weicht er aus, wendet und nimmt die Verfolgung auf. Das vor PS strotzende Vierradgefährt hat den Camper sofort eingeholt und fährt jetzt neben ihm.

»Henry, stopp! Sofort anhalten«, schreit Delewski seinem ehemaligen Komplizen durch die offene Scheibe der Fahrertür zu. Seine Freundin klammert sich an ihm fest.

Das Quad kommt immer näher, Henry bemüht sich Abstand zu halten, der Carthago kommt ins Schlingern. Richy rutscht fast von seiner Sitzbank, von seiner Selbstgedrehten fällt Asche und auch Glut auf das cremefarbene Sitzpolster und zwischen seine Beine. Er schreckt hoch, während der schwere Camper noch mehr ins Schaukeln gerät.

»Wir können doch über alles reden«, ruft Delewski.

»Ach, hör doch bloß auf! Das hättest du dir früher überlegen müssen.« Henry tritt stärker aufs Gas. Aber das knatternde Quad mit den wuchtigen Reifen weicht ihm nicht von der Seite. Auf der engen Straße ist kaum Platz für beide.

»Halt sofort an, du Arsch!« Jetzt ist Schluss mit lustig bei Delewski.

»Jetzt bin ich mal dran mit Glamping!«, schreit Henry gegen die Motorengeräusche an und drängelt das Quad Richtung Straßenrand, um es auszubremsen. In dem Moment bemerkt er, dass sein ehemaliger Komplize eine Waffe in der Hand hält. Die rechte Hand hat er am Lenker des Quads, die Linke hält die Pistole umklammert. Angie und Richy geraten etwas in Panik. Doch Henry zeigt sich wenig beeindruckt von der Waffe.

»Na, wieder 'ne Schreckschusspistole dabei!?« Es klingt höhnisch, aber vor allem wütend, und er muss unwillkürlich an ihren gemeinsamen Bankraub denken. Empfängerhorizont schießt es ihm durch den Kopf. »Hör bloß auf mit den Mätzchen!«, schreit er.

»Von wegen! Diesmal ist die Wumme echt!« Delewski gibt einen Schuss in die Luft ab. Das könnte natürlich genauso gut ein Schreckschuss gewesen sein. »Ach, komm, hör doch auf!« Henry macht eine wegwerfende Geste.

Doch Delewski denkt gar nicht dran, aufzuhören. Bei voller Fahrt richtet er die Waffe auf seinen Exkomplizen und nagelt ihn mit einem wütenden Blick fest. Dann schießt er.

Henry schreit auf. Das Projektil hat ihn in der Schulter getroffen. Er fasst sich an die Wunde und reißt dabei das Steuer herum. Der große Camper schwankt bedenklich und drängt das Quad immer mehr zur Seite. Aus voller Geschwindigkeit kippt das vierrädrige Gefährt samt Delewski und seiner Freundin röhrend von der Straße herunter und schießt auf das Hinweisschild »Camp Lübecker Bucht« und einen danebenstehenden Baum zu.

Angie greift Henry ins Steuer, damit der Carthago dem Quad nicht hinterherrauscht.

»Lass ma, ich hab die Kiste im Griff«, brummt Henry, verzieht dabei aber schmerzverzerrt das Gesicht. Über seine Hand, die er auf die Schulter gepresst hat, läuft Blut. Angie hängt schon halb auf dem Fahrersitz und hat das Steuer mit beiden Händen gefasst. Richy dreht sich um, um zu sehen, was mit Delewski und dem Quad passiert ist. Aber er kann es nicht genau erkennen.

»Dein Kumpel scheint sich um das Schild gewickelt zu haben. Sollen wir den Unfallwagen rufen?« Richy weiß nicht, wo ihm der Kopf steht.

»Unfallwagen? Bist du verrückt?«, ranzt Henry ihn an.

»Na ja, wahrscheinlich habt ihr recht. Die werden gleich entdeckt und sofort versorgt.«

»Wenn hier einer einen Unfallwagen braucht, dann ist das Henry. Lass uns den Camper einmal kurz rechts ranfahren, ich übernehme jetzt das Steuer.« Angie hat die Situation noch am ehesten unter Kontrolle. Der Klau des Carthago begann so lustig, aber jetzt ist die Stimmung dahin. Als der Camper am Straßenrand zum Stehen kommt, geht Angie ans Steuer und Richy wechselt auf den Beifahrerplatz. Henry verfrachten sie auf die bequemen Polster dahinter, und Richy reicht ihm ein herumliegendes Küchenhandtuch, das dieser sich auf die blutende Schusswunde drückt. Das Blut suppt trotzdem sofort durch den Stoff auf seine Hose und die Polster.

»Was wollen wir mit ihm machen?« Angie wirft Richy

einen ratlosen Blick zu. Der dreht sich erst mal die nächste Zigarette.

»Unfallwagen für mich können wir jedenfalls vergessen«, nuschelt Henry auf der Rückbank und starrt auf seine Schulter, die immer stärker blutet.

»Wir müssen Henry irgendwie ...« Richy zieht hektisch an seiner Zigarette und weiß im Augenblick auch nicht weiter. »Aber gleichzeitig müssen wir diese Riesenkiste aus dem Verkehr bekommen, fällt ja doch ziemlich auf.« Er wirft seine Zigarette halb aufgeraucht aus dem geöffneten Beifahrerfenster. »Und mit Henry müssen wir dann ... ja, Scheiße, weiß auch nicht.«

21

Zunächst hatten sie ernsthaft überlegt, Henry in ein Krankenhaus zu fahren. Aber mit dem geklauten Carthago war das natürlich alles andere als günstig. Vielleicht hat Delewski den Camper ja als gestohlen gemeldet. Der riesige Wohnwagen fiel in jedem Fall auf. Henry wollte auf keinen Fall in ein Krankenhaus. Er hat die berechtigte Sorge, dass sofort die Polizei an seinem Krankenbett erscheint und er wieder in den Knast wandert.

Auf der Fahrt entlang der Seen durch die Holsteinische Schweiz werden die Blutungen etwas weniger. Aber das ändert nichts daran, dass Henry unbedingt ärztlich versorgt werden muss. Nebenbei suchen sie im Radio und auf dem Handy, ob es vielleicht eine Meldung über einen Unfall nahe dem Campingplatz in der Lübecker Bucht gibt. Sie würden schon gerne wissen, wie es um Henrys Komplizen und Freundin Manuela steht. Hat Delewski den Diebstahl des Wohnmobils überhaupt gemeldet? Müssen sie damit rechnen, dass nach ihnen gefahndet wird?

Die drei nehmen nicht die Autobahn, denn sie wollen erst mal nicht nach Hamburg, sondern in das Gewerbegebiet von Neumünster, wo Richys Freund Armin das Großlager für seinen Weinhandel hat. Richy hatte vorher mit ihm besprochen, dass er vorübergehend ein Fahrzeug bei ihm unterstellen kann. Als sie dann mit dem Carthago am Weinlager vorfahren, staunt Armin doch etwas.

»Ich glaub es ja wohl nich, Richy! Unter die Camper gegangen?« Er setzt ein Grinsen auf, das ihm sofort auf den Lippen erstarrt, als er den blutenden Henry bemerkt.

»Um Gottes willen, was ist denn passiert? Unfall?« Er stiert auf das blutdurchtränkte Küchenhandtuch. »Ist das etwa eine Schusswunde? Seid ihr überfallen worden?« Armin weiß gar nicht, was er sagen soll. »Er muss ins Krankenhaus. Wollen wir ihn schnell ins Klinikum fahren oder soll ich den Unfallwagen rufen?«

»Auf keinen Fall!« Bei der Frage wird Henry, der während der Fahrt reichlich lethargisch in seinem Sitz hing, auf einmal wieder munter. Den ehemaligen Knacki kann ja so schnell nichts aus der Ruhe bringen, nicht einmal eine Schusswunde, aber bei dem Wort Krankenhaus wird er panisch.

»Du musst ins Krankenhaus«, sagt Armin bestimmt, aber er kennt Henrys Vorgeschichte nicht.

Während Richy seinem Freund kurz die Problematik darlegt, versorgt Angie den Verletzten mit Wasser und einem frischen Handtuch.

»Weißt du nicht irgendeinen Arzt, der ... na ja ... der mal 'ne eher private Behandlung außerhalb der Sprechstunde ...?« Richards bleibt bei vagen Andeutungen, die Armin sofort kapiert.

Und dann hat Angie auf einmal eine Idee. »Sagt mal, wir haben doch Tatjana bei uns in der Gruppe, die ist doch ...«

»... jedenfalls keine Ärztin«, wendet Richy ein.

»Aber Krankenschwester, und zwar in der Chirurgie, das ist genau die Abteilung, die Henry jetzt braucht.«

»In die Chirurgie wollen wir mit Henry ja nun gerade nicht«, gibt Richards zu Bedenken. »Soll sie ihn auf dem Küchentisch operieren?«

»Na, die wird mir doch so eine Scheißkugel aus der Schulter herauspulen können.« Henry ist wild entschlossen. »Und einen Verband und 'ne Spritze gegen Tetanus wird sie wohl auch hinkriegen. Keine Ahnung, was ich da brauche.«

Angie parkt den Camper hinter einem Palettenturm mit Weinkartons, und Armin leiht den dreien sein Auto.

Zwei Stunden später stehen sie bei Tatjana vor der Wohnungstür am Osdorfer Born. Angie kennt die Adresse, sie hatte Tatjana nach einer Sitzung bei Norbert auf dem Motorrad mitgenommen und hier abgesetzt. Die Krankenschwester wohnt im siebten Stock des Hochhauses, das hier der »Affenfelsen« genannt wird. Auf ihr Klingeln reagiert niemand, aber die Tür mit der zersplitterten Scheibe unten am Hauseingang ist offen.

Angie und Richy werden langsam nervös. Henry ist nach der langen Autofahrt reichlich mitgenommen. Die Blutung ist zwar einigermaßen gestoppt, aber er ist kreidebleich. Im Fahrstuhl nach oben kann er sich kaum auf den Beinen halten.

»Ich weiß echt nicht ...« Richy klingt mehr als beunruhigt. »Henry muss dringend zu einem Arzt. Wir sollten besser doch mit ihm ins Krankenhaus.«

Henry ist inzwischen so matt, dass er kaum mehr protestiert.

Als sich die Fahrstuhltür im siebten Stock öffnet, steht Tatjana in ihrer Wohnungstür.

»Was macht ihr denn hier?«, fragt sie perplex. Im selben Moment bemerkt sie Henrys blutende Wunde an der Schulter.

»Tatjana, wir haben da 'n Problem ...« Angie kommt gleich zur Sache.

»Das sehe ich.«

Henry taumelt auf sie zu, und Tatjana wirft einen näheren Blick auf die Verletzung.

»... bei dem du uns helfen könntest«, bringt Angie ihren Satz zu Ende.

»Was ist das? 'ne Schussverletzung? Damit muss er ins Krankenhaus. Ich komme gerade vom Dienst. Aber ich fahr noch mal mit, dann können wir ihn dort gleich versorgen.«

»Das wollten wir eben gerade vermeiden, deshalb sind wir hier.« Richy klingt ungewöhnlich kleinlaut.

»Wie ist das überhaupt passiert? Wo seid ihr da reingeraten? Habt ihr jetzt zusammen 'ne Bank überfallen?« Die Krankenschwester wittert Unheil.

»Ja, nee, das ist 'ne längere Geschichte«, wiegelt Richy ab. »Das ist alles 'n bisschen dumm gelaufen.«

»Tatjana, du bist unsere Rettung«, stöhnt Henry.

»Wie stellt ihr euch das vor? Das ist hier kein Krankenhaus. Ihr bringt mich da in Teufels Küche.«

»Küche ist 'n gutes Stichwort«, fällt Richards ihr ins Wort. »Kannst du ihm nicht einfach bei dir in der Küche die Kugel rausholen?«

»Wir assistieren auch«, beteuert Angie.

»Und ich beiß die Zähne zusammen«, verkündet Henry todesmutig.

»Das könnt ihr vergessen! Ich habe hier doch nicht die richtige Ausstattung. Außerdem bin ich Krankenschwester und keine Ärztin. Und örtliche Betäubung gibt's auch nicht.«

Tatjana lässt sich noch etwas bitten, bevor sie Henry einen hochdosierten Schmerzmittelcocktail verabreicht. Aber dann sitzen sie auch schon in der kleinen Küche, das heißt, der Patient liegt auf dem schnell leer geräumten Tisch, die anderen stehen drumherum.

Nach einem OP-Saal sieht die Einbauküche aus den Neunzehnhundertsiebzigerjahren mit der abgeschabten Arbeitsplatte und den schief hängenden Schranktüren nicht aus. Aber der Geruch aus der blauen Sterillium-Flasche schafft gleich Krankenhausatmosphäre. Während Tatjana Henry prophylaktisch ein Antibiotikum spritzt, das sie noch vorrätig hat, liegen das Operationsbesteck, ein Skalpell, zwei Pinzetten und eine Nadel zum Sterilisieren im Backofen. Vorsichtig ziehen sie Henry das Hemd aus und waschen und desinfizieren sich gründlich die Hände. Tatjana holt ihre Dienstkleidung heraus. Auch Angie und Richy bekommen auf die Schnelle ein grünes

OP-Hemd übergezogen. »Wir können einfach alles tragen«, grient Angie, zupft das grüne Teil über ihrem Schraubenschlüssel-Shirt zurecht und streift die dicken Ringe ab. Tatjana knipst sämtliche Leuchtröhren an, quetscht ihre Finger in ein Paar Einmalhandschuhe und säubert auch die Umgebung der Wunde mit Sterillium.

Danach geht alles sehr schnell. Angie legt Henry ihre Hand auf die Stirn. Richy hält seinen Arm fest und leuchtet zusätzlich mit seinem Handy in die Wunde. Tatjana fackelt nicht lange, sie säubert die Wunde mit Tupfern, schneidet sich blitzschnell mit dem Skalpell einen sauberen Zugang zum Schusskanal. Im nächsten Moment ist sie mit der Pinzette schon mitten in der Wunde. Henry schreit auf, es ist eine Mischung aus Stöhnen, Wimmern und Röcheln. Tatjana schiebt die Pinzette noch ein Stück weiter in die Wunde, und Henrys Röcheln wird zum Quieken. Und dann zieht die OP-Schwester vom Osdorfer Born bereits ein metallenes Teil heraus. Richy und Angie nicken anerkennend. Henry verdreht die Augen und ist kurz davor, wegzusacken. Tatjana hält das blutbefleckte Projektil triumphierend mit der Pinzette hoch. Richy und Angie zeigen Tatjana den Daumen.

Dann näht die Schwester die Wunde zu, verpasst ihrem Patienten noch einen schönen Verband und spendiert ihm eine zusätzliche solvente Schmerzmitteldosis. Kurz darauf schläft Henry auf Tatjanas Sofa ein.

»Lasst ihn einfach da, so kann ich noch mal nach ihm sehen.«

Anschließend macht Tatjana einen starken Kaffee. Richy dreht für das OP-Team mehrere Halfzware, und Angie erzählt vom spektakulären Klau des Carthago und den weiteren Plänen, die sie mit der edlen Kiste haben. Anschließend machen sie sich auf den Rückweg nach Neumünster, um Armin sein Auto zurückzubringen. Statt spätabends gleich nach Hamburg zurückzufahren, öffnet Armin einen der heute aus Italien eingetroffenen Weinkartons. Als er an dem Stehtisch in der kleinen Probierecke des Weinlagers die zweite Flasche öffnet, gerät die Rückreise nach Hamburg aus dem Blick. Und hinter der Halle gibt es ein kleines Apartment mit mehreren provisorischen Schlafplätzen, wo die Fahrer der Speditionen immer mal übernachten und manchmal auch Armin.

Nach mehreren schweren Rotweinen entkorkt Armin noch einen frischen Südtiroler Sauvignon. »Zum Nachspülen.« Armin grinst, schwenkt das Glas und hält es gegen das ungemütliche Neonlicht der Halle. »Glanzhell, leicht grüner Schimmer.« Er taucht seine stattliche Nase ins Glas. »Ananas, Holunder, Stachelbeere.«

Als Armin eine weitere Flasche aus dem Karton ziehen will, streiken Richy und Angie. Nach dem ereignisreichen Tag sind sie jetzt nur noch erledigt.

»Haben wir doch gar nicht mal so schlecht hinbekommen, oder?«, raunt Angie Richy zu, als sie an den Weinpaletten vorbei zu ihren Schlafplätzen gehen. Sie zieht ihn am Kragen seiner Fliegerjacke zu sich heran, fasst ihm in sein kräftiges Haar und dann küssen sie sich. Diesmal ist es kein Kuss auf die Wange.

Im ersten Moment ist Richy noch verwirrt, aber dann ist er sich ganz sicher. Nein, nicht Ananas oder Holunder. Er schmeckt es ganz genau heraus: Pampelmuse, eindeutig wieder Pampelmuse.

22

Der Kuss war innig, aber kurz. Irgendwie waren beide
überrascht. Auch die Nacht hinter der Weinhalle, die
sie brav getrennt, jeder für sich auf einem muffigen
Schlafsofa, verbrachten, war kurz. Am nächsten Morgen
hatten sie einen dicken Kopf und wussten nicht, was sie
sagen sollten. Armin wollte in seinem Lager bleiben, um
eine Lieferung in Empfang zu nehmen. Er fuhr die beiden schnell zum Bahnhof in Neumünster, von wo aus sie
in kürzester Zeit in Altona waren.

Auf der Zugfahrt hatten sie bei Tatjana angerufen, um
sich nach Henry zu erkundigen. Ihm ging es den Umständen entsprechend ganz gut, hieß es, und er würde noch
ein bisschen bei Tatjana bleiben. Die Krankenschwester
war schon wieder im Dienst und wollte ihm aus der Klinik noch eine Tetanus-Ampulle mitbringen. Unterwegs
hatten Richy und Angie auch noch gerätselt, wie es mit
dem Wohnmobil weitergehen soll. Ewig konnte der Carthago nicht im Weinlager stehen bleiben, das hatte Armin
ihnen gestern schon signalisiert. Aber eine Weile musste
es noch so bleiben. Die lukrative Überführung des Campers ins ferne Ausland würde sicher eine größere Aufgabe für die Gruppe werden.

Am Altonaer Bahnhof verabschieden sich Angie und

Richy mit einem flüchtigen Kuss. So zupackend beide sonst sein können, hier werden sie auf einmal schüchtern.

»Wir sehen uns«, flüstert Richy.

»Spätestens morgen bei Nobbi«, gibt Angie ungewöhnlich ernst zurück.

Das hätte Richy auch nicht gedacht, dass er mal die nächste Sitzung bei den Anonymen Ausrastern kaum erwarten kann. Er geht müde, aber regelrecht beschwingt durch sein Viertel nach Hause.

Bei »Fein und Ripp« haben sie das Schaufenster umdekoriert. Neustes Ausstellungsstück ist das »Smalltalk-Sakko – für höfliche, redegewandte Schultern entwickelt.« So weit ist Richy noch nicht, da bleibt er doch erst mal bei der luftkampferprobten Fliegerjacke seines Großvaters. Daneben steht ein Trolley aus der neuen nachhaltigen Kabinenkofferlinie »Horizn One«. »Biologisch abbaubare Hartschale aus Flachs und Harz mit Handgriffen aus Korn und Nussschalen.« Richy rümpft die Nase. »Dann passt mal bloß auf, dass euch auf dem Flug ins thailändische Yoga-Resort das Handgepäck nicht weggammelt.«

Die szenigen Läden und ständigen Veränderungen im Viertel sieht er aber schon deutlich gelassener als noch vor Kurzem. Seit dem Unfall von Hermann junior fahren keine Betonlaster mehr. Alle Bauarbeiten sind offenkundig eingestellt. Die Gerüchte von der Pleite der Baufirma verfestigen sich. Carlotta hat in ihrer impulsiven Art gleich einen radikalen Schwenk vollzogen und holt sich von Frieda schon Tipps für Protestaktionen gegen die Gentrifizierung. »Aber du wirst jetzt nicht gleich zur Hausbesetzerin«, hatte Richy sie aufgezogen.

Einiges verändert sich ja auch in seinem Sinne. »Keine Panik« ist offenbar im Urlaub. Hermann junior liegt im Krankenhaus und Hausmeister Knappek bei »Petersen und Söhne« im Kühlraum. Zuletzt hat er noch Rattengift ausgelegt, das war seine letzte Tat, Kevins Vermächtnis sozusagen. Und eine sich wirr um die eigene Achse drehende Ratte hat Richy vorletzte Nacht auch schon beobachtet. Das Gift scheint zu wirken. Pitbull Fricco vagabundiert derweil munter durchs Viertel. Die sanftäugigen Goldendoodle und Labradoodle der hippen Neighborhood wagen sich schon kaum mehr auf die Straße.

Eine Touristengruppe, die bei den »Milchmädchen« vor der Tür Handyvideos auf Schwäbisch aufnimmt, bringt Richys Stimmung ins Kippen. Als Sabrina auf ihn zukommt, wird es nicht unbedingt besser.

»Ich glaube, du wirst schon erwartet.« Die Chefin des Cafés klingt ernst.

»Von wem denn?« Er ist irritiert. »Geht vorher noch ein schneller Espresso?« Eigentlich hat Richy es gar nicht als Frage gemeint, aber Sabrina unterbricht ihn gleich.

»Ich weiß nicht, ich glaube, der wartet tatsächlich.«

Als Richards das Treppenhaus betritt, kommt ihm schon Jürgen entgegen.

»Du hast Besuch.« Der Djembe-Trommler hat einen triumphierenden Blick aufgesetzt.

Auch Frau AHorn guckt aus der halbgeöffneten Tür heraus. »Herr Rei... ähh ... Riii... da is jemand für Sie.«

Vor seiner Wohnungstür steht ein Mann, den er noch nie gesehen hat. Aber ohne dass er eine Uniform trägt und ohne dass der Mann auch nur ein Wort gesagt hat, weiß Richy sofort, dass es sich um einen Polizisten handelt. Er hat buschige Augenbrauen, einen finsteren Blick und eine dunkel schimmernde Bartpartie. Einer dieser Typen, die sich zweimal am Tag rasieren müssen, denkt Richy. Über einem braunen Hemd trägt er eine beige Regenjacke, die aussieht wie aus dem letzten Jahrhundert. Der ganze Typ sieht aus wie aus dem letzten Jahrhundert. Oder ist das eventuell der neue Hausmeister? Nein, das kann Richy ausschließen.

»Mein Name ist Hauptkommissar Kanne. LKA Hamburg. Abteilung Leib und Leben.« Er spricht schleppend und deutlich Hamburgisch. »Sie sind Herr Richards, richtig? Klaus Richards?«

»Hm«, brummt Richy. Er ist ja schon froh, dass er nicht *der* Klaus sagt.

»Herr Richards, Sie können sich wahrscheinlich denken, warum ich hier bin.« Sein Blick wird nicht unbedingt freundlicher.

»Ja, nein.« Richy zögert. »Keine Ahnung.« So ganz genau weiß er tatsächlich nicht, was dieser Kanne von ihm will.

»Wie Sie vermutlich schon gehört haben, ermitteln wir hier in einer Unfallsache ...«

»Das war ja hier direkt in der Straße«, murmelt Richy

wie zu sich selbst. Er steht mit dem Beamten noch vor der Wohnungstür, und er hat auch nicht vor, ihn in seine Wohnung zu bitten.

»... und einem Todesfall.« Er sieht ihn prüfend an. »Sie wohnen ja mit Blick auf den Hinterhof hier vom Haus. Dort hat ein gewisser Roland Hermann seine Garage. Und da ist vor ein paar Tagen der Hausmeister Kevin Knappek zu Tode gekommen.«

»Hm.« Richy nickt.

»Wir können dabei Fremdverschulden nicht ausschließen.« Der Beamte legt alle Betonung auf das Wort »Fremdverschulden«, er nimmt sich für seine Feststellungen alle Zeit der Welt und bleibt dabei auffällig gelassen.

Richy dagegen wird innerlich unruhig, er sieht sich gleich wieder in dem muffigen Saal des Altonaer Amtsgerichts sitzen. Was verdammt noch mal will der Typ von ihm? Er hat Kevin eine reingedrückt, aber er hat ihn doch nicht umgebracht. Die Explosion seines Laubpusters hat dieser Idiot ganz allein hinbekommen. Oder weiß die Polizei vielleicht etwas von dem geklauten Carthago? Aber wie soll sie davon erfahren haben? Oder hat Jürgen von oben ihm eben irgendwelche Sachen gesteckt? Der trommelt nicht nur, der plaudert auch gerne. Es gibt ja kaum jemanden in der näheren Umgebung, mit dem Richy nicht im Streit ist. Das könnte sich jetzt rächen. Nein, nein, Kanne ist sicherlich wegen Knappek da.

»Ist Ihnen ein Roland Hermann bekannt?« Der Kommissar blickt kurz auf einen Zettel, dann sieht er Richards an.

»Roland Hermann? Unser Vermieter heißt Hermann, ich vermute mal, das ist sein Sohn.«

»Herr Hermann junior hat hier im Hinterhof eine Garage angemietet oder von seinem Vater zur Verfügung gestellt bekommen. Vor einer Woche sehr früh am Morgen, oder vielleicht auch in der Nacht davor, ist Herr Hermann verkehrswidrig und vermutlich mit überhöhter Geschwindigkeit in die Baustelle des Grundstücks Ottenser Hauptstraße achtundvierzig a bis d gefahren und hat dort einen Unfall verursacht. Mit Personenschaden ... an sich selbst.« Dieser Kanne ist ein wandelndes Unfallprotokoll. »In diesem Fall war es vorher zu einer auffälligen, im Sinne der StVO nicht ordnungsgemäßen Veränderung der Verkehrsbeschilderung gekommen«, fährt er fort. »Haben Sie da etwas beobachtet?«

»Nein.« Dabei hat Richy gleich das Gefühl, dass er zu schnell antwortet, als wolle er sämtlichen Verdacht von sich weisen. Aber vielleicht liegt es nur an dem vergleichsweise langsamen Sprechtempo des Polizeibeamten. »Die Unfallwagen zur Baustelle habe ich dann mitbekommen«, ergänzt Richards.

»Das hilft uns leider auch nicht weiter.«

Richy wird den Eindruck nicht los, dass Kanne ihm nicht glaubt.

»In dem Fall des Hausmeisters Kevin Knappek dagegen werden Sie uns, glaube ich, weiterhelfen können.«

Kanne sieht ihn an und verzieht dabei keine Miene. Richards wird immer unruhiger.

»Herr Knappek ist durch einen ungewöhnlichen Unfall zu Tode gekommen. Können Sie dazu Angaben machen?«

»Na ja.« Richy weiß nicht recht, was er sagen soll.

»Sie selbst haben den Unfallwagen gerufen, das ist in den Akten so vermerkt.«

»Das ist richtig. Aber wie es zu dem Unfall gekommen ist, weiß ich auch nicht.«

»Herr Richards, Sie haben, wie soll ich sagen, eine spezielle Beziehung zu dem Opfer gehabt. Es gab da immer wieder Auseinandersetzungen, da ging es angeblich um die Gartenpflege des Hofes.«

»Gartenpflege ist gut.« Richy legt die Zurückhaltung ab. »Der Mann war hier im Hof ständig mit seinem Laubpuster zugange, und zwar zu Zeiten, in denen das nach Lärmschutzgesetz nicht erlaubt ist. Darauf habe ich ihn wiederholt hingewiesen.«

»Herr Richards, Sie haben den Hausmeister zusammengeschlagen, das ist unstrittig und gerichtlich festgestellt worden. Da ist ein Urteil vom Amtsgericht Altona ergangen.«

»Das bestreite ich ja gar nicht.«

»Sind nach Ihrem Verfahren und der Verurteilung die Lärmbelästigungen möglicherweise weitergegangen ...?« Kanne hält kurz inne. »Und Sie haben dann zu anderen Mitteln gegriffen?«

»Ja, die Lärmbelästigung ist weitergegangen ...«

»Das wurde mir von anderer Seite schon bestätigt.«

»... aber deshalb hab ich Knappek doch nicht umgebracht. Das hat er schon selbst hinbekommen. Der hat an seinem PB 8010 rumgefummelt ...«

»PB 8010?« Kanne wird sofort hellhörig.

»Echo PB 8010, *The Beast*, so heißt das Teil.«

Das muss sich der Beamte doch aufschreiben, diese Information ist für ihn neu.

»Er hat dran rumgeschraubt, damit er noch lauter wird, und dann ist ihm das Ding um die Ohren geflogen.«

»Sie haben also doch etwas beobachtet, oder wie darf ich das verstehen?« Irgendwie vermittelt der Polizist ihm den Eindruck, dass er über alles Bescheid weiß.

»Ach, keine Ahnung. Ich weiß nur, dass das Teil immer lauter geworden ist. Aber deshalb bringe ich doch niemanden um.«

Plötzlich setzt in der oberen Wohnung ein ohrenbetäubender Krach ein.

»Was ist denn das, bitte?« Kanne zuckt erschrocken zusammen. »Der PB 8010 wohl kaum.« Dem eben noch so ruhigen und abgeklärten Polizisten steht das Entsetzen im Gesicht.

»Die Djembe-Trommel von Jürgen, meinem Nachbarn von oben.«

Der Kommissar schüttelt den Kopf.

»Das ist noch gar nichts. Normalerweise trommeln die zu dritt. Trommeln für Kind und Kegel«, erklärt Richy.

»Das ist ja grauenhaft«, stammelt Kanne. Hört Richy da etwa ein mitfühlendes Bedauern heraus?

Der Kommissar bricht die Befragung abrupt ab, um

schnell aus dem Getrommel herauszukommen. »Herr Richards, ich habe Ihre Aussagen erst mal so zu Protokoll genommen.« Er fällt sofort in den Beamtenton zurück. »Unsere Ermittlungen sind da noch nicht abgeschlossen. Wenn Ihnen noch etwas einfällt zu dieser Sache, melden Sie sich bitte bei mir.« Er überreicht Richards seine Karte. »Oder vielleicht wollen Sie ja auch eine Erklärung abgeben.«

23

»Wo ist der Henry heute denn?« Norbert hat sofort gesehen, dass in der Runde einer fehlt. »Eigentlich wollten wir uns heute mal wieder mit ihm beschäftigen.«

»Ach so, ja, Henry ist heute krank.« Richy gibt sich alle Mühe, es wie einen Schnupfen klingen zu lassen.

»Wir waren ja noch mal bei seinem alten ... Wie soll ich sagen ...?« Angie wollen die richtigen Worte nicht einfallen.

»Du sprichst von der Sache in der Bank.« Auch Norbert vermeidet das Wort Bankraub.

»Dieses Treffen mit seinem alten Komplizen vorgestern ist ihm nicht so gut bekommen, wir haben uns zusammen noch um ihn gekümmert. Wir haben da ein bisschen Erste Hilfe geleistet.« Tatjana spielt es herunter.

»Ich habe Henry gerade noch etwas zu Essen vorbeigebracht.« Angie nickt den anderen zu und signalisiert, dass es ihm gut geht.

»Sehr schön.« Norbert stimmt ins Nicken mit ein. »Ihr habt den Henry begleitet, um die Dinge zu klären, wenn ich das richtig sehe.«

»Genau«, bestätigt Richy. »Wir waren mal zusammen los.«

»Das soziale Miteinander in der Wut, die Solidarität, ganz wichtig«, erklärt der Coach. »Wir müssen nicht alleine, sondern können gemeinsam wütend sein, dann wird die Wut noch produktiver.«

»Ja, ich habe mich schon mit Frieda getroffen, genau, wir müssen irgendwas machen«, schaltet sich Carlotta bei dem Stichwort ein. Die beiden Frauen haben sich erstaunlicherweise zusammengetan. Und dabei geht es nicht um *Fluffy Brows*.

»Wisst ihr schon, in welche Richtung ihr zusammenarbeiten wollt?«, fragt Norbert einfühlsam.

»So kann der ganze Wahnsinn doch nicht weitergehen, keine Ahnung.« Inzwischen hat Carlotta nicht nur den brachliegenden Bau ihrer Eigentumswohnung, sondern das ganze Viertel im Blick.

»Es geht um Gentrifizierung«, schaltet sich Frieda ein. Sie macht schon wieder Anstalten, den Psychokurs in eine Politschulung umzufunktionieren. Aber der Gedanke der Solidarität gefällt ihr. »Wenn ich mich irgendwo festgeklebt habe, war ich meist ziemlich allein, da tut die Gruppe jetzt schon gut. Ich erfahre, andere sind auch wütend.«

Norbert blickt sich zufrieden im Stuhlkreis um. »Ich denke, ihr seid da auf einem guten Weg. Nicht alle gehen so produktiv mit ihrer Wut um. Einige explodieren, andere fressen die Wut in sich hinein, sie werden krank, depressiv, süchtig oder bekommen Essstörungen.« Sein Blick durch die Runde bleibt bei Moni hängen, die heute wieder ein anderes Jäckchen vermutlich aus derselben Blankeneser Boutique trägt und sich noch gar nicht geäußert hat.

»Wie geht es dir, Monika?« Norberts einfühlsame Stimme klingt auf einmal etwas angestrengt.

»Hallo, ich bin die Monika, und ... ich ...« Sie zögert, Norbert nickt ihr aufmunternd zu. »Ich mache zurzeit ... eine tibetanische Knoblauchkur.« Sie sieht den Coach unsicher und erwartungsvoll an.

»Ti-be-tanischer Knoblauch ... ah, ja.« Das Ahja kommt diesmal deutlich verzögerter. Ein Stirnrunzeln geht durch den ganzen Stuhlkreis.

»Die Moni hat doch den tibetanischen Kochkurs gemacht«, fällt Tatjana ein. »Obwohl der Marko tibetanisch hasst, so war das doch, oder?«, fragt Angie.

»Mit der Knoblauchkur willst du dem Marko natürlich ein Zeichen setzen.« Der Wut-Coach hat das Motiv gleich erkannt. »Aber du frisst es natürlich auch wieder in dich hinein. Wie die Schokolade mit den Orangenstückchen. Und der Marko merkt es gar nicht, der liegt im Krankenhaus auf der Station von Tatjana und bekommt dort ...«

»Heute gab es Cordon Bleu mit Brokkoli«, schaltet sich die Krankenschwester ein.

»Mit Brokkoli.« Norbert fummelt in seinen Haaren. »Ah ja, siehst du.«

»Ach, ich weiß nicht, Brokkoli mag der Marko auch nicht.« Monika wirkt unzufrieden. Richy kommt der Name Marko seit einiger Zeit schon bekannt vor, und zwar nicht aus Monis Erzählungen. Hieß dieser idiotische Besserwisser bei Armins Weinverkostung nicht auch Marko? Aber Richy schiebt den Gedanken wieder beiseite.

»Er akzeptiert eigentlich nichts, was ich koche. Und dann immer wieder der Vorwurf, dass ich das Wasser laufen lasse und an dem Gasdruckregler herumspiele. Wir haben ja keinen Anschluss, sondern so eine mobile Gasflasche, die den Herd versorgt. Etwas anderes als Gas kommt für den Marko nicht in Frage. Außerdem behauptet er immer wieder, dass ich den Herd nicht abdrehe. Das kann gar nicht sein, aber dann brennt die Flamme tatsächlich noch, ich versteh das nicht. Ich habe ja schon gedacht, der Marko macht extra den Herd wieder an, nur um ... um mich ...« Moni fehlen die Worte.

»... um dich kleiner zu machen, als du bist«, bringt Norbert den Satz zu Ende.

»Ich habe den Verdacht, Marko will, dass ich für nicht zurechnungsfähig und geschäftsunfähig erklärt werde. Ich habe doch schon alles für ihn aufgegeben. Ich habe den Job in der Firma meines Vaters sehr gemocht. Meine Güte, ursprünglich sollte ich die mal übernehmen.« Sie zögert. »Ich weiß nicht, vielleicht will Marko an mein Geld ... Aber wieso behauptet er das mit dem Gas immer wieder?« Sie wirkt tatsächlich etwas durcheinander.

»Hattest du denn den Gasherd überhaupt angehabt?« Richy sieht sie fragend an.

»Nein, eben nicht.« Sie klingt jetzt richtig bockig. »Ich hatte alles abgedreht, das heißt, ich war gar nicht am Herd gewesen.«

»Dann kann es an dir ja nich gelegen haben, dass das Gas brannte«, stellt Angie lapidar fest.

»Aber Marko behauptet, er hätte den Herd ausgeschaltet. Immer wieder hat er das behauptet. Und auch das Wasser abgedreht und ...«

»Moni, wir haben darüber schon des Öfteren gesprochen. In der Psychologie nennen wir das *Gaslighting*, eine Form psychischer Manipulation.«

»Was hat die Psychologie denn mit Gasherden zu tun?« Angie und auch die anderen sehen den Therapeuten verwundert an.

»Ist ja interessant«, raunt Richy.

»Das Phänomen ist nach einem Film benannt«, erklärt Norbert. »Die Frau des Protagonisten in diesem Film sieht immer eine flackernde Gaslaterne. Er behauptet, diese nicht wahrzunehmen. Dabei manipuliert er selber die Laterne und treibt die Frau so fast in den Irrsinn.«

»Gas?«, stammelt Moni. Mehr bekommt sie nicht heraus und sieht sich wahrscheinlich bereits selbst in so einem Film.

»Ich spüre das ganz deutlich, Monika, eigentlich bist du wütend. Du solltest das ruhig zulassen. Und dann müssen wir einen Weg finden, wie du das produktiv umsetzen kannst.« Norbert sieht sie aufmunternd an, aber gleichzeitig wirkt er angesichts Monis Zurückhaltung auch etwas resigniert.

»Hast du das Haldol und die Benzos denn jetzt abgesetzt?«, fragt er in einem ungewöhnlich strengen Tonfall weiter.

»Ja, weitgehend schon.« Moni druckst etwas herum.

»Vielleicht solltest du da noch ein bisschen weiter gehen.«

Dann wendet sich der Therapeut seinem anderen Problemkandidaten zu. Im Gegensatz zu Moni ist Hans-Peter heute auffallend entspannt.

»Hans-Peter, wie geht es dir?«

»Hallo, ich bin der Hans-Peter.« Weiter sagt er erst mal nichts, sondern lächelt nur milde.

»Ich sehe, dir geht es besser. Bist du weitergekommen mit deinem speziellen Kunden?« Norbert mag es gar nicht glauben.

»Ja, nein, leider noch nicht.« Ein kurzes Zucken geht über Hans-Peters Gesicht, aber dann ist er wieder ganz gelassen. »Ich habe gestern endlich mein Trollhättan-Regal für die Steuerakten aufgebaut.«

»Trollhättan!« Norbert zuckt zusammen, als fühle er sich ertappt, gleichzeitig geht ein Raunen durch die Runde.

»Als ich die Montageanleitung in der Hand hatte, wäre ich fast schon wieder ausgeflippt. Ich war wütend und hatte angefangen, zu schimpfen. Komischerweise ging dadurch plötzlich alles ganz einfach.« So friedlich hat die Gruppe Hans-Peter noch gar nicht erlebt. Auch seine Haare kleben heute nicht auf der Stirn, sondern zeigen unternehmungslustig in die Luft. »Ich musste auch gar nicht mehr in die Anleitung gucken, es ging alles wie von selbst. *Die Aufhängebeschläge werden mit den halbkreisförmigen, glatten Unterlegscheiben am dickeren Teil des Verbindungspfostens und mit den halbkreisförmigen gerillten Unterlegscheiben am dünneren Teil des Pfostens mit den dazugehörigen Schrauben und mit zwei Inbusschlüsseln rechts*

und links verschraubt. Rechts die kurzen Schrauben ohne
Gewinde, links die Schrauben mit Gewinde.«

»Zwei Inbusschlüssel? Ah, so.« Dabei betont der Therapeut die Zwei, als bedeute dies die Revolution des Re-
galbaus und des Antiaggressionstrainings in einem.
Es wirkt, als sei bei ihm irgendein Groschen gefallen.
»Aber ganz wichtig war sicher auch deine Wut. Selbst-
beschimpfungen sind sehr förderlich bei der Bewälti-
gung komplizierter Heimwerkertätigkeiten. Der Aufbau
von Möbeln ist ein ganz eigener Bereich. Ein wütender
Heimwerker ist ein erfolgreicher Heimwerker.« Das
klingt, als habe Norbert gerade eine therapeutische Ein-
gebung gehabt.

»Dabei bin ich gar kein Heimwerker«, offenbart Hans-
Peter.

»Aber du warst wütend. In manchen Situationen kann
es sehr effektiv sein, negative Emotionen als Werkzeuge
zu benutzen. Wut ist da genauso wichtig wie ein Schraubenschlüssel. Beides zusammen, das bringt den Erfolg.«

»Das kann ich nur bestätigen!« Angie leuchten Norberts Ausführungen sofort ein.

»Die Wut bricht sich Bahn, wenn der Mensch eine
Diskrepanz zwischen dem erlebt, was ist, und dem, was
seiner Meinung nach sein soll. Besonders dann, wenn
Ungerechtigkeiten im Spiel sind«, erläutert Norbert.

Bei dem Thema Gerechtigkeit sind vor allem die
Frauen sofort hellwach.

»Safe!«, ruft Carlotta. »Genau!«

»Es ist voll das Armageddon, dass wir auf Kosten der

nächsten Generationen die ganze Welt zerstören.« Frieda wirft sich die blonden Haare aus dem Gesicht.

»Mit den Townhouses, das ist doch auch übelst ungerecht.« Das ist für Carlotta dann doch noch wichtiger als der steigende Meeresspiegel.

Hans-Peter ist bei dem Stichwort »Gerechtigkeit« gleich bei der Steuergerechtigkeit, und mit seiner guten Laune ist es damit vorbei.

»Trollhättan steht, die Archivierung ist auf aktuellem Stand.« Hans-Peter stößt einen Seufzer aus. »Aber damit fängt die Arbeit ja erst an.«

24

Nach der Sitzung hatten Richy, Carlotta und Angie noch eine ganze Weile mit Hans-Peter zusammengestanden. Nachdem der sie bei ihren Recherchen zu Henrys Komplizen Delewski so erfolgreich unterstützt hatte, sind die anderen jetzt an der Reihe, sich bei Hans-Peter zu revanchieren. Der Mann vom Finanzamt und Carlotta haben ja inzwischen einen gemeinsamen Feind, das hatten sie nach dem vorletzten Treffen schon festgestellt. Dass Spieleentwickler Linnemann, im Gegensatz zu Carlotta, seine Gelder aus dem Stahlstift-Projekt herausziehen konnte, macht diese richtig wütend. Und Hans-Peters weitere Recherchen hatten seine Vermutung nochmals bekräftigt, dass sein spezieller Kunde mit seinen Computerspielen Umsätze in Millionenhöhe macht.

Daraufhin hatte Carlotta ihren Sohn auf den Fall angesetzt. Endlich zahlt es sich mal aus, dass Heinrich Tag und Nacht vor dem Computer sitzt. Und der blasse Junge bestätigte Hans-Peters Verdacht. Die beiden Spiele *Gun Fighter* und *Bloody Hellrider* sind die Renner im Netz.

»Die spielen mega die Riesen ein!« Da ist Heinrich derselben Meinung wie Hans-Peter. »Dabei ist das voll der Schrott.« Heinrich hat schon etliche vernichtende Rezensionen zu den Spielen gepostet.

»Heinrich, lass das bitte erst mal sein«, will seine Mutter ihn stoppen. »Momentan haben wir noch ein Interesse, dass ihm seine *Gun-Fighter*-Scheiße ein bisschen Kohle einspielt.«

Zwei Tage später ist auch Henry wieder auf den Beinen. Tatjana hatte ihm einen schönen Verband gemacht, die Wunde sieht gut aus, der Patient ist zu neuen Taten bereit. Wie sie inzwischen herausgefunden haben, liegt sein ehemaliger Komplize Delewski mit mehreren Knochenbrüchen und einer Gehirnerschütterung im Altonaer Krankenhaus, nicht bei Tatjana, sondern auf der Nachbarstation, während seine Freundin das Luruper Reihenhaus hütet und ihre zahlreichen Prellungen auskuriert.

Heute will die Truppe dem Spieleentwickler Yannik Linnemann endlich einen Besuch abstatten, um sich ein Bild von seinen finanziellen Verhältnissen zu machen. Hans-Peter war ja schon mal da und musste letztlich unverrichteter Dinge und mit einer Anzeige wegen Sachbeschädigung wieder abziehen. Das darf dieses Mal nicht passieren, und Henry und Richy haben auch schon eine Idee. Bei Henrys Ex-Komplizen Delewski sind sie ja vielleicht auch schon auf dem besten Weg zu einer finanziellen Lösung. Warum sollte das bei dem Kandidaten von Hans-Peter nicht auch möglich sein? Es muss ja nicht unbedingt wieder mit einer Schussverletzung enden. »Bitte kein *Bloody Hellrider*!«, ermahnt sie Carlotta, die bei dem Besuch ihres neuen Intimfeindes unbedingt dabei sein will.

Richy und Henry fahren zusammen mit Carlotta in deren SUV zu Hans-Peter, um ihn abzuholen. »Was sagt deine neue Freundin Frieda denn zu der schicken Schüssel?« Richy wirft einen abfälligen Blick auf ihr Auto. »Beim Fahrzeug müsstest du mal umrüsten.«

Vor Hans-Peters Wohnung finden sie kaum einen Parkplatz für die dicke Kiste. Der Mann vom Finanzamt Hamburg-Am Tierpark hat heute frei, das heißt, frei hat er natürlich nie. Auch in seiner Wohnung sieht es aus wie in einer Behörde. Und er empfängt die drei im entsprechenden Behördenton.

»Einen kleinen Augenblick, ich muss noch mal eben einen Vorgang abschließen.«

»Aber 'ne Nummer ziehen müssen wir jetzt nicht, oder?« Henry ist trotz Schulterverband schon wieder obenauf.

Die drei staunen, als sie sich bei ihrem Ausrasterkollegen in der Wohnung umsehen. Das neue Regalsystem steht und ist sauber sortiert mit Akten gefüllt. Auch in dem kleinen Flur und auf dem Küchentisch liegen Aktenordner herum.

Richy kommt aus dem Staunen gar nicht raus. »Das ist ja ein richtiges eigenes Amt, das du hier aufgebaut hast.«

»Außenstelle für Steuergerechtigkeit.« Und das scheint Hans-Peter ganz ernst zu meinen.

Auf der Fahrt zu dem Spieleentwickler referiert der Steuerfachmann noch mal seine Recherchen im Internet. Er hat sich Linnemanns Spiele im Netz und ihre Verbreitung genau angesehen. Daraus die Einnahmen zu schätzen, ist allerdings nicht ganz einfach. Aber Hans-Peter schätzt Millionenumsätze, und auch Carlotta ist mittlerweile von der kriminellen Energie des dubiosen Townhouse-Nachbarn überzeugt. Eindeutig weniger Klarheit herrscht darüber, wie der Besuch bei Linnemann ablaufen soll. Wie wollen sie überhaupt vorgehen? Carlotta ist sich gar nicht mehr sicher, ob sie ihre Wohnung überhaupt noch will, und Hans-Peter hat nur seine Steuern im Blick, wenigstens eine Steuererklärung.

»Damit geben wir uns gar nicht erst ab«, meint Henry. »Wir müssen ein bisschen Druck aufbauen, dann zahlt der ganz schnell, und zwar nicht ans Finanzamt, sondern an uns.«

Carlotta sieht Richy fragend an, und der ist sich auf einmal nicht mehr sicher, ob die Helikoptermutter die richtige Besetzung für diese Aktion ist.

»Das ist natürlich ein Vorgehen, das man nicht unbedingt als legal bezeichnen kann.« Richy zögert. Einen neuerlichen Besuch im Amtsgericht Altona möchte er unbedingt vermeiden.

»Moment!« Henry hebt beschwichtigend die Hände. »Es geht um nichts anderes als die Mahnung für säumige Steuerzahlungen, heißt doch so, oder?« Er sieht Hans-Peter an, und der nickt.

Der Steuerfachmann hatte die Szenerie in dem Elbvorort ja schon beschrieben, aber Richys Erwartungen werden noch übertroffen. Sie fahren auf Linnemanns Grundstück an einem Doppelcarport vor. Carlottas SUV passt perfekt in die Gegend. In dem Carport neben dem

Säuleneingang hängt der in diesem Umfeld inzwischen obligatorische Tesla an der protzig überdimensionierten Ladestation. Daneben steht, für den schnellen Einkauf im Stadtteil, ein Mini Cooper. Auf dem Dach glitzert die Photovoltaik und neben dem Haus säuselt eine Wärmepumpe. Es sieht ganz so aus, als hätten sich die Linnemanns hier langfristig eingerichtet. Wie passt das zusammen, dass die Familie sich stattdessen in den Stahlstift-Höfen einquartieren will?, fragt sich Richy.

»Reines Anlageobjekt«, giftet die frisch bekehrte Gentrifizierungsgegnerin Carlotta.

»Alles nur, um Steuern zu sparen.« Hans-Peter kann man nichts vormachen.

»Ganz schön proper hier«, findet Henry. »Aber schön grün, richtig idyllisch, könnte mir gefallen.«

»Na ja.« Richy runzelt die Stirn und blickt zu dem Gärtner hinüber, der unüberhörbar die Einfahrt kärchert. »Politisch korrekter Protzvorgarten«, prustet er verächtlich. »So sehen die neuen Statussymbole aus.«

Das ganze Ambiente wirkt steril, tatsächlich alles wie frisch gekärchert. Auch die Gladiolen in einer großen Vase, die durch ein Fenster im Windfang zu sehen sind, wirken unecht. Der Glasscheibe ist anzusehen, dass sie frisch eingesetzt wurde. Der Aufkleber prangt noch auf dem Glas.

Hans-Peter drückt wie selbstverständlich den Klingelknopf. Es ist ganz offensichtlich, dass er hier nicht zum ersten Mal läutet. Erst erscheinen zwei Labradore hinter der Scheibe. Nach einer Weile öffnet eine Frau in Marken-

Trainingsklamotten. Sie mustert die Ausraster-Truppe, als hielte sie die für eine Drückerkolonne. Abfällig und provozierend, als wolle sie Hans-Peter und die anderen beschimpfen, bevor sie ihnen die Tür wieder vor der Nase zuschlägt. Nur die beiden Labradore blicken freundlich.

»Ja, und? Was wollen Sie?«

»Ich nehme an, Sie sind die Frau oder Lebensgefährtin von ...?« Richy fällt der Name nicht gleich ein.

»Yannik Linnemann«, souffliert Hans-Peter sofort.

»Und was wollen Sie von meinem Mann?« Offenbar war sie bei Hans-Peters erstem Besuch mit dem zerbrochenen Fenster nicht dabei und erkennt ihn nicht.

»Ganz einfach Gnädigste, Sie sind mit Steuerzahlungen in Verzug«, schaltet sich Henry ein.

»Wieso? Kommen Sie vom Finanzamt, oder was?« Die Frau versteht die Situation nicht ganz.

»Ja, genau, Finanzamt Hamburg-Am Tierpark.« Hans-Peter kramt umständlich einen Ausweis aus der Tasche seiner grauen Regenjacke.

»Moment mal, sind Sie der Typ, von dem mein Mann erzählt hat? Der hier die Scheibe eingeschlagen hat?« Sie steht in ihren Sportklamotten auf einmal unter Spannung, als wolle sie zu einem Kurzstreckensprint starten.

Hans-Peter sieht sie nur schweigend an. Die anderen zucken mit den Schultern. Die Frau dreht sich um und ruft in das Hausinnere: »Yannik, kommst du mal!«

Im selben Moment ist Linnemann auch schon zur Stelle. Er trägt Mütze, einen Hoodie und darüber noch eine Art Leinenjackett. Ist das etwa das »Smalltalk-Sakko«

von »Fein und Ripp«?, schießt es Richy durch den Kopf. Im Gegensatz zu seinem Outfit ist der Sakko-Träger allerdings alles andere als entspannt.

»Was wollen Sie hier schon wieder? Ich dachte, das hätten wir nun endgültig geklärt.« Yannik Linnemann ist aufgebracht, wirkt aber gleichzeitig verunsichert.

»Herr Linnemann, Sie haben sämtliche Fristen zur Abgabe einer Steuererklärung versäumt, deshalb sehen wir uns gezwungen, die fälligen Steuerabgaben zu schätzen und einzuziehen.« Hans-Peter nimmt schon wieder an Fahrt auf, ist aber sichtlich bemüht, die offizielle und höfliche Form zu wahren. »Wir haben uns Ihre geschäftlichen Aktivitäten mal etwas genauer angesehen. Auf der Grundlage haben wir unsere Schätzungen gemacht.«

Der Spieleentwickler hält einen der Labradore am Halsband zurück, der freundlich schwanzwedelnd mit Hans-Peter Kontakt aufnehmen möchte.

»Wir gehen von Einnahmen in Millionenhöhe aus«, behauptet Richy einfach mal.

»Wie stellen Sie sich das vor? Sie erscheinen hier mit dieser Truppe bei uns an der Tür und wollen irgendwelche Gelder eintreiben? Darf ja wohl nicht wahr sein! Mal abgesehen davon, dass diese Summe völlig aus der Luft gegriffen ist.« In dem Moment sieht er auch Carlotta, die er bei einer Rohbaubesichtigung der Stahlstift-Höfe flüchtig kennengelernt hat. »Und was haben Sie denn mit dieser Sache zu tun?«

Bevor Carlotta etwas antworten kann, funkt Hans-Peter dazwischen.

»Ich sage ja, es sind Schätzungen. Aber Fakt ist, Sie haben seit Jahren keine Steuererklärung gemacht, geschweige denn Steuern bezahlt.« Er holt kurz Luft, seine Hemdkragenspitzen sind verrutscht. »Uns ist schon klar, dass Sie Ihre Steuerschuld hier und heute nicht mit einem Mal begleichen können. Vielleicht finden wir da auch einen anderen Weg.« Er zögert etwas, in seinem Innersten schlummert doch noch der potenzielle, korrekte Beamte.

Henry kommt ihm zu Hilfe. »Es gibt auch die Möglichkeit, die Sache unbürokratisch zu regeln, unter uns, ohne das Finanzamt, das von Ihren Einnahmen weiterhin nichts erfahren muss. So könnten wir die Summe für Sie überschaubar halten, und unser Freund im Amt spart sich eine Menge Arbeit. Die klassische Win-win-Nummer.« Sein rauer norddeutscher, in etlichen Knastjahren geschulter Ton verleiht diesem Vorschlag eine ganz eigene Überzeugungskraft. Der *Bloody-Hellrider*-Erfinder steht konsterniert in seinem frisch gekärcherten Eingang und sagt erst mal gar nichts.

25

Am Ende ihres Besuchs bei dem Gaming-Fritzen kündigen Richy und die anderen schon mal an, sich in Kürze mit einer genaueren Geldforderung bei Linnemann zu melden. Sicher sind sie sich bei der Höhe noch nicht. Und so ganz geheuer ist ihnen die Sache auch nicht. Aber einen erstaunlichen Effekt hat die Aktion: Alle Beteiligten der Ausraster-Gruppe, selbst Hans-Peter, sind nicht mehr wütend.

Und dann hat die Truppe ja noch ein anderes Projekt, mit dem sie bisher nicht viel weitergekommen ist. Der Carthago steht weiterhin bei Armin zwischen den Weinkartons. Delewski ist fürs Erste ruhiggestellt, er liegt weiterhin im Krankenhaus. Der Stellplatz im »Camp Lübecker Bucht« ist verwaist, die Restmiete für dieses Jahr muss er trotzdem zahlen. Hans-Peter hat außerdem ein Schreiben an dessen Freundin Manuela geschickt, in dem er die Unterlagen über den Kauf und die Finanzierung des Wohnmobils einfordert. Das offiziell wirkende Briefpapier des Finanzamtes hat seltsamerweise Hans-Peters Privatadresse und Telefonnummer auf dem Briefkopf. So behält die Ausrastergruppe alles im Griff und kann hoffentlich verhindern, dass es wegen des Wohnwagen-Klaus zur Anzeige kommt. Aber Henry, Richy und

Angie müssen sich langsam mal darüber klar werden, wo sie mit dem Carthago bleiben wollen. Von der Idee, den Camper-Koloss selbst quer durch Europa nach Karthago zu überführen, ist Richy nicht mehr überzeugt.

»Das ist eine irre Tour da runter. Außerdem ist Nordafrika nicht ganz ungefährlich.«

»Wieso, Karthago is 'n Vorort von Tunis.« Henry hat recherchiert. »Dat is praktisch wie Schenefeld.«

»Du darfst nicht vergessen, wir haben keine Papiere für die Schüssel. Die werden doch bestimmt unterwegs mal verlangt.« Richy hat Bedenken. »Wir müssen irgendeinen anderen Weg finden, die Kiste zu Geld zu machen.«

Durch die Anonymen Ausraster kommen auf Richy ganz neue Aufgaben zu. Aber er nimmt sie gerne an. Und er sieht den Lärm und die Veränderungen im Viertel jetzt viel gelassener.

Durch das offene Fenster hört er vom Hof statt des Laubbläsers neuerdings das abendliche Geträller einer Amsel, aus dem Nebenhaus allerdings leider auch das unheilvolle Pfeifen des Bohrers seiner Zahnärztin, so als wolle sie ihn daran erinnern, dass bei ihm seit Längerem eine Wurzelbehandlung ansteht. Aber das hat er auch schnell wieder vergessen, wenn Angie in der Garage ihre Musik anmacht. Statt Sex Pistols oder Abwärts hört er durchs offene Fenster jetzt die smarten Songs der Dänin Tina Dico. Früher hat er solch radiotaugliche Wohlfühlmusik strikt abgelehnt, seit ein paar Tagen singt er ›Someone You Love‹ beim Spaghetti kochen laut mit.

Dabei ist nicht alles so erfreulich. Frau AHorn hat die Mediathek entdeckt. ›Rote Rosen‹ läuft neuerdings in Endlosschleife. In der Parallelstraße wurden für einen neuen Radweg gerade sämtliche Bäume gefällt. Zwei Häuser weiter hat über dem Pop-up-Coworking-Space ein weiteres Airbnb eröffnet. »Der Kosmos von Airbnb ist eine globale Gemeinschaft neugieriger und achtsamer Freigeister, die andere an ihrem Leben teilhaben lassen«, steht auf der Broschüre, die am Eingang ausliegt. »Nee, nee, Freunde«, lästert Richy im Vorbeigehen. »Die Freigeister haben es nur auf die Kohle von euch schwäbischen Bio-Spießern abgesehen.«

In der Ottenser Hauptstraße ist ein weiterer Camper abgestellt. Eigentlich könnten sie ihren Carthago noch dazustellen, fällt wahrscheinlich gar nicht auf, überlegt Richy. Das neue Café »Waffelwahn« hat schon wieder dichtgemacht, was Richy nicht weiter wundert. »Um von den Schluffis eine Waffel serviert zu bekommen, musstest du dir Sonderurlaub nehmen.«

Bei den »Milchmädchen« tauschen sich die Mütter und Väter derweil über die Tätowierungen der Kinder aus. »Aber mein Emil hat noch keine«, verkündet ein Vater mit dem Brustton der Überzeugung.

»Hallo, da gibt es ein Bild auf Insta.« Eine Mutter zeigt es ihm auf dem Handy. »Ganz raffiniert. Von der Unterhose versteckt.«

»Was ist das denn?« Der Vater ist entsetzt.

»Das ist Spanisch«, erklärt die Mutter. »Hat mir eine Freundin übersetzt. Irgendeiner der üblichen Sprüche,

›Nutze den Tag‹ oder ›Fantasie ist das Auge der Seele‹, keine Ahnung. Angeblich voller Rechtschreibfehler.«

In dem Moment kommt es auf der gegenüberliegenden Straßenseite plötzlich zu einer dramatischen Szene. Gestern hatte Richy Pitbull Fricco noch relativ friedlich im Hinterhof zwischen den Müllcontainern herumstreunen und mit einer halbtoten Ratte spielen sehen. Jetzt kommt es aber zu wilden Szenen vor »Schönes aus Papier und Filz«. Fricco hat einem süßen Goldendoodle das Ohr abgebissen. Die Frauen im Café sind in Aufruhr.

Richy ist gleich zur Stelle. Nach all den dramatischen Ereignissen in seiner Umgebung fühlt er sich seltsamerweise plötzlich für alles verantwortlich. »Fricco! Aus!«, schreit er den Hund an, wie er vorher nur Kevin Knappek angebrüllt hat. Das Tier erstarrt wie von Geisterhand und glotzt ihn aus seinen kleinen, kalten Augen an. Das heißt, ganz so kalt kommen sie Richy auf einmal gar nicht mehr vor. »Aus!«, ruft er noch mal, diesmal etwas nachsichtiger. Der Hund lässt das Doodle-Ohr fallen. In seinem Maul hängen noch Büschel flauschiger Haare. Das andere Tier steht kläglich jaulend und heftig blutend daneben.

»Habt ihr ’ne Plastiktüte?«, ruft er den Milchmädchen zu. »Und zwar schnell!«

»Plastik?« Für Sabrinas junge Aushilfe ein absolutes No-Go. »Wofür das denn?«

»Ja, Scheiße, für das Ohr!« Richy wird immer panischer, der Pitbull hat die Ruhe weg und legt den Kopf schief. »Kühlhalten und dann kann der Tierarzt es vielleicht wieder annähen! Wo ist Frauchen überhaupt oder

Herrchen? Die müssen mit dem Hund zum Tierarzt. Schnell!«

Die Schreckensmeldung verbreitet sich in Windeseile im ganzen Café. Danach geht tatsächlich alles schnell. Sabrina ist mit einer Plastiktüte zur Stelle. Und Herrchen kommt aus »Schönes aus Papier und Filz« herausgestürmt und verstaut seinen blutenden Hund in der Kiste des Lastenfahrrads. Richy legt ihm die Tüte mit dem Ohr dazu, und dann strampeln Herr und Hund in überhöhter Geschwindigkeit die Ottenser Hauptstraße hinunter Richtung Tierarzt.

Zuhause dreht Richy sich zur Beruhigung erst mal einen Halfzware. Als er kurze Zeit später seinen Müll in den Container werfen will, wartet Hauptkommissar Kanne im Hinterhof auf ihn. Richy bekommt einen gehörigen Schreck. Die Polizei ermittelt ja nicht nur in den Fällen Kevin Knappek und Hermann junior. Inzwischen könnte sie sich möglicherweise auch für den geklauten Camper und den Besuch der Anonymen Ausraster bei dem Spieleentwickler Linnemann interessieren. Richy kommt sich vor wie auf der Fahndungsliste.

»Das ist gut, dass ich Sie gleich antreffe.« Kommissar Kanne, der diesmal eine kleine Aktentasche dabeihat, kommt auf ihn zu. Richy fühlt sich irgendwie bedrängt. »Herr Richards, wir haben ja kürzlich schon gesprochen. Ist Ihnen dazu noch etwas eingefallen?« Der Polizist sieht ihn prüfend an. »Mir geht es noch einmal um die Vorkommnisse im Zusammenhang mit dem tödlichen Unfall des Hausmeisters Kevin Knappek.«

»Wie schon gesagt, es gab einen gewaltigen Knall, und dann lag der Hausmeister da, das heißt, zuerst kniete er, mit dem Chassis von seinem Laubbläser im Hals. Das war ein Hieb wie von einem Schwert.«

»Das haben Sie von Ihrem Fenster aus beobachtet?« Kanne hebt die buschigen Augenbrauen.

»Ja, das habe ich von meinem Schlafzimmerfenster aus beobachtet.« Richy klingt verunsichert und gleichzeitig bockig. Er hält immer noch die Plastiktüte mit dem Müll in einer Hand.

Der Kommissar öffnet seine Aktentasche, wobei er sie umständlich an seinen Bauch drückt. »Sonst entsorgen Sie doch erst mal Ihren Abfall.«

Als Richy vom Container zurückkommt, hat der Beamte eine Fotokopie aus seiner alten Ledertasche gezaubert. »Kommt Ihnen dieses Schriftstück bekannt vor?« Es ist eine rein rhetorische Frage. »Erkennen Sie die Handschrift?«

»Ja, erkenne ich wieder.« Schon während er das sagt, findet er seine Antwort wieder übereilig, als mache er hier einen Reaktionstest. Er fühlt sich gleich an seine Verhandlung im Amtsgericht Altona erinnert.

»Sie geben also zu, diese Notiz hier geschrieben zu haben?« Kanne nimmt den Zettel wieder an sich.

Richy hat natürlich sofort den Zettel erkannt, den er Knappek vor ein paar Wochen wütend in die Hand gedrückt hatte. »Ich hab dir hier alles noch mal aufgeschrieben!«, hatte er ihn angeschrien. »Dass ich es dir sage, nützt ja nichts. Aber lesen kannst du Flachpfeife vermutlich auch nicht.« Es hatte sich um die Auflistung der genauen Ruhezeiten nach dem Hamburger Lärmschutzgesetz gehandelt. Man kann noch erkennen, dass Knappek ihn gleich zusammengeknüllt hatte, die vielen Knicke sind auf der Fotokopie unübersehbar, auch wenn sie danach geglättet worden waren. Ihm wird leicht mulmig. Wo hat dieser Kanne den Zettel her? Und was will er jetzt von ihm?

»Sie hatten Probleme mit Herrn Knappek ...«

»Ja, Verstoß gegen das Hamburger Lärmschutzgesetz. Was sag ich? Wiederholter eklatanter Verstoß gegen das Lärmschutzgesetz!« Richy wird deutlicher.

»Ich weiß wohl.« Kanne nickt. »Herr Richards, da bin ich ganz bei Ihnen.«

Richy staunt. Für einen kleinen Moment ist er fast beruhigt.

»Mit diesem Schriftstück wollten Sie Herrn Knappek nahebringen, sich an die Ruhezeiten zu halten. Das war offenbar wenig erfolgreich, dazu gibt es Aussagen auch hier aus dem Haus.« Der Beamte macht eine bedeutsame Pause und fährt sich über seine dunkle Bartpartie. »Nach dem tödlichen Unfall wurde es dann bedeutend leiser ... Das ist doch richtig?«

»Das will ich gar nicht leugnen.« Sofort ist Richy wieder alarmiert. Ihm bricht in seinem Schiesser-Shirt der Schweiß aus. Kanne sieht ihn an, als habe er eben in einen Abgrund geblickt.

»Mit dem Tod von Knappek habe ich nichts zu tun«, beteuert Richards erneut.

Der Kommissar starrt auf zwei tote Ratten, die er unter dem Müllcontainer entdeckt hat. Als könnten die ihm in dem Fall entscheidend weiterhelfen.

»Hier im Hof gehen ja erstaunliche Dinge vor sich.« Er lenkt seinen Blick zurück auf Richy. »Aber damit haben Sie vermutlich auch nichts zu tun?«

»Nein, was soll ich damit zu tun haben?«

»Und was ist mit den Trommlern hier im Haus?«, fährt der Beamte fort. »Man hört heute gar nichts. Haben Sie die ebenfalls zum Schweigen gebracht?« Sein Blick ist wieder auf die toten Ratten gerichtet.

Richards fällt hierzu keine Antwort ein. Mit den Trommlern, das kann der Kommissar kaum ernst gemeint haben. In dem Moment zerreißt mit ohrenbetäubendem Kreischen die Stein-Flex vom Stromnetz Hamburg die Stille im Hinterhof. Kanne zuckt erschrocken zusammen.

»Was ist denn das?« Sein Blick wird plötzlich flattrig, die Augenbrauen zittern. »Ihre Trommler sind es diesmal nicht.«

»Stromnetz Hamburg«, antwortet Richy knapp.

»Das ist ja entsetzlich, nicht auszuhalten.« Damit verabschiedet sich der Beamte übereilt und wirkt dabei, als sei er auf der Flucht.

26

»Angie, wie geht es dir heute?« Kursleiter Norbert rückt sich mit einem Seufzer die Riesenbrille zurecht, als sei das mit einer körperlichen Anstrengung verbunden.

»Ach, eigentlich ganz gut.« Die *Biker Bitch* trägt heute lindgrün-blau gestreift, ausnahmsweise mal ohne Schraubenschlüssel auf dem Shirt, und ist tatsächlich bestens gelaunt. Irgendwie scheint dem Norbert das gar nicht so gut zu gefallen.

»Angie, was ist mit deiner Garage? Wie sieht es aus?«, hakt der Wut-Coach nach.

»Ich denke ganz gut. Sein altes Mercedes-Cabrio hat der Junior ja zu Schrott gefahren, da braucht er momentan keine Garage. Und zukünftig? Ich weiß aktuell gar nicht … Da müsstest du mal erzählen, Tatjana …«

»Roland Hermann? Momentan liegt er noch bei uns auf der Station, aber in den nächsten Tagen wird er aus der Chirurgie entlassen und in die neurologische Reha verlegt.« Tatjana hat die Opfer der Anonymen Ausraster auf ihrem Arbeitsplatz voll im Blick. Sie klingt wie bei der Vorstellung der Patienten auf der Visite. »Er kommt in die Waldklinik nach Jesteburg.«

»Waldklinik Jesteburg, aha«, echot Norbert.

»Das ist ein längerer Prozess«, referiert Tatjana. »Bei

Herrn Hermann ist das etwas komplizierter. Der Nerv ist beschädigt, sein rechtes Bein wird er vermutlich nicht wieder richtig bewegen können.«

Nicht nur Angie, der ganze Stuhlkreis hört gebannt zu. Nur Norbert wirkt seltsam uninteressiert. Mit den Krankengeschichten Außenstehender mag er sich in seinem Workshop nicht beschäftigen.

»Mit dem Autofahren wird es schwierig, selbst mit Automatik. Ohne rechtes Bein funktioniert das nicht.«

»Oldtimer kannst du dann sowieso vergessen.« Henry räumt restliche Zweifel beiseite. Die Perspektive für Angies Garage ist positiv.

Norbert ist die allgemeine Stimmung allmählich etwas zu positiv. Ein bisschen wütend und problembeladen sollte seine Klientel schon sein. Andernfalls hat er gar keine Aufgabe mehr. Er wendet sich jetzt mal wieder an Moni.

»Wie sieht es bei dir aus? Du hast berichtet, der Marko ist aus dem Krankenhaus entlassen worden und wieder zuhause.«

»Ja«, flüstert Moni so leise, dass man danach das *leider* kaum verstehen kann. Aber es ist an ihrer Miene abzulesen.

»Und? Wie geht ihr jetzt miteinander um?«, fragt Norbert nach. »Hat sich euer Verhältnis geändert?«

»Ich weiß nicht recht ... Vor allem für mich hat sich auf einmal alles verändert, seit er wieder da ist. Er nimmt mir in der Küche zwar nicht mehr alles aus der Hand. So ganz ist er ja noch nicht auf den Beinen. Aber er fuchtelt schon wieder mit seinem blöden Flambierbrenner über den Crêpes Suzette herum. Ich soll alles nach seinen genauen Anweisungen machen, und ich mache alles falsch.« Moni kommen fast die Tränen, aber man spürt auch ihre Wut.

»Voll die toxische Beziehung, genau«, analysiert Carlotta.

»Ehrlich, der tickt doch nicht ganz richtig«, unterstützt Frieda sie.

»Ständig hält er mir vor, ich sei überempfindlich oder hysterisch und verstehe alles falsch.« Monis Stimme wird jetzt lauter. »Und er hat schon wieder behauptet, ich hätte den Gasherd nicht abgedreht.«

»Und? Hattest du?« Richy sieht sie verwundert an.

»Alles Quatsch.« Moni klingt jetzt richtig empört. »Ich hatte ihn überhaupt nicht angemacht. Es ist immer wieder dasselbe. Er behauptet, ich spinne.«

»Dabei ist er der Spinner«, geht Richy dazwischen. »Ich kenne ihn doch.« Dass es sich bei Monis Mann und dem Besserwisser aus dem Wein-Tasting um denselben Marko handelt, hat sich inzwischen geklärt.

»Und wenn ich ihm von unserer Gruppe erzähle, sagt er, ihr lügt und seid sowieso alle verrückt.«

»Vielleicht solltest du den Herd tatsächlich mal anlassen oder einfach nur das Gas aufdrehen.« Henry grient, aber ganz ernst meint er das natürlich nicht.

»Vielleicht sollte ich das.« Moni kommt richtig in Schwung. So kennt die Gruppe sie gar nicht.

»Monika, hast du deine Tabletten jetzt komplett abgesetzt?«

182

»Ja, das hattest du doch empfohlen.« Sie wirkt tatsächlich deutlich munterer.

»Und wie geht es dir damit?« Der Coach sieht sie erwartungsvoll an.

»Vorher war alles wie in Watte eingepackt«, bekennt Moni. »Ich hatte so ein Gefühl von Sorglosigkeit, aber gleichzeitig auch von Hilflosigkeit. Jetzt ist die Watte weg.« Sie blickt einmal durch die Runde.

»Und dann ist die Wut gleich wieder da, nicht wahr?« Nobert nickt ihr bestätigend zu. »Nur der Marko nimmt auch nach seinem Krankenhausaufenthalt die von dir gesendeten Signale noch nicht wahr. Da werden wir weiter dran arbeiten müssen.«

Danach wendet der Antiaggressionscoach sich dem ehemaligen Bankräuber zu.

»Henry, von dir haben wir lange nichts gehört.«

Henry fühlt sich gleich ertappt wie ein Schüler, der seine Hausaufgaben nicht gemacht hat. »Ja, also, wir sind gerade dabei ...« Er weiß nicht, wie er beginnen soll. »Ach so, also ich bin der Henry und ... Aber das wisst ihr ja alle.«

Die anderen nicken und verzichten auf das übliche Hallo-Henry-Ritual.

»Ich hab erst noch mal die Frage: Es bleibt hier doch wirklich alles unter uns?« Henry spricht heute leiser als sonst.

»Alles, was hier besprochen wird, bleibt unter uns.« Wie zur Bestätigung wischt Norbert sich die Haare über die Stirn. Alle sind auf einmal neugierig und rücken die

Stühle ein Stück nach vorne in den Kreis. Nur Angie und Richy wissen natürlich, worum es geht.

»Mittlerweile kennt ihr ja alle meine Geschichte ... und die Sache mit meinem Kumpel von damals.« Henry druckst herum.

»Wir sind da überraschenderweise in den Besitz eines Campers gekommen«, springt Richy ihm zur Seite. »Ein Wohnmobil der Premium-Klasse. Richtig edles Teil. Aber wir wollen das möglichst schnell wieder abstoßen.«

»Wie stellst du dir das vor? Wir wollen das Scheißteil auch nicht«, motzt Frieda ihn an. Auch Norbert fuchtelt irritiert in seinen Haaren herum. Den Handel mit gebrauchten Campingbussen findet er in seinem Workshop irgendwie deplatziert.

»Ist schon klar«, stellt Richy richtig. »Zurzeit steht die Kiste sicher und trocken.«

»Aber mittelfristig muss die weg«, schaltet sich jetzt auch Angie ein. »Vielleicht habt ihr ja 'ne Idee.«

Die anderen sehen sie verdattert an, Norbert wirkt inzwischen verärgert.

»*Der Carthago hat das Premium in seiner DNA*, schreibt der Hersteller in seinem Prospekt.« Henry hat sich in die Materie eingearbeitet. »*Vollaluminium-Sandwich für die Seitenwände, konsequenter Verzicht auf Verschraubung, hagelfeste Dachaußenhaut, verrottungsfester Unterboden.*« Der ehemalige Bankräuber klingt wie ein Wohnwagenverkäufer.

Die Runde staunt. »Verrottungsfreier Unterboden? Ihr seid doch nich ganz frisch!«, platzt es aus Frieda heraus. »Dann kannst du so eine Kiste ja nie entsorgen.«

Henry lässt sich nicht irritieren. »*Im Alltag sind es meist die kleinen Dinge, die den großen Unterschied machen*«, zitiert er weiter aus der Verkaufsbroschüre.

»Und zu den kleinen Dingen gehört, dass wir für das Fahrzeug leider keine Papiere haben.« Richy hebt die Augenbrauen. »Wir sind da gezwungen, eher unkonventionelle Verkaufswege zu suchen, vielleicht ins Ausland.«

»Und dabei dachten wir an Länder ...«, Angie sucht nach einer passenden Formulierung, »... in denen die deutschen Papiere keine so große Rolle spielen.«

»Das sind jetzt Dinge, die in unserer Runde wirklich keinen Raum haben. Das sollten wir an dieser Stelle mal beenden.« Norbert klingt jetzt richtig sauer. So kennen ihn die anderen gar nicht. »Wir wollen hier endlich mal weitermachen.«

Aber Moni lässt sich dadurch nicht beeindrucken. »Mir fällt gerade ein, vielleicht könnte ich euch da weiterhelfen.«

Jetzt sitzt der ganze Stuhlkreis mit offenem Mund da. Was ist mit Moni los? Die plötzliche Absetzung der Psychopharmaka zeigt doch sehr erstaunliche Wirkung.

»Ich habe jahrelang in einer Außenhandelsfirma gearbeitet, das heißt, meiner Familie gehört sie. Wir haben Maschinen und auch Autos exportiert. Nach Osteuropa oder in den arabischen Raum. Das waren jetzt keine Wohnmobile, sondern Baumaschinen und Luxuskarossen. Aber vielleicht könnten wir ... Lasst mich mal überlegen und ein paar Telefonate führen. Ich muss ein paar Kontakte wiederbeleben.«

27

Vor drei Wochen noch hätte Richy sich im Leben nicht vorstellen können, auf ein Konzert von Tina Dico zu gehen. Er kannte sie auch gar nicht. Aber seitdem ihre Songs aus Angies Garage zu ihm durchs Küchenfenster schallen, gehen sie ihm nicht mehr aus dem Ohr. Vielleicht liegt es auch an Angie, dass er urplötzlich von den Sex Pistols auf die blonde Dänin umgeschwenkt ist? Angie hatte von einer Bekannten zwei Freikarten für ein Konzert in der Laeiszhalle ergattert und Richy gefragt, ob er mitkommt. Eigentlich hat sie ihm gar keine Wahl gelassen, und so fahren sie zusammen auf ihrer Guzzi zur Musikhalle, wie er den alten neobarocken Konzertsaal immer noch nennt. Es ist ein warmer Juniabend, und Angie duftet dezent nach Paco Rabanne statt nach Motoröl.

Das Publikum, das vor der Halle auf den Einlass wartet, ist gemischt wie Richards es von früheren Popkonzerten kaum kennt. Zumindest altersmäßig ist alles vertreten. Junge Frauencliquen, die direkt von den »Milchmädchen« herübergekommen sein könnten, adrette junge Paare und ewig junge Rentner, die bei Tina-Dico-Songs von einem letzten Trip zum Nordkap träumen. Vielleicht wäre ja der Carthago etwas für die, denkt Richy kurz. Er ist jedenfalls der Einzige, der eine Fliegerjacke aus dem Zweiten Weltkrieg trägt. Na ja, ein bisschen brav sind die Leute schon, ein wenig spießig, aber das sagt er Angie gegenüber nicht. Vor vielen, vielen Jahren ist er hier auf etlichen Rockkonzerten gewesen, da waren die Milchmädchen noch gar nicht auf der Welt. Letztlich gehört er selbst zu den unverbesserlichen ewig Jungen, und Angie eigentlich auch mit ihrem nostalgischen Motorrad. Aber Tina Dicos Fangemeinde umfasst offenbar alle Generationen.

Sie wirkt fast etwas verloren, als sie im Dunkeln auf die Bühne kommt und allein in einem hellen, seltsam trachtenartigen Outfit in einem Spot steht. Die akustische Gitarre scheint fast zu groß für sie. Aber dann wird der Saal mit ihrer Stimme erfüllt, und die ist noch viel größer als das Instrument. Damit hat sie vom ersten Moment an die ganze Halle am Haken, und der charmante dänische Akzent macht den Rest. Mit jedem Song holt sie ein weiteres Bandmitglied auf die Bühne, und jedes Mal geht ein Ruck durchs Publikum.

Einige der Songs kennt Richy ja schon vom Hinterhof. ›Someone You Love‹ und ›As Far As Love Goes‹ kann er inzwischen mitsingen. Die drei jungen Frauen auf dem Balkon eine Reihe vor ihnen hält es nicht mehr auf den Sitzen. Bei den rockigeren Songs schwenken sie die Arme und singen tatsächlich laut mit oder wiegen bei den Balladen die Köpfe mit den langen Haaren, sodass Angie und Richy die Bühne nur noch halb sehen können.

»Schon 'ne tolle Stimme, oder?«, raunt Angie ihm ins

Ohr und schmiegt sich an die Schulter seines nachtblauen Hemdes, das er zur Feier des Tages statt des Schiesser-Shirts trägt. Die Lederjacke hat er nach ›My Business‹ ausgezogen und bei dem Country-Stampfer ›Spark‹ ganz beiseitegelegt.

Ganz früher hat Richy mal Punk gehört, fand aber auch Suzanne Vega und Joni Mitchell toll. Daran muss er heute Abend denken. Auch Tina Dico lässt alles Überflüssige weg. Und wenn sie in der Zugabe am Ende mit ihrer Backgroundsängerin und dem Keyboarder wie improvisiert auf dem Bühnenrand sitzt und a cappella und ohne Mikrofon mehrstimmig singt, dann treibt es dem Publikum die Tränen in die Augen. Angie drückt Richy einen Kuss auf die feuchte Wange, und ihre grünen Augen blitzen in einem Lichtreflex kurz auf.

Die Fans geraten am Ende völlig aus dem Häuschen. Angie macht sich ernsthafte Sorgen, dass die drei Mädels vor ihnen vom Balkon fallen. Das Publikum fordert eine Zugabe nach der anderen, und auch die Sängerin ist sichtlich gerührt und mag gar nicht von der Bühne runtergehen.

»Das is Hamburg«, ruft eine ältere Frau laut und unverkennbar Hamburgisch vom Nebenbalkon in den Saal.

Die Songs noch im Kopf fahren sie nach dem Konzert auf der Moto Guzzi wieder nach Hause. Als sie durch den Torbogen in den Altonaer Hinterhof fahren, hätten sie es fast übersehen. Nur ganz kurz blitzt im Lichtkegel des alten Scheinwerfers neben den Müllcontainern ein seltsames Etwas auf. Richy steigt sofort ab, und Angie kippt die Maschine auf den Ständer. Inzwischen ist das Licht des Bewegungsmelders für den Hof angesprungen. Nachdem der Viertakter der Guzzi verstummt ist, hallt ein klägliches Winseln durch den Hof. Dann stehen Richy und Angie auch schon vor dem Pitbull, der auf dem Asphalt zwischen den mittlerweile grau gewordenen Lindenblüten liegt und offenbar vor Schmerzen zittert. Vor seinem Maul hat er Schaum und auf dem Asphalt ist eine Lache von Erbrochenem in einer künstlich blauen Farbe zu sehen, die sich grell von dem Laub absetzt.

»Fricco?!«, spricht Richy den Hund an, worauf der etwas lauter winselt.

»Was ist da denn passiert?« Angie kann sich noch keinen Reim auf die Situation machen.

»Gestern hat er so einem Doodle-Schnuffi das Ohr abgebissen. Ist ihm offenbar nicht bekommen.«

»Komm, hör auf.«

»Nee, ich weiß schon, was da passiert ist.« Richy wird wieder ernst. »Dieses blaue Zeug, das ist Rattengift, so kleine blaue Päckchen, und davon hat er sich offenbar ein paar genehmigt.«

»Rattengift?«

»Ja, das hat sein eigenes Herrchen da ausgelegt, beziehungsweise Kevin Knappek in dessen Auftrag. Das war Kevins letzte Tat.«

Angie sieht den daniederliegenden Kampfhund leicht angeekelt an, weiß aber auch nicht, was sie tun soll.

»Was sollen wir mit ihm machen?« Richards überlegt. »Gibt es so etwas wie einen Krankenwagen für Tiere?«

»Ja, ich glaube schon, davon hab ich mal gehört. Die rufst du an, wenn du ein Reh angefahren hast, oder so.«

Auf dem Handy hat Angie sofort eine Nummer gefunden. Und wenig später fährt ein weißer Kombi vom »Tierärztlichen Notdienst« auf den Hof, verfrachtet Pitbull Fricco in einen Transportkäfig und verlässt den Hof wieder. Vorher hat Richy dem Tiersanitäter die Adresse seines Vermieters gegeben.

»Ist ja eigentlich eine grauenhafte Töle.« Angie befindet sich im Krieg mit Herrchen Hermann junior, und mit seinem Hund kann sie sich genauso wenig anfreunden.

»Na ja, für sein Aussehen kann der Hund doch nichts.« Richy sieht sie an. »Du kannst auch nichts dafür, dass du so gut aussiehst.«

»Ach, komm, Richy.« Sie lacht und fasst ihm in die Haare, wobei er ihren dicken Ring auf der Kopfhaut spürt.

Nach dieser Rettungsaktion leeren die beiden eine Flasche aus Armins Weinlager, die Richy noch vorrätig hat. Angie bestaunt seine großformatigen Ölbilder, und sie hören ›Tom's Diner‹ von Suzanne Vega. Tina Dico hat Richy in seiner Vinylsammlung nicht. Noch nicht. Danach übernachtet Angie bei ihm in dem Zimmer mit dem Blick auf den Hinterhof, in dem Kevin Knappek vor Kurzem noch das Regiment führte. An Schlaf ist jetzt allerdings nicht zu denken. Und diesmal bleibt es nicht bei Küssen, die nach Pampelmuse schmecken.

28

Bei den »Milchmädchen« herrscht am Morgen reger Betrieb. Die halbe Wut-Truppe ist versammelt. Auch Krankenschwester Tatjana lässt sich mal im Café blicken. Heute hat sie ihren Freund René mitgebracht, der die Anonymen Ausraster auch mal kennenlernen soll. In ihrem Eifersuchtsdrama haben sich die Wogen ganz offensichtlich geglättet. Die Brandwunden von Tatjanas Nebenbuhlerin sind verheilt, und René hat ihr hoch und heilig versichert, dass da gar nichts war. Über die Bettszene mit der anderen Frau hat sich der gnädige Schleier des Vergessens gelegt. Jetzt stehen Tatjana und ihr Freund wie ein frisch verliebtes Paar Hand in Hand vor der Cafétheke und beratschlagen, ob sie den Latte Macchiato mit oder ohne Karamell nehmen sollen.

»Na, den Camper schon nach Afrika überführt?«, ruft Carlotta Richy entgegen, als er das Café betritt.

»Nee, der hat es bisher nur bis zu meinem Freund geschafft, neben die Kartons mit den südafrikanischen Rotweinen.« Ein paar Cafébesucher am Nebentisch drehen sich fragend zu ihm, aber verstehen kein Wort. Das ist Richy auch ganz recht, von dem Carthago muss nicht gleich das ganze Viertel wissen.

Während Heinrich in der Schule ist, sitzt Carlotta neuerdings mit Frieda bei den »Milchmädchen« und schmiedet Pläne. Von ihrem Fenstertisch aus wollen sie neue Initiativen gegen die Gentrifizierung ins Leben rufen.

»Wir planen den Umbau des Viertels.« Frieda klemmt sich beide Daumen unter den dicken Kettengürtel ihrer Hose und grient Richy provozierend an. Dann nimmt sie das Tabakpäckchen zur Hand und dreht sich erst mal eine. »Wir brauchen eine Re-Renovierung des Stadtteils, wir wollen wieder Orte des unkontrollierten Rückzugs, der schmuddeligen Konspiration. Ohne Erbschaftsdandys ...«

»... und ohne schwäbische Touristen«, fügt Richards hinzu.

»Orte der Fantasie, wo etwas entstehen und wachsen kann«, schwärmt Carlotta, von der man solche Töne vorher noch nie gehört hat.

»Wir brauchen in den Wohnungen keine schicken Zweitbäder aus Marmor und keine Wellnessbereiche im Keller«, ruft Frieda und sieht Carlotta dabei streng an.

»Also, zweites Bad ist schon nicht schlecht, wenn Heinrich mal wieder stundenlang unter der Dusche hängt. Keine Ahnung, was der da so lange macht.« Ganz ist die Helikoptermutter von der Rückkehr zu tradierten Altonaer Wohnverhältnissen doch nicht überzeugt.

»Öffentlicher Raum für alle«, skandiert Frieda mit kalter Kippe zwischen den Lippen.

»Nur bitte nicht bei Carlotta im Marmorbad!« Richy grinst die beiden an. »Dass die alten Wohnungen instand gesetzt werden, ist ja zunächst nicht verkehrt. Wir sollten für Veränderung offen sein.« Das sind auch bei Richy ganz neue Töne. »Frau AHorn hat immer noch ihr Badezimmer aus den Fünfzigerjahren«, gibt er zu bedenken.

Angie findet ja, dass das allseits beliebte Gejammer über Gentrifizierung vor allem aus der Angst vor dem Verlust des Alten und vor der Veränderung resultiert und letztlich reichlich konservativ und provinziell ist. »Wenn sich nichts mehr verändert, wird das Szeneviertel zum Museum«, meinte Angie neulich.

»Aber wir müssen unsere Chancen nutzen gegen die fremdbestimmte Kommerzialisierung«, findet Frieda.

Sie und Carlotta erwägen gerade, in der Bauruine der Stahlstift-Townhouses ein paar Pop-up-Veranstaltungen zu organisieren, eine Ausstellung, ein Konzert mit einer lokalen Band oder einen Poetry-Slam. So genau wissen sie es auch noch nicht. Richy fühlt sich an die Kunst und Politaktionen glorreicher Zeiten erinnert. »Ist hier im Café jetzt die Kommandozentrale für die Stadtguerilla? Seh ich das richtig?« Er muss schmunzeln.

Auch bei den »Milchmädchen« besinnt man sich auf die guten alten Zeiten, zumindest in der Kaffeekultur. Nach einer kurzen »Flat-White«-Phase lautet die neueste Devise »Zurück zum Filterkaffee«. Dabei kommt es vor allem auf das *Blooming* an, bei dem das Kaffeepulver zunächst nur mit heißem Wasser benetzt wird und so nach dem Aufgießen sein ganzes Aroma entfalten kann.

»Hat sich das mit deiner Wohnung jetzt endgültig erledigt?«, will Sabrina wissen, als sie Carlotta einen achtsam aufgebrühten Kaffee bringt. »Hat der Bauträger jetzt endgültig Pleite gemacht?«

»Soll ich dir mal eins verraten? Ich will die Scheißwohnung überhaupt nicht mehr.« Carlotta kommt gleich von null auf hundert. »Ich muss nur sehen, dass ich meine erste Rate zurückbekomme. Genau!«

»Kannst ja das Haus hier kaufen.« Sabrina zeigt zur Decke des Cafés.

»Wie jetzt?« Carlotta staunt, und Richy wird nervös.

Die Cafébesitzerin senkt die Stimme. »Ich hab was läuten gehört, dass Herr Hermann überlegt, zu verkaufen, nach all den Ereignissen. Der Sohn hat von Ottensen wohl auch endgültig die Nase voll, keine Ahnung.« Sie hält sich den Zeigefinger vor die Lippen. »Alles *off the record*, aber der will hier scheinbar aussteigen. Wir sind da echt ein bisschen nervös. Was dann mit dem Café wird, wenn da irgend so ein Immobilienhai kommt ...?«

»Unfassbar.« Carlotta setzt dazu die passende Miene auf.

Tatjana und René sitzen derweil noch in der hintersten Ecke des Cafés bei einem kalt gewordenen Latte Macchiato und küssen sich.

»Na, anscheinend kann sie genauso gut küssen wie bügeln«, grinst Frieda sie an. »Habt ihr kein Zuhause?«

Sabrina wendet sich derweil an Richy. »Bei dem Stichwort ›Hermann‹ fällt mir ein: Was ist aus dem vergifteten Hund von dem Junior geworden? Diese Tierklinik, oder wie das heißt, hat mich angerufen, die hatten keine Telefonnummer von dem Besitzer. Weißt du da was?«

»Nee, keine Ahnung, wir haben den nur gefunden und den Tierunfallwagen gerufen.«

Richy hat keine Lust, sich große Gedanken über den Hund von Hermann junior zu machen. Er hat im Augenblick nur Angie im Kopf. Im Grunde ist er schon eine ganze Weile in sie verknallt. Aber als er heute Morgen neben ihr im Bett aufwachte, war das ein Gefühl, das er überhaupt nicht mehr kannte. Er wollte dann noch mal einschlafen, doch daran war nicht zu denken. Der Echo PB 8010 war zwar für immer verstummt, aber Richy war trotzdem hellwach. Er lag neben Angie und sah sie an, ihren Mund, der auch im Schlaf spöttisch lächelte, ihre geschwungenen dunklen Augenbrauen. Wahrscheinlich auch *Fluffy Brows*, dachte er. Er hörte ihren leisen, pfeifenden Atem, bis sie ebenfalls aufwachte.

Richy ist noch in Gedanken, als er auf einmal den älteren Mann am äußersten Ecktisch des Cafés entdeckt. Der war ihm vorher gar nicht aufgefallen. Viel älter als Richy ist er vermutlich gar nicht, aber er passt irgendwie nicht hierher in seiner beigen Regenjacke aus dem letzten Jahrtausend. Richards zuckt zusammen. Kommissar Kanne ist doch bestimmt seinetwegen da.

Er tritt die Flucht nach vorne an und geht zu seinem Tisch. »Wollen Sie von mir noch etwas?«

Kanne blickt von seiner Tasse Cappuccino auf, legt das Croissant mit der veganen Paste auf den Teller zurück und zieht die buschigen Augenbrauen nach oben. Sofort befürchtet Richy das Schlimmste.

»Ich war in der Nähe, und da hab ich mich daran erinnert, dass der Kaffee hier sehr gut ist und die Croissants mit diesem Aufstrich ... Da muss ich das Rezept noch ... ermitteln.« Das Wort »ermitteln« betont er, und löst damit bei Richy innerliche Beklemmungen aus. Und dass ausgerechnet jetzt Frieda und Carlotta zwei Tische weiter den Aufstand gegen die Gentrifizierung des Viertels planen, findet er mehr als unpassend.

Der Kommissar dagegen wirkt vollkommen entspannt. »Wo ich gerade hier bin, da wollte ich Ihnen mitteilen, dass meine Ermittlungen beendet sind. Ich habe meine Ergebnisse an die Staatsanwältin weitergeleitet. Ich nehme an, dass sie den Fall nicht weiterverfolgen wird. Alles andere würde mich wundern.«

Richy fällt ein Stein vom Herzen.

»Herr Richards, wollen wir einen Kaffee zusammen trinken? Ich lade Sie ein.«

Von einem Moment zum anderen wird Richy wieder argwöhnisch. Was will der Typ mit der beigen Jacke von ihm? Ist der *undercover* unterwegs und ermittelt hier im Viertel?

»Unter uns, ich kann Sie ja verstehen«, setzt Kanne an, als Richy ein Cappuccino mit Kuhmilch gebracht wird. »Der Verkehr, die Bauarbeiten und das fortwährend heulende Konzert der Laubbläser. Schrecklich.« Der Mann in der beigen Regenjacke gerät regelrecht in Wallung. »Ich ertrage das auch nur schwer.«

»Wo wohnen Sie denn?«, fragt Richy.

»Lokstedt. Das war bei mir auch mal eine laute Gegend. Aber das hat sich geändert. Sehr zum Besseren.«

Kanne sagt erst mal gar nichts weiter, sondern zuckt nur mit den Augenbrauen und senkt die Stimme. »Die Kollegen haben ein paar Schilder aufgestellt. Wir fanden alle, das sei im Sinne der Sicherheit und einer Verringerung der Emissionen. Ich sage nur Verkehrsvermeidung, Verkehrswende.«

»Da haben Sie natürlich ganz andere Möglichkeiten.« Richy sieht ihn abwartend an.

»Ach.« Kanne nimmt einen Schluck aus seiner Tasse. »Auf den Hamburger Straßen herrscht ja kein Mangel an Verkehrszeichen. Da sind der Eigeninitiative keine Grenzen gesetzt.« Richy hat das dringende Gefühl, der Beamte weiß genau, wer hier neulich die Schilder umgestellt hat, aber er sagt natürlich nichts. »Sie haben doch sicher einen Keller ...«, fährt der Polizist etwas leiser fort, »... in dem man ein paar Schilder zwischenlagern könnte ... die hier überflüssigerweise überall herumstehen ... und bei Gelegenheit an einem passenden Ort wieder aufgestellt werden können?« Der Kommissar verzieht keine Miene.

Schon erstaunlich, denkt Richy, dieser Kanne arbeitet effizienter als die Fluglärmschutzbeauftragte Frau Ölmann-Rust.

29

»Richy, wie geht es dir?« Norberts Frage zu Beginn der heutigen Sitzung klingt stereotyp und reichlich lustlos.

Richy ist mit seinen Gedanken noch vollkommen woanders und reagiert überhaupt nicht. Die Gerüchte über den Verkauf des Hauses, in dem er seit Jahrzehnten wohnt, bereiten ihm Kopfschmerzen. Mit seiner moderaten Miete könnte es dann schnell vorbei sein. Und dann muss er seltsamerweise an den vergifteten Pitbull denken. Hat das Tier überlebt? Wieso macht er sich eigentlich Gedanken über diese Töle, deren Scheiße er ständig unter seinen Turnschuhen hatte?

Gedankenverloren starrt er auf den Pappkarton, der die ganze Zeit schon in Norberts Praxisraum neben dem Zeitungsstapel vor der Wand liegt. Zunächst hat Richy ihn gar nicht beachtet, dann war ihm die ungewöhnlich längliche Form aufgefallen. Und als Hans-Peter detailliert vom Aufbau seines Regales erzählte, sprangen ihm die großen Buchstaben auf der Verpackung ins Auge: TROLLHÄTTAN. Jetzt sieht es aus, als sei die Verpackung aufgerissen und danach wieder geschlossen worden. An einer Seite klebt ein Kreppstreifen auf der Pappe. Ein Regal kann er hier nirgends entdecken. Hat der Antiaggressionscoach möglicherweise ähnliche Probleme beim Heimwerken wie Hans-Peter? Richy ist schon aufgefallen, dass Norbert von Sitzung zu Sitzung immer angespannter wirkt. Aber für die Montage von Trollhättan reicht die kürzlich von ihm beschriebene Heimwerker-Wut offenbar noch nicht.

Anders als der Leiter des Workshops werden die Teilnehmer im Stuhlkreis immer munterer. Lange bitten muss Norbert sie nicht mehr, von ihren Problemen zu erzählen. Nicht nur Hans-Peter, auch alle anderen möchten zu Wort kommen. Richy erzählt zum wiederholten Male von dem Vorhaben, der Fluglärmschutzbeauftragten Frau Ölmann-Rust einen kleinen Besuch abzustatten. Gemeinsam mit Angie und Frieda hat er endlich ihre Adresse herausbekommen. Frau Ölmann wohnt sehr weit draußen in der Walachei fernab von jeglichem Flugverkehr. Die Dame kennt die Flugrouten. Aber dann hatte Richy eigentlich doch nicht so richtig Lust auf die weite Fahrt die halbe Elbe hinauf bis ins Wendland. Inzwischen überhört er die eine oder andere Beluga schon mal. Vor einiger Zeit war das undenkbar.

Den radikalsten Schwenk aber hat Moni gemacht. Seit ein paar Sitzungen ist sie nicht wiederzuerkennen. Die immer etwas zippeligen blonden Haare hat sie zu einem unternehmenslustigen Dutt gebunden. Auch meldet sie sich immer öfter zu Wort, wobei ihre Stimme sehr viel lauter und selbstbewusster geworden ist. Der rekonvaleszente Gatte ist zwar mittlerweile aus dem Krankenhaus entlassen worden, aber noch krankgeschrieben und fuhrwerkt aus lauter Langeweile missmutig in der

Küche herum. Er versucht allein zu kochen. Aber ohne Monis braves Zuarbeiten gelingt ihm rein gar nichts. Wenn er mit einem kleinen Löffel die eben aufmontierte Sauce probiert, wendet er sich angeekelt ab. Und wenn der Flambierbrenner mal wieder streikt, könnte er die französischen Auflaufformen samt Crêpes Suzette gegen die provenzalischen Fliesen werfen. Marko wäre ein echter Kandidat für Wut-Coach Norbert. Aber ihr Mann ist der Letzte, den sie im Stuhlkreis sehen will. Mit seinen ständigen Behauptungen, sie würde alles brennen lassen, will er sie in den Wahnsinn treiben. Sauer ist Moni ja schon seit Ewigkeiten, aber jetzt lässt sie es endlich raus. Seit sie Marko wieder täglich zu Hause erleben darf, scheint Moni fest entschlossen zu sein, sich von ihm zu trennen.

Dass seine Schützlinge so munter sind und immer selbstbewusster werden, scheint Norbert überhaupt nicht zu gefallen. Manchmal scheint er sogar regelrecht genervt zu sein von seinen Anonymen Ausrastern, die nicht mehr richtig ausrasten.

Allein Hans-Peter verharrt noch in seiner alten Rolle und lamentiert, dass es in der Steuersache mit dem Spieleentwickler Linnemann nicht weitergeht. »Es darf doch nicht wahr sein, dass der nicht bezahlt!«

Henry gibt ihm ein Zeichen, dass er sich mal beruhigen soll. Hat sich da möglicherweise etwas Neues ergeben?

»Jetzt ist aber wirklich mal gut, Hans-Peter!«, echauffiert sich Norbert, der Henrys Zeichensprache nicht mitbekommen hat. »Wie oft sollen wir uns das noch anhören?!«

»Also, Moment mal, Norbert, ich denke, du solltest die Gefühle von Hans-Peter nicht so abtun«, mischt sich Tatjana ein. »Du hast selbst gesagt, es gibt *good reasons for bad feelings.*«

»Ach, Freunde, immer locker«, tönt Henry dazwischen, der heute betont gute Laune hat.

»Na ja, wir müssen sowieso mal sehen, wie es hier weitergeht.« Norbert macht ein betrübtes Gesicht, die Gruppe blickt ihn fragend an. Der Coach deutet an, dass es im Antiaggressions-Business nicht mehr so gut läuft. Deshalb will er diesen Kurs mit einem anderen zusammenlegen.

»Das finde ich aber gar nicht gut, dass hier neue, unbekannte Leute dazukommen sollen«, bemängelt Tatjana. »Wir haben hier schließlich ein Vertrauensverhältnis aufgebaut.«

»Ein irgendwie ganz tolles Vertrauensverhältnis«, bekräftigt Moni.

Seltsam, überlegt Richy, Norbert bekommt seine Klienten doch immer von der Staatsanwältin mit demselben Namen vermittelt, also sehr wahrscheinlich von seiner Frau. Klappt das nicht mehr? Gibt es da eventuell eine Ehekrise?

Nach der heutigen Sitzung stehen Richy, Henry, Moni und Carlotta draußen noch eine Weile zusammen. Sie müssen Hans-Peter, der gleich das Weite suchen will, kurz aufhalten. Es gibt tolle Neuigkeiten.

Henry ist richtig euphorisch, er hat eine deutliche Verbesserung seiner finanziellen Situation in Aussicht. Heute war er mit Linnemann verabredet. Der Spieleentwickler war hochnervös, nachdem seine beiden erfolgreichsten Onlinespiele gehackt wurden. Henry hatte keinen Zweifel aufkommen lassen, dass er, Hans-Peter und die Anonymen Ausraster dahinterstecken. In Wirklichkeit hatte Carlottas Sohn Heinrich die *Bloody Hellrider* zum Absturz gebracht. »Endlich hat er mal etwas Produktives, was Nützliches hinbekommen.« Carlotta ist richtig stolz auf ihren Sohn.

Auch Moni hat gute Nachrichten, sie hat einen Interessenten für den Carthago gefunden. »Der will das Fahrzeug vorher natürlich erst mal sehen. Und die fehlenden Papiere drücken den Preis. Aber er ist wohl ernsthaft interessiert an dem Schmuckstück.« Moni ist zuversichtlich.

30

Am Nachmittag sind Richy, Henry und Moni auf dem Weg nach Neumünster zu Armins Weinlager. Die beiden Männer staunen nicht schlecht über Monis sportliches Auto, und auch ihr Fahrstil ist deutlich offensiver als ihr Auftreten bei den Anonymen Ausrastern. Das BMW Coupé in Creme metallic haben sie ihr schon gar nicht zugetraut. Moni hat offenbar Geld, das hatte sie in dem Workshop mal dezent angedeutet, Henry war damals gleich ihre teure Uhr aufgefallen. Und Angie weiß etwas von einer Othmarscher Altbauvilla mit Blick in die Parklandschaft. Zur heutigen Fahrt trägt Moni eine dezente, aber edle Kostümjacke.

Henry und Richy erfahren während der Fahrt viel Neues über Moni, die offenbar aus wohlhabenden Verhältnissen kommt. Es war die Exportfirma ihres Vaters, durch die sie jetzt alte, etwas dubiose Kontakte für den Verkauf des Campers reaktiviert hat. Früher hatte Moni selbst im Geschäft ihre Frau gestanden und sollte mit ihrem damaligen Mann irgendwann die Geschäftsleitung übernehmen. Doch als ihr Mann bei einem schweren Verkehrsunfall ums Leben kam und wenig später auch ihr Vater starb, brach für Monika alles zusammen. Sie zog sich vollkommen aus der Firma zurück, an der ihr aber immer noch Anteile gehören. Sie lernte kurz darauf Marko kennen und stürzte sich Hals über Kopf in eine neue Ehe. Marko hatte sie umworben und vor allem hatte er sie bekocht. Völlig neue Geschmackserlebnisse taten sich ihr auf, und für eine gewisse Zeit war Moni regelrecht verzaubert. Aber als sie ihm in der Küche nur noch die Gewürze reichen durfte, war es damit schnell vorbei. Marko entpuppte sich als neurotischer Pedant. Inzwischen vermisst sie ihre Stellung in der Firma und ihr früheres Leben.

»Vielleicht ist der Carthago-Deal ja mein Wiedereinstieg ins Geschäftsleben.« Sie wirft Henry und Richy während der Fahrt einen triumphierenden Blick zu und lacht laut.

Der sowieso schon wortkarge Mann mit dem Namen Ibragimov, mit dem eine sprachliche Verständigung kaum möglich ist, hat überraschenderweise gleich einen Aktenkoffer mitgebracht. Henry hatte für den Carthago etwas mehr erwartet als hundertdreißigtausend Euro. »Der große Liner kostet neu über zweihunderttausend, und die Kiste ist so gut wie neu«, hatte er kurz gemault. Aber dieses unerwartet schnelle, reibungslose Geschäft will sich keiner von ihnen entgehen lassen. Und dass der Carthago statt in Afrika jetzt irgendwo im Mittleren Osten landet, findet Richy auch nicht schlimm. Nach einer kurzen Besichtigung werden Wohnmobil und Geldkoffer getauscht. Den Brandfleck von Richys Zigarette und Henrys Blutspuren auf dem edlen Polster des Luxusliners bemerkt Herr Ibragimov im schummrigen Licht der

Weinhalle gar nicht. Und dann sind die drei auch schon wieder auf dem Rückweg nach Hamburg.

Nach dem gelungenen Deal ist die Stimmung im Auto euphorisch. Richy und Henry staunen immer noch über Monis Kontakte zum illegalen Autohandel. »Ja, nein, die habe ich eigentlich gar nicht, da hat ein Mitarbeiter von früher seine Beziehungen spielen lassen, und wie der dazu kommt, will ich gar nicht wissen«, versucht sie sich zu rechtfertigen. Moni ist auf einmal richtig gesprächig. Zunächst ist sie bester Laune, aber dann schlägt ihre Stimmung plötzlich um. Ihr kommt gleich wieder die unerträgliche Situation mit dem rekonvaleszenten Marko zuhause in den Sinn. Irgendwie scheint es ihr gutzutun, außerhalb des Stuhlkreises Richy und Henry ihr Herz auszuschütten. Die beiden Männer wissen gar nicht, wie sie zu dieser Ehre kommen.

»Immer wieder wirft Marko mir vor, ich hätte das Gas brennen lassen. Aber das stimmt einfach nicht. Ich werde bald verrückt.« Moni seufzt. »Ich hab den Eindruck, Marko fummelt ständig selbst daran herum. Und mir hält er dann vor, ich hätte das verstellt.«

»Wie war das noch mal?« Richy überlegt. »*Gaslighting*.«

»Marko will mich fertigmachen. Ich halte es wirklich nicht mehr aus. Aber damit ist jetzt Schluss, ich werde mich scheiden lassen, ich war schon beim Anwalt.« Die Freude über den erfolgreichen Verkauf des Campers ist fast schon wieder dahin. Und so überredet Richy Moni, abends zu Armins Wein-Tasting im Freihafen mitzukommen. Bisher hatte Marko die Weinfreunde regelmäßig mit seiner Besserwisserei genervt. Da ist Moni ein Gewinn. Richy kann immer weniger verstehen, wie eine so nette Frau einen solchen Kotzbrocken heiraten konnte.

Vor der Weinprobe fahren sie allerdings noch bei ihrer Bank vorbei. Moni hat nicht nur ein schickes Cabrio, sondern auch einen Tresor. In Henrys kleiner Sozialwohnung wollen sie den Geldkoffer doch lieber nicht unbeaufsichtigt stehen lassen.

31

Die Verkostung findet in einem stillgelegten Umspannwerk im Hafen statt. In der Halle des alten Backsteinbaus stehen noch die verrosteten Elemente der Schaltanlage, und von der Decke hängen ein paar zerrupfte Leitungen und Kabel. Kein schlechter Ort, um ein paar überspannte Weinfreunde unter Strom zu setzen. Auf einer dekorativ verrosteten Eisenplatte funkelt eine ganze Batterie von Gläsern, die so groß sind, dass man Babys darin baden könnte. Daneben liegen Exemplare der von Armin herausgebrachten Hochglanzbroschüre ›Weinwelten‹, in denen bärtige *Winemaker* in Lederjacke auf dem Motorrad zwischen den Barbera-Trauben herumkurven und junge Winzerinnen in lehmigem Schuhwerk und abgeschnittenen Jeans mit Weinglas vor den rötlich gefleckten Holzfässern posieren.

Einige von Armins Stammkunden kennt Richy schon von früheren Tastings, an denen er mal teilgenommen hat. Die Konsulin, wie Armin sie nennt, die Witwe des Honorarkonsuls von Tonga, gehört ebenso zum festen Kreis wie der Glatzkopf mit hellblauer Brille und roter Hose, der stets im farblich zur Hose passenden Porsche vorfährt. Henry und Angie, die auch mitgekommen sind, fühlen sich wie im falschen Film. Nur Moni scheint in ihrem Element.

Sie greift sofort zu, als Armin eine Probe aus der ersten Flasche ausschenkt. Außer Henry und Angie schwenken alle die riesigen Gläser, um dann ihre Nasen hineinzuhalten. Die Konsulin schwenkt so ungestüm, dass ihr der halbe Glasinhalt auf die hellblaue Bluse schwappt.

»Der Wein scheint zu knospen. Assoziationen an Hanami, das japanische Kirschblütenfest«, befindet sie. »Ein spannender Kontrast zu dem verrußten alten Backstein hier.«

»Die Tannine sind noch etwas sperrig, aber nach ein paar Jahren im Keller könnte das ein wunderbarer Wein werden«, befindet Moni. »Eine Nebbiolo-Traube aus dem Piemont? Hab ich recht?«

»Oh, eine feine Zunge! Feiner als die von deinem Gatten, dem guten Marko.« Armin staunt, die anderen auch. Angie und Richy sind regelrecht von den Socken.

Henry versteht nur Bahnhof und nimmt einen kräftigen Schluck. »Geht zumindest wat rein in die Gläser«, stellt er treffend fest.

Mit jeder Probe kommen die Weinfreunde mehr in Schwung. Sie schwärmen mit schwerer werdender Zunge von Löss-Lehm, Kalk-Mergel und fauligen Johannisbeersträuchern.

»Unterholz, Wildschwein«, haucht die Begleitung der roten Hose.

»Ja, Erde ... sehr authentisch«, bestätigt der Porschefahrer.

Armin nickt zustimmend. »Wir haben hier eine sehr schön proportionierte Konzentration in der Frucht mit fein gekörntem, fast pudrigem Tannin.«

»Dat Puder geht aber ganz schön in Kopp.« Henry bekommt leichte Artikulationsprobleme.

Richy nimmt einen kräftigen Schluck vom Wildschwein. »Ich sag zu Armin immer, Hauptsache, es knallt.« Er grinst Henry an.

»Dass wir nicht mehr ›Maître Simon‹ trinken, ist aber schon ganz angenehm, oder?«, muss Armin dann doch noch mal festhalten.

»Aber der ›Maître‹ war wirklich authentisch.« Nach ein paar Gläsern hängt Richy melancholisch den alten Zeiten nach.

Mittlerweile haben alle mächtig einen im Tee. »Tatsächlich Lakritz«, schwelgt Moni, die das Tasting sichtlich genießt, und verschwindet dabei mit dem halben Kopf im Glas.

»Petrol«, ruft der Glatzkopf, der sich offenbar an den Geruch in seiner Porsche-Werkstatt erinnert fühlt.

Irgendwann ist der letzte Tropfen verkostet, Moni verspricht noch, ihren Mann künftig immer zu vertreten, dann zieht es die Weinfreunde nach Hause. Bei den Anonymen Ausrastern muss Angie fahren. Moni hat eindeutig etwas zu tief ins Glas geblickt, und Angie hat sowieso Lust auf eine kleine Tour in dem cremefarbenen Coupé.

»Und wie kommt ihr jetzt nach Hause?«, sorgt sich Moni um ihre Wein- und Wutfreunde. »Taxi, oder wollt ihr meinen Wagen nehmen?«

»Wir stellen dir deinen schicken BMW vor die Garage und gehen zu Fuß nach Hause«, sagt Angie, während sie das Coupé mit einem Finger am Lenkrad lässig durch die

HafenCity manövriert. »So weit ist es nicht, und ein bisschen frische Luft tut uns bestimmt ganz gut. Und Henry lassen wir am S-Bahnhof heraus.«

Als sie sich durch ein Labyrinth von Umleitungen mit rot-weiß gestreiften Absperrgittern und Barken zu Monis Villa durchschlängeln, hören sie aus einiger Entfernung schon die Martinshörner der Feuerwehr und Sanitätswagen. Das blinkende Blaulicht leuchtet um die Straßenecke. Angie lässt die Scheibe herunter, die Martinshörner werden lauter, es riecht nach Feuer.

Als sie in die kleine Nebenstraße einbiegen, sehen sie gleich mehrere Feuerwehrfahrzeuge, einen Notarzt und zwei Polizeiwagen vor der Villa stehen. Von einem Moment zum anderen ist Moni stocknüchtern und kreidebleich.

»Fahren Sie bitte weiter.« Der Beamte beugt sich zu Angie in dem offenen Seitenfenster hinunter.

»Wir ... also unsere Freundin wohnt hier.« Angie sieht den Polizisten erschrocken an.

»Was ist denn passiert?« Monis Stimme ist jetzt wieder so leise wie in den ersten Sitzungen bei Norbert.

»Wohnen Sie hier?«, fragt der Polizist nach.

»Ja. Was ist denn los?« Vom Beifahrersitz ist sie kaum zu verstehen.

»Im Haus hat es gebrannt. Die Kollegen von der Feuerwehr vermuten eine Gasexplosion. Haben Sie Gas im Haus?«

Richy ist inzwischen ausgestiegen und blickt zu dem Haus. »Ein Fenster ist offen und der Rahmen ist vollkommen verbrannt, alles schwarz«, ruft er von draußen ins Auto.

»Die Küche«, haucht Moni. Sie steigt aus und dann sieht sie, dass im Inneren des Notarztwagens hektischer Betrieb herrscht.

32

»Es fehlt ja schon wieder jemand.« Der sanfte Wut-Coach ist gar nicht gut gelaunt. »Ist unsere Gruppe etwa in der Auflösung begriffen?« Norbert harkt sich die Haare jetzt alles andere als sanft über die Stirn und blickt provozierend in die Runde. Die Anwesenden sehen ihn fragend an.

»Unser Workshop neigt sich dem Ende zu, aber deshalb solltet ihr trotzdem bis zum Schluss dabeibleiben. Die meisten von euch sind durch eine richterliche Auflage sogar dazu verpflichtet. Wir wollen doch das, was wir hier zusammen erarbeitet haben, nicht kurz vor dem Ziel einfach aufgeben.«

Die Blicke im Stuhlkreis bleiben fragend.

»Ja, wo ist die Moni?« Norbert klingt auf einmal wie ein Lehrer aus früheren Zeiten.

»Ach so, ja, ... also Moni ...« Alle reden plötzlich durcheinander, denn in der Gruppe haben sich die Ereignisse von gestern Nacht schon weitgehend herumgesprochen.

»Moni ist im Krankenhaus«, meldet sich Angie zu Wort.

»Die Moni ist im Krankenhaus? Was ist denn passiert?« Jetzt klingt Norbert doch besorgt.

»Nein, nicht Moni ...«, will Richy ihn gleich aufklären.

»Ihr Mann, Marko, ist im Krankenhaus. Den hat es

schlimm erwischt, sie besucht ihn gerade«, unterbricht Angie ihn.

»Schwere Verbrennungen.« Krankenschwester Tatjana ist natürlich wieder auf dem neusten Stand, auch Marko liegt in der Klinik auf ihrer Station. »Bei Monis Mann werden vermutlich Hauttransplantationen nötig sein.«

»Den hat es voll erwischt. Gasdetonation«, meint Henry trocken. »Wenn er dat man überhaupt überlebt.«

Während Angie, Henry und Richy von den nächtlichen Ereignissen in Monis Villa berichten, hat Hans-Peter nur Augen für den länglichen Pappkarton, der zwar angerissen, aber immer noch unausgepackt neben dem Stapel mit den Fachzeitschriften liegt. Im Augenblick sieht es so aus, als könnten die ›Psychologie Morgen‹ erst übermorgen im Trollhättan einsortiert werden. Auch Richys Blick fällt auf die Verpackung. Warum liegt das Zeug hier immer noch rum, fragt er sich, warum bekommt *der* Norbert das Teil einfach nicht aufgebaut? Das hat sogar *der* Hans-Peter geschafft.

Abgesehen von den dramatischen Ereignissen in Monis Villa machen die Anonymen Ausraster einen ausgesprochen entspannten Eindruck. Sogar der penible Hans-Peter ist bestens gelaunt. Henry hat ihm gerade die frohe Botschaft überbracht, dass Spieleentwickler Yannik Linnemann in den nächsten zwei Tagen als erste Rate einen höheren fünfstelligen Eurobetrag übergeben will. Carlotta hat ihre Anzahlung für das Townhouse zwar noch nicht zurückbekommen, aber sie sieht sich schon nach Alternativen um. Vielleicht steht ja in Richys Haus demnächst eine Wohnung zum Verkauf. Außerdem sind sie und Frieda schwer mit den Vorbereitungen des Ottenser Kulturfestivals »Street Fighting Women« beschäftigt. Auch bei Tatjana hat sich alles zum Guten gewendet. Ihr Freund scheint endgültig zu ihr zurückgekehrt, und René gibt sich seitdem alle Mühe, ihr keinen Grund zur Eifersucht zu liefern. Frieda macht schon Witze über das demonstrative Turteln der beiden, die nur noch Hand in Hand auftreten. »Jetzt haben wir es langsam alle kapiert«, hatte auch Carlotta bemerkt, als die beiden in der hintersten Ecke bei den »Milchmädchen« wieder stundenlang herumknutschten.

Richy und Angie schweben sowieso auf Wolke sieben. Richy ist verknallt bis über beide Ohren, und er hat das Gefühl, bei Angie ist es genauso. Seit Kurzem lassen sie sich durch lange Altonaer Sommerabende treiben, durch Cafés und Bars, die ihre Happy Hour in die ganze Nacht ausdehnen. Sie pustet ihm den überstehenden Bierschaum aus dem Weizenglas auf sein graues Schiesser-Shirt. Richy kann sich an Angies grünen, Kajal umrandeten Augen nicht sattsehen, und er liebt es, wenn ihre Hände mit dem fetten Ring und den Spuren von Motoröl durch ihr kurzes schwarz-graues Haar fahren und sie ihn dabei anlacht. Sie würden am liebsten alle Zeit der Welt zusammen verbringen. Sie schmusen und lachen und haben ausgiebigen Sex, obwohl es dafür viel zu warm ist. Der war bei Richy seit Ewigkeiten reichlich kurz gekommen, er kann sich kaum mehr daran erinnern. Und bei Angie war es ähnlich, zumindest behauptete sie das.

Viele Probleme der Anonymen Ausraster sind gelöst oder gerade dabei, gelöst zu werden. Umso auffälliger ist es, dass es für Norbert irgendwie stetig bergab geht. Der Wut-Coach ist alles andere als zufrieden und ausgeglichen. Seine Wut-Life-Balance hat Schräglage bekommen. Solange die Seminarteilnehmer verunsichert und wütend waren, war der Coach tief entspannt und gefiel sich in seiner Rolle als verständnisvoller und allwissender Psycho-Guru. Jetzt sind die Teilnehmer aber zur Ruhe gekommen, sie machen einen relaxten und zuversichtlichen Eindruck. Das scheint Norbert gar nicht zu gefallen. Er wirkt angespannt.

Als er Hans-Peter missmutig Richtung Boden stieren sieht, schöpft er neuen Mut. Es besteht ja vielleicht doch noch eine Chance, dass er als Therapeut gebraucht wird.

»Bei dir alles in Ordnung, Hans-Peter?«

»Trollhättan ist ja immer noch nicht zusammengebaut.« In Hans-Peters Stimme schwingt Unverständnis mit.

Norbert sagt zunächst gar nichts, sondern blickt nur kurz und mit beinahe angewidertem Gesichtsausdruck auf den vor der Wand liegenden Karton.

»Ist eigentlich ganz einfach.« Der Mann vom Finanzamt will ihm Mut machen. Doch statt Mut erzeugt er nur Wut.

»Billigschrott aus China!«, prustet Norbert heraus, springt auf und läuft aufgeregt um den Stuhlkreis herum.

»China? Nee, ich denk aus Schweden«, wendet Hans-Peter ein.

»Ach, hör doch auf!« Norbert wird lauter. Die Gruppe sieht ihn staunend an. »Das ist der letzte Müll! Allein die Bauanleitung, das kapiert doch keine Sau.«

»Kein Thema: Einfach *die Aufhängebeschläge mit den halbkreisförmigen, glatten Unterlegscheiben am dickeren Teil des Verbindungspfostens und mit den gerillten Unterlegscheiben am dünneren Teil mit zwei Inbusschlüsseln rechts und links verschrauben*«, rattert Hans-Peter die Montageanleitung wie im Schlaf herunter.

»Lass mich in Frieden damit!« Norbert ist jetzt richtig sauer. Dabei rutscht ihm seine große Brille von der Nase.

»*Rechts die kurzen Schrauben ohne Gewinde, links die Schrauben mit Gewinde*«, fährt Hans-Peter unbeirrt fort.

»Du hast doch selbst 'ne Schraube locker!« Der Wut-Coach wird immer lauter.

»Komm schon, Norbert, immer locker bleiben – deine Rede«, will Richy ihn beruhigen und erreicht genau das Gegenteil.

»Das Regal kann nichts dafür«, will Hans-Peter doch mal festhalten.

»Halt endlich deinen Rand!«, schreit der Therapeut und tritt jetzt mit aller Wucht in den Trollhättan-Karton. Ein Stapel ›Psychologie Morgen‹ kippt sofort um. Norbert fasst sich an seinen Fuß und verzieht schmerzverzerrt das Gesicht.

»Oh, vorsichtig!«, ruft Carlotta.

»Hast du dir was getan?« Frieda und auch die anderen sind von ihren Stühlen aufgesprungen.

»Mit den Zehen muss man aufpassen, die hast du dir

bei solchen Aktionen schnell gebrochen.« Tatjana will gleich tätig werden. »Ich kann dich nachher gleich zum Röntgen mitnehmen, wenn du willst.«

»Meine Güte, ich halt's nicht aus! Hört auf mit dieser übertriebenen Fürsorglichkeit! Was ist bloß los mit euch?« Norberts Stimme überschlägt sich.

Aber Henry, der Mann vom Baumarkt, hat die Ruhe weg. »Dat Regal können Hans-Peter und ich für dich schnell aufbauen.«

»Schluss jetzt! Verdammte Scheiße! Ihr tickt doch alle nicht ganz richtig!« Norbert atmet heftig. »Ihr ... Psychopathen!« Er sieht aus, als würde er auf jeden einzelnen Seminarteilnehmer persönlich losgehen wollen. Stattdessen holt er mit dem Bein aus und tritt noch einmal mit voller Wut in die Pappe. Im Karton kracht es und in dem stylischen Sneaker des Seminarleiters ebenfalls. Eine Plastiktüte mit verschiedenen Schrauben und Unterlegscheiben wird aus der Kiste herausgeschleudert, zwei einzelne Inbusschlüssel schlittern über das Linoleum. Ein langanhaltendes »Ahhhhhh« hallt durch den Seminarraum.

TEIL DREI

33

»Frieda, echt jetzt, der Hof ist schon wieder nicht gefegt.«
Richy hat gerade Brötchen für die WG geholt, wie er das
am Samstag jetzt immer macht. Frieda, die sich mit Mühe
aus dem Bett gequält hat, lehnt nur mit einem langen
T-Shirt bekleidet am Küchentresen und schüttet ein großes Glas Wasser in sich hinein. Henry steht seit Stunden
unter der Dusche. Angie ist schon Laufen an der Elbe, obwohl es gestern Abend spät geworden war. Sehr spät. Die
langen WG-Nächte von früher nennen sich heute Eigentümerversammlung.

»Frieda, du bist diese Woche dran mit Hofdienst«, in-
sistiert Richy.

»Komm, Richy, führ dich nicht spießiger auf, als du
bist.« Sie gähnt, streicht die blonden Haare, die ihr am
Morgen noch wilder als sonst vom Kopf stehen, müde
aus dem Gesicht und drückt ihm einen flüchtigen Kuss
auf die unrasierte Wange. »Süß, dass du Brötchen besorgt
hast!«

»Wenn wir immer gefegt hätten, wäre Frau AHorn
jetzt nicht im Seniorenheim«, brummt Richy.

»Ja, Scheiße, ich weiß.« Jetzt steht Frieda das schlechte
Gewissen im Gesicht. Im letzten Herbst war Frau AHorn
eines Tages im nassen Lindenlaub gelandet. Mit zwei

Mülltüten in den Händen war sie im Hof ausgerutscht, unglücklich gefallen und hatte sich den Oberschenkelhals gebrochen. Nach Operation und Reha hatte sie versucht, eine Weile mit einem Pflegedienst zuhause klarzukommen. Richy, Angie und Henry hatten sich rührend um sie gekümmert. Aber dann war die ehemalige Volksbankerin noch mal im Treppenhaus gefallen und hatte halb bewusstlos mit schweren Prellungen und Schürfwunden eine ganze Zeit lang hinter der Eingangstür gelegen, bevor der Postbote sie entdeckte. Nach dem Krankenhausaufenthalt blieb doch nur das Seniorenheim. »Milchmädchen«-Chefin Sabrina meinte, Frau AHorn habe seit einiger Zeit schon einen etwas verwirrten Eindruck gemacht. Sie war mehrfach im Café aufgetaucht und wollte im Keller der Bank etwas nachsehen, sie habe da noch etwas liegen. Sabrina hatte Richy nur vielsagend angesehen.

Der alten Dame nützt es nichts mehr, aber seit ihrem Unfall achtet Richy penibel auf die Einhaltung des Fegedienstes im Hinterhof. Wenn er mal morgens um sieben aufwacht, dann nicht vom Laubbläser, sondern weil er mit Fegen dran ist. Irgendwie lässt ihn das Lindenlaub nicht los. Aber mit seiner Pedanterie übertreibt er auch etwas, das weiß er selbst. Er muss sich auch erst daran gewöhnen, wieder in einer Wohngemeinschaft zu wohnen. In der Küche steht wie früher der Abwasch. Dabei haben sie jetzt eine nagelneue Geschirrspülmaschine mit Öko-Super-Spartaste und allem Pipapo. Für alle Wohnungen hat Moni neue Geräte spendiert. Vor allem hat sie die alten Gasherde herausreißen und durch neue Induktionsgeräte ersetzen lassen. Aber Henry mag offenbar keine modernen, aufgeräumten Küchen. Er liebt es, wenn sich in der Spüle die Teller türmen und auf der Arbeitsplatte die benutzten Gläser antrocknen, dass sie kaum mehr sauber zu kriegen sind.

Seit dem überraschenden Abbruch des Antiaggressionsseminars vor über einem Jahr ist nichts mehr, wie es war. Norberts gebrochene Zehen sind zwar wieder verheilt. Bei seinem kurzen stationären Aufenthalt nach der OP hatte Tatjana den Wut-Guru unter der Hand mit dem Sonderessen für Privatpatienten hochgepäppelt. Und Trollhättan steht mittlerweile. Ansonsten aber herrscht im Seminarraum ziemliche Leere. Die einzigen Teilnehmer seines aktuellen Kurses sind Monis aggressiver Mann Marko, die Lärmschutzbeauftragte Frau Ölmann-Rust, die bei einer öffentlichen Veranstaltung einem Klimaaktivisten den Mikrofonständer über seinen Dutt gezogen hatte, und der einigermaßen wieder hergestellte Hermann junior. Bei einem Gang entlang der Ottenser Hauptstraße hatte er ein dort vergessenes Verkehrsschild Nummer zweihundertneun »Vorgeschriebene Fahrtrichtung rechts« aus Wut auf die Straße geworfen und damit ein Lastenfahrrad samt Fahrer und zwanzig Tüten Hafermilch getroffen. Aber die meiste Zeit sitzt Norbert, statt in seinem eigenen Workshop, zusammen mit seiner Frau, der Staatsanwältin, beim Paartherapeuten.

Richys Leben und auch das der anderen Anonymen

Ausraster hat sich inzwischen sehr verändert. Nach dem Unfall seines Sohnes und dem Tod des Hausmeisters hat sich Hermann senior endgültig von seinem Haus in der Ottenser Hauptstraße getrennt. Auch der Junior wollte nach den Vorkommnissen im Sommer mit dem Mietshaus nichts mehr zu tun haben. Für Ottenser Verhältnisse war der Kaufpreis moderat. Es gab einen Renovierungsrückstand und nicht ganz unproblematische Altmieter. Frau AHorn, die zu dem Zeitpunkt noch im Haus wohnte, hatte noch einen alten Mietvertrag. Vor allem Djembe-Trommler Jürgen hatte mehrere Interessenten verschreckt. Richy hatte ihn ermuntert, während einiger Besichtigungstermine mit anderen Interessenten eine Übungsstunde einzulegen.

So hatten Moni, Carlotta, Angie und Richy sich zusammengetan und die Immobilie gekauft. Statt das Haus in abgeschlossene Eigentumswohnungen aufzuteilen, hatten sie eine Gesellschaft bürgerlichen Rechts gegründet, »Gesellschaft der bürgerlichen Linken«, wie Richy es nennt. Den mit Abstand größten Anteil hat Moni beigesteuert, die zurzeit noch in ihrer Othmarscher Villa wohnt und sich in einem gnadenlosen Kleinkrieg mit dem renitenten Marko aufreibt. Carlotta hat mit den Renovierungsarbeiten in Frau AHorns Wohnung begonnen, die sie mit ihrem Sohn Heinrich beziehen will. Richy wohnt seit ein paar Monaten mit Angie, Henry und Frieda in seiner alten Wohnung. »Für dich alleine war die Riesenwohnung auch reichlich übertrieben«, findet Frieda.

Tischlerin Angie hat für die neu gestrichene Küche und den Flur Regale gebaut, nicht dieser schwedisch-chinesische Mist, sondern Altonaer Wertarbeit, wie sie stolz anmerkt. Richys expressive knallig gelb-rote Altonaer Stadtlandschaft hängt groß im Flur. »Bringt 'n büschen Farbe rein«, meint Henry. Und die tanzenden blauen Silhouetten vor rot brennendem Hintergrund haben einen Platz in der Küche gefunden. Es ist nicht nur Farbe, es ist auch wieder Leben in der Bude.

Für Richy war die neue Wohnsituation eine große Umstellung. Besonders zwischen Angie und ihm gab es anfänglich einige Revierkämpfe. Die Tischlerin und der Kunstlehrer hatten ein paar geschmackliche Differenzen. »Müsst ihr am besten zum Einrichtungscoach«, hatte Frieda gefeixt. »Um die Ecke gibt es neuerdings die ›Wohn-Fühlerin‹.«

Eine Wohnung ist noch vermietet. Richy und Angie waren ja eigentlich gegen die Umwandlung von Wohnraum in Eigentum. Und mit Friedas und Carlottas Initiative gegen die Gentrifizierung passt es auch nicht so toll zusammen. Doch jetzt sind die Anonymen Ausraster selbst Immobilienbesitzer und streiten sich mit den verbleibenden Mietern über Modernisierungsmaßnahmen, Hausordnungen und Nebenkostenabrechnungen. Gleich nach der Gründung hat die »Gesellschaft der bürgerlichen Linken« als Erstes beschlossen, die Mieten zu erhöhen. Richy und auch die anderen haben die neue Rolle als Hausbesitzer sehr bereitwillig akzeptiert. Die gestrige Eigentümerversammlung endete feuchtfröhlich.

Ein ganzer Weinkarton von Armin hatte dran glauben müssen.

Als die WG jetzt in der großen Küche beim Frühstück sitzt, sind alle etwas übermüdet, aber bester Laune. Dann durchschneidet das schrille Schnarren der alten Türklingel die samstägliche Morgenidylle.

34

»Wir haben schon wieder kein Auge zugetan.« Djembe-Trommler Jürgen sieht tatsächlich übermüdet aus und er ist stinksauer. Seine blasse Mitbewohnerin nickt müde.

»Zu lange getrommelt, oder wie?« Richy ist tief entspannt und in bester Frühstückslaune.

»Verdammte Scheiße, ihr habt einen Höllenkrach gemacht! So geht das nicht!« Solche Töne kannte Richy von Jürgen nie, jetzt hört er sie laufend. Bisher hat immer er sich bei ihm und seinen beiden Mitbewohnerinnen über die lauten Trommelsessions beschwert. Mittlerweile hört er sie gar nicht. Schon seltsam. Haben sie die Djembe-Trommel ausrangiert oder trommeln nur noch außerhalb? Stattdessen stehen die Trommler jetzt bei ihm vor der Tür.

»Komm, nun mal ganz locker, wir hatten Eigentümerversammlung, entspann dich mal.« Richy klebt noch der letzte Bissen eines Laugencroissants zwischen den Zähnen.

»Mit dieser Musik?« Jürgens Mitbewohnerin sieht ihn für ihre Verhältnisse erstaunlich provozierend an. »Das war eine Eigentümerversammlung? Das kann doch nicht sein.«

»Eigentümerversammlung ist sogar vorgeschrieben.

Da geht es um anstehende Renovierungsarbeiten, Heiz-kosten und so weiter, anstehende Erhöhung der Mie-ten.«

»Das ist voll die Schikane, was ihr hier abzieht«, regt Jürgen sich auf.

»Nun krieg dich mal wieder ein«, will Angie, die jetzt in Sportklamotten dazugekommen ist, ihn beruhigen.

»Das verstößt gegen jede Hausordnung!«, blafft Jür-gen. »Und was erzählt der Klaus da von Mieterhöhun-gen?!«

Bisher war Richy ganz relaxt, aber bei der Nennung seines Vornamens, bei *der Klaus* spürt er doch wieder die Wut in sich aufsteigen. Seinen Körper durchströmt diese Hitze, dieses altbekannte Kribbeln, das früher zu seinem Alltag gehörte. Nur kurz. Dann verlässt es ihn auch schon wieder, fließt aus ihm heraus, er ist sofort wieder ruhig, als sei nichts gewesen. Der ganze Vorgang dauert keine Minute, und Richy ist wieder der Alte, das heißt eigent-lich der Neue. Er hat zumindest nicht mehr das drin-gende Bedürfnis, Jürgen eins auf die Nase zu geben.

»Ihr meint das nicht ernst, was ihr hier abzieht, oder?« Richy pult mit der Zunge an den klebrigen Croissant-Res-ten in seinen Zähnen herum. Mit einem Gesichtsaus-druck, als nehme er die Mieter von oben nicht ganz für voll.

Seit Richy hier wieder in einer Wohngemeinschaft lebt, haben sich Jürgen und seine beiden blassen Mitbe-wohnerinnen zu notorischen Querulanten entwickelt. Früher haben sie das Haus mit ihrem Getrommel tyrannisiert, jetzt beschweren sie sich, wenn ab zweiundzwanzig Uhr keine Ruhe herrscht. Als Henry sein neues Rennrad hinter dem Eingang im Treppenhaus abgestellt hatte, haben sie es der WG vor die Wohnungstür gepfeffert. Die vor dem Zugang der Bodenräume zwischengelagerten Aufsteller für das »Street Fighting Women«-Festival fand Frieda vor den Müllcontainern wieder. Eine der blonden Trommlerinnen hatte sich über die süßlichen Rauchschwaden echauffiert, die bis ins Treppenhaus geweht waren.

»Ich denke, es gibt hier eine Hausordnung.« Jürgen schreit jetzt fast. »Wer hat mich darauf denn immer wieder hingewiesen?« Er sieht erst Richy und dann Angie angriffslustig an. Nur kurz, dann blickt er betreten zu Boden.

»Und auf genau diese Hausordnung weise ich dich noch mal hin. Ihr hattet letzte Woche Hofdienst.« Richy spielt mit ironischer Geste den Oberlehrer. »Und wer hat den Hof nicht gefegt?« Dann wird er wieder ernst. »Ich habe es Frieda eben auch schon gesagt, wenn wir gefegt hätten, wäre Frau Horn vielleicht noch nicht im Seniorenheim.«

»Bist du hier jetzt der Blockwart, oder was?«, tönt der Trommler.

»Komm, komm, so nicht!« Richy sieht ihn streng an. »Reg dich ab! Genießt das Wochenende. Holt euch auch ein paar Brötchen, eine Zeitung und entspannt euch.«

»Ja, Scheiße, bei uns oben haben die Wände gewackelt.« Der Nachbar will ganz und gar nicht entspannen.

Er hat einen roten Kopf, wie in der wildesten Trommel-ekstase. Möglicherweise wäre auch er ein Kandidat für Wut-Coach Norbert.

»Diese Musik hat es doch früher nicht gegeben«, bemerkt seine Mitbewohnerin vergleichsweise leise.

Richy muss tatsächlich überlegen. Zuerst hatten sie gestern Abend noch Aimee Mann und Tina Dico gehört, aber zu späterer Stunde hatte Richy dann ›Should I Stay Or Should I Go‹ von The Clash aufgelegt, und dazu hatten sie sogar getanzt. Selbst Moni, die als Hauptgesellschafterin bei der Eigentümerversammlung natürlich dabei war, hatte getanzt. Sie hatte auch etwas zu viel getrunken, um sich abzulenken, und dann in der WG übernachtet. Ihre Probleme mit Marko sind leider immer noch nicht geklärt. Er will einfach nicht aus der Othmarscher Villa ausziehen. Und jetzt ermittelt auch noch die Polizei wegen der Gasexplosion gegen Moni. Kanne war bereits zu einer Befragung bei ihr gewesen. Marko belastet sie schwer. Es sind offenbar seine letzten Versuche, sie für verrückt und geschäftsunfähig erklären zu lassen. Richy hat schon Rechtsanwalt Doktor Schwertfeger empfohlen. Der hat schließlich beste Kontakte zur zuständigen Staatsanwältin Knobel-Ulrich. »Da halten wir mal den Ball flach, die Dame hat zurzeit genug eigene Probleme«, meinte Schwertfeger. Moni ist trotzdem beunruhigt. Da muss sie jetzt nicht noch Ärger mit den Mietern haben.

»Okay, okay, es war ein bisschen laut«, schaltet Moni sich jetzt moderierend ein. »Heute ist es wieder leiser.«

»Wer sind Sie denn überhaupt?«, blafft Jürgen sie gleich an.

»Sie ist die Eigentümerin, du Kasper.« Richy wird langsam ungnädig.

»Na ja, du und Angie und Carlotta doch genauso.« Mittlerweile steht auch Frieda hinter ihm im Flur.

»Egal.« Richy winkt ab.

»Es ist einfach untragbar, wie ihr euch neuerdings aufführt.« Jürgen mag sich gar nicht wieder beruhigen.

»Ihr seid einfach schrecklich laut«, wiederholt die Mitbewohnerin noch mal. Die junge Frau klingt jetzt wie Richys Oma in seiner Jugend.

»Jetzt kommt mal runter, ihr trommelnden Ober-Piffer!« Nach längerer Zeit kommt Richy mal wieder in Schwung. Aber jetzt ist es kein unangenehmes Gefühl, er fühlt sich gut dabei. Frieda und Angie neben ihm steht ein breites Grinsen im Gesicht.

35

Als Richy ein paar Tage später von der Schule nach Hause kommt, schaut er auf einen Kaffee bei den »Milchmädchen« vorbei. Seit Beginn des neuen Schuljahres unterrichtet Richy für ein paar Stunden wieder an seiner alten Schule. Angesichts des akuten Lehrermangels sieht man über den damaligen Wutausbruch mit der Tonklumpen-Attacke auf den Schüler hinweg. Sogar Kunst- und Gemeinschaftskundelehrer werden wieder gesucht. Seine alte Fliegerjacke sorgt bei der nächsten Schülergeneration immer noch für Aufmerksamkeit. Inzwischen wollen zwar alle Mädchen nur noch Influencerin und keine Künstlerin mehr werden. Aber nach den Jahren der nicht ganz freiwilligen Frühpensionierung hat Richy sogar Spaß an der Schule.

Außerdem malt er wieder und macht Plastiken. In einem leerstehenden Raum auf dem Dachboden hat er sich ein provisorisches Atelier eingerichtet. Die Lichtverhältnisse sind nicht ideal, aber die Atmosphäre zwischen den alten Dachbalken ist toll und der Blick aus dem kleinen Fenster über die Dächer von Ottensen grandios. Nach langer Zeit arbeitet er wieder an einer Serie von Nagelplastiken für eine Ausstellung in dem brachliegenden »Stahlstift«-Bau ein passender Ort für die Nagelskulpturen. Nicht nur Richys Wohnverhältnisse haben sich verändert, sondern auch seine mittlerweile eng getakteten Tagesabläufe. Richy macht auf einmal tausend Dinge gleichzeitig. Er ist an der Schule, er malt, er ist sogar ein paarmal schon beim Judo gewesen. Außerdem hat er neuerdings noch Zeit zum Kochen, *Spaghetti arrabiata*, die wütende Pasta mit viel Chili, und für einen schnellen Cappuccino bei den »Milchmädchen« sowieso, mit *latte di piselli*, Erbsenmilch.

Im Café hat sich die Stammkundschaft verändert. Neben Richys regelmäßigen Besuchen schaut auch Hans-Peter immer mal vorbei und gibt Steuertipps. Kommissar Kanne hält regelmäßig so etwas wie eine Sprechstunde zu Fragen der Verkehrsberuhigung und des Lärmschutzes ab. Ein ehemaliger Kollege aus dem Depot ist bei der Beschaffung ausrangierter Verkehrsschilder behilflich. Heute ist er mal wieder mit Richy im Gespräch. Es geht um die Ermittlungen gegen Moni. »Diese Monika Jakoby war doch auch in Ihrem ... wie soll ich es nennen ... in diesem Kurs.« Richy berichtet ihm von Monis Eheproblemen, vom *Gaslighting* und von Markos ständigen Übergriffen und seinen Versuchen, seine Frau für geschäftsunfähig zu erklären, um an ihr Geld zu kommen. Kanne hört sich das geduldig an und hebt nur die buschigen Augenbrauen.

Die Atmosphäre und der Umgangston in dem Café haben sich geändert. Selbst die ehemalige Helikoptermutter Carlotta, die ihren Heinrich bisher in Watte gepackt hatte, findet jetzt deutliche Worte und wird auch mal laut. Henry wird nicht mehr dumm angeguckt, wenn er einen Jungvater auffordert, sein mitten im Eingang geparktes Lastenfahrrad beiseitezuschieben oder den Golden Doodle zurückzupfeifen, wenn er die nassen Pfoten auf seinem Cafétisch neben den fluffigen Schokotörtchen platziert. Als kürzlich ein Kleinkind seinen blinkenden und schrill fiependen Spielzeugroboter zwischen den Stühlen des Cafés umhertanzen ließ, herrschte noch mal Katastrophenalarm. Die Ottenser Jungeltern liefen Amok und wollten das Plastikteil gleich zertreten. Auch die Kinder waren ausgerastet, vor Begeisterung.

Und Frieda hatte bei diesem Thema sofort zum großen Rundumschlag gegen die schöne grüne Bullerbü-Welt ausgeholt. »Diese achtsamen Eltern haben sich in Filz und geöltem Holz eingerichtet, nicht weil sie so gute Menschen sind, sondern ganz im Gegenteil, weil sie die anderen aus der bösen bunten Plastikwelt ausgrenzen wollen.«

»Aber ist doch schon wichtig, dass wir auf den ganzen Plastikmüll verzichten«, hatte Carlotta eingewendet.

»Ja, schon klar.« Frieda zuckte mit den Schultern. »Aber gleichzeitig ist die Haltung für diese Gutmenschen auch ein Aushängeschild, ein Statussymbol, mit dem sie sich von der einfachen Wurst essenden, Verbrenner fahrenden, Plastikmüll produzierenden Mehrheit abheben.«

»Isst du Wurst?« Carlotta sieht sie mit großen Augen an.

»Nein, natürlich nicht, aber ...«

Weitere Diskussionen waren in dem Scheppern und Gepiepe des tanzenden Plastikschrotts untergegangen.

Heute sind Frieda und Carlotta schon wieder in angeregter, sehr grundsätzlicher Diskussion mit Sabrina. Frieda schlägt eine Namensänderung für das Café vor, nein, sie fordert sie.

»›Milchmädchen‹, meine Güte, das ist ein Rückfall in Frauenbilder der neunzehnhundertfünfziger Jahre.«

»Was soll das denn heißen?« Sabrina klingt beleidigt.

»Ist doch witzig«, findet Carlotta. »Genau.«

»Mädels, da war meine Uroma weiter.« Frieda sieht die beiden kampflustig an, und ausgerechnet Richy stimmt ihr zu.

»Komm, Richy, der Feminismus der Frauen aus deiner Ära ist nicht mehr angesagt. Heute dürfen Frauen auch Spaß haben.« Sabrina sieht ihn mitleidig lächelnd, aber alles andere als verbissen an. Wenigstens nennt sie ihn nicht Klaus.

Es ist schon erstaunlich, das pastellfarbene Café scheint sich zu einem Ort des gesellschaftlichen Diskurses zu entwickeln und zur Nachrichtenzentrale. Eben kam Hans-Peter mit der freudigen Botschaft, dass er nach seiner Verbeamtung vor einem halben Jahr gleich zum inoffiziellen »Beamten des Monats« gekürt worden ist. Ungeachtet der außerbehördlichen Regelung hatte er Linnemanns Steuerhinterziehung zusätzlich zur Anzeige gebracht. Yannik Linnemann musste doppelt zahlen. Das nahm er überraschend gelassen hin. Gleichzeitig war sein *Bloody Hellrider* in der Kategorie *Shooter* nämlich zum Spiel des Jahres gekürt worden. Bei Linnemann klingelt die Kasse, und das Finanzamt

Hamburg-Am Tierpark hat ihn ab jetzt ganz oben auf der Liste.

»Na, Richy, für dich nach der Schule auch ein schönes Sandwich?«, bietet Sabrina ihm zur Versöhnung an, als sie dem Kommissar seinen Lieblingssnack serviert.

Kanne kann ohne die veganen Sandwiches nicht mehr sein. »Dabei bin ich gar kein Vegetarier, und Veganer schon gar nicht«, bekennt der lärmempfindliche Polizist. »Aber die Dinger hier schmecken einfach, besser als jedes Wurstbrot.«

Bei dem Wort Wurstbrot horchen Carlotta und Frieda auf und müssen grinsen.

»Na, Richy, was ist?«, fragt Sabrina noch mal nach.

»Sagen Sie, Sabrina, was ist da eigentlich alles drin?«, will Kanne endlich mal wissen.

»Ganz einfach: Avocado, Kokosflocken, schwarze Senfsamen, Zitronensaft und ein bisschen Öl.«

»Schwarze Senfsamen?« Richy runzelt die Stirn. »Hört sich ja gefährlich an. Das muss ich dann unbedingt mal probieren.«

Kanne beißt genüsslich in sein Brot, dass die Avocado-Kokos-Creme herausquillt. Aus einiger Entfernung dringt das Brummen des Schaufelbaggers von Stromnetz Hamburg in das Café. »Aber ansonsten ist es ruhiger geworden hier in der Straße, oder? Was meinen Sie, Herr Richards?« Er wischt sich die Creme mit einer Papierserviette vom Mund.

»Das war ein langer Weg«, resümiert Richy. »Aber Sie haben uns sehr unterstützt.«

»Nur bei der Regelung des Flugverkehrs sind meine Möglichkeiten eingeschränkt.« Kanne blickt betrübt.

Richy muss gleich daran denken, dass er sich seit Ewigkeiten nicht bei Frau Ölmann-Rust gemeldet hat.

»Und dass Sie die Laubbläser im Hinterhof los sind, daran habe ich gar keinen großen Anteil.« Er überlegt. »Bei den Ruhezeiten habe ich immer mal ein Auge drauf.« Und das ist deutlich untertrieben, bei Verstößen gegen die Hamburger Lärmschutzverordnung schreitet Kanne sofort zur Tat.

»Dabei fällt mir ein ...« Er sieht auf seine Uhr, während er noch mal in seinen Snack beißt. Er wartet zwei Minuten. Punkt dreizehn Uhr legt er den Rest des Sandwiches auf den Teller und geht vor die Tür. Kanne muss sich nur kurz auf dem Gehweg vor dem Café zeigen, schon erstirbt das Röhren des Baggers.

»Alles klar!«, ruft ihm »Keine Panik« vom entfernten Ende der Straße Richtung Reitbahn entgegen.

Auch Richy tritt vor die Tür des Cafés. Über der Ottenser Hauptstraße liegt eine fast unheimliche Stille.

»Herrlich, oder?«, stellt Kanne fest. Richy atmet tief durch, wie er das bei Norbert gelernt hat. Und dann hört man von Ferne aus den feinen Elbvororten kaum vernehmlich ein leises Heulen, wie er es bei Westwind schon ein paarmal wahrgenommen hat, das klägliche Jammern eines Laubbläsers.

»Da ist doch noch einer in Betrieb.« Am liebsten würde Kanne sofort einschreiten. »Nicht zu fassen. Ein allerletzter Laubbläser.«

36

Montags hat Richy keine Schule. Morgens hat er noch eine Stunde gemalt. Den Rest des Tages hat er sich freigehalten, um mit Angie erst dem Pitbull im Tierheim und anschließend Frau AHorn in ihrer Seniorenresidenz einen Besuch abzustatten. Ursprünglich wollte Henry mit zu Frau AHorn, aber er ist heute auf Achse. Er fährt für Armin Weinkartons quer durch ganz Norddeutschland.

Vorher wollte er bei Moni nach dem Rechten sehen. Sie hatte Henry heute Morgen angerufen, Marko ist offenbar schon wieder rabiat geworden. Kanne hatte Moni vorher mitgeteilt, dass es keine weiteren Ermittlungen gegen sie geben werde. Damit waren Markos Bemühungen gescheitert, sie auf diesem Weg für verrückt erklären zu lassen und an ihr Vermögen zu kommen. Stattdessen hatte sie ihn zum wiederholten Male aufgefordert, aus ihrem Haus in Othmarschen auszuziehen. Marko hatte getobt und Moni bedroht. Richy hatte sich angeboten, bei ihr vorbeizufahren, aber Henry wollte das gern selbst übernehmen. Der Ex-Knacki und die Außenhandelskauffrau aus besserem Hause, die mittlerweile wieder an den Arbeitsplatz in ihrer eigenen Firma zurückgekehrt ist, verstehen sich immer besser. Vor zwei

Tagen war er auch schon bei ihr gewesen. »Sie hatte 'ne getönte Brille auf. Und besonders sonnig war das nich«, hatte Henry berichtet. »Sie hat dazu nichts gesagt, aber is doch klar, dass er da hingelangt hat.«

Die traurige Visite im Tierheim bleibt ihm so glücklicherweise erspart. Für Angie und Richy ist es ein deprimierender Besuch. Pitbull Fricco schleicht mit eingezogenem Schwanz an das Gitter, als die beiden an den Zwinger treten. Er glotzt sie aus seinen kleinen Augen verständnislos an und winselt. Irgendwie tut das Tier Richy leid. Aber in die WG will er den Kampfhund deshalb nicht gleich aufnehmen.

»Ja, Fricco, braver Hund.« Er wirft ihm eine mitgebrachte Cabanossi durch das Gitter. Das Tier hat die Wurst mit einem Happs verschlungen und sieht Richy dankbar an. »Aber Freundchen, hier nicht in die Ecken kacken! Okay?!«

Neue Halter ließen sich für den Hund bisher nicht finden. »Die meisten Interessenten suchen doch etwas anderes und sind Pitbulls gegenüber, deren Vorgeschichte und Erziehung sie nicht kennen, etwas skeptisch«, meint die Mitarbeiterin des Tierheimes.

»Kann ich verstehen.« Auch Angie ist das Tier nicht geheuer. Aber möglicherweise will ihn jetzt sein alter Besitzer Hermann junior zurücknehmen und schon in den nächsten Tagen vorbeikommen. Das Tierheim ist zuversichtlich.

Der Besuch bei Frau AHorn im Seniorenheim verläuft sehr viel erfreulicher. In dem Flur, an dem die ehemalige

Nachbarin ihr Zimmer hat, schallt Angie und Richy bereits die Titelmelodie von ›Rote Rosen‹ entgegen. Zu den Klängen von ›*This Is My Life*‹ winkt eine Bewohnerin vom Rollator freundlich herüber.

Auch Frau AHorn ist freudig überrascht, als die beiden das Zimmer betreten.

»Ach, Herrärä Rei…Ri…Reinhards. Gut, dass Sie kommen«, schreit sie gegen den laut gestellten Fernseher an.

Richy kennt das ja schon, er besucht die Seniorin hier regelmäßig. »Jetzt stören wir Sie bei Ihren ›Roten Rosen‹, Frau Horn?«

»Ja, halb so schlimm.« Gleichzeitig hat sie ihren Blick aber gebannt auf den Fernseher gerichtet. »Klaas kommt mit den Gefühlen für Jördis und dem Todestag seiner Frau nich gut klar.« Sie deutet auf den Bildschirm, winkt aber gleich ab. »Nicht so wichtig«, schreit sie. »Gut, dass Sie da sind, ich hab was mit Ihnen zu besprechen.«

Richy und Angie haben keine Ahnung, worum es gehen könnte.

»Ein schönes kleines Apartment haben Sie hier.« Angie, die zum ersten Mal hier ist, lässt ihren Blick über die wenigen persönlichen Sachen der Seniorin, einen alten Sessel und ein Bücherbord mit Fotos, schweifen.

»Es gibt hier aber auch Zimmer mit Elbblick … ein Traum! Aber dafür reicht meine Rente nicht.« Sie schaltet den Fernseher aus. »Ich brauch ja nicht mehr viel. Die meisten Sachen von mir hab ich abgegeben.« Sie hält kurz inne. »Deshalb wollte ich auch mit Ihnen sprechen, Herrääar …«

»Wollen wir uns dazu in die Cafeteria setzen und eine Tasse Kaffee trinken?«, schlägt Richy vor.

»Ach, wissen Sie, da sind nur alte Leute, schrecklich. Und was ich mit Ihnen besprechen will, ist eigentlich nicht für die Allgemeinheit bestimmt.« Richy wird immer neugieriger, was die ehemalige Nachbarin ihm mitteilen will.

»Oder erst mal so 'n kleinen blauen Curacao?«, schlägt die Seniorin vor.

»Lieber einen Kaffee.« Richy und Angie sind nicht in Likör-Laune.

»Na ja, ist auch schon egal, gehen wir einen Kaffee trinken.« Sie zieht sich eine Weste über.

In der Cafeteria herrscht reger Betrieb. Es gibt stylischen Filterkaffee und Butterkuchen. Am Nachbartisch ist eine Canasta-Runde in hochkonzentriertem Spiel. Zwei andere Seniorinnen am nächsten Tisch begutachten Angie und Richy interessiert.

»Verwandtschaft von Ihnen, Frau Horn?«, ruft eine der beiden herüber.

»Mein Nachbar«, antwortet sie. »Herrä ... Reinhard von oben.« Sie schüttelt den Kopf. »Die ist furchtbar neugierig«, schreit sie im Flüsterton hinter vorgehaltener Hand.

»Wir hatten früher unser Konto bei Frau Horn«, verkündet die Frau.

Sie haben kaum ihren Kaffee bekommen, schon platzt Frau AHorn mit ihrem Anliegen heraus.

»Wissen Sie ...«, sie hält kurz inne, »ich hab von damals bei mir unten in der Bank noch 'ne Pistole liegen, und eine Kassette mit Krügerrand-Goldmünzen ist auch dabei.«

Die beiden sehen sie skeptisch an. Richy weiß erst mal nicht, was er sagen soll. Sollte Sabrina vielleicht recht haben, dass Frau AHorn etwas dement wird?

»Frau Horn«, merkt Angie vorsichtig an, »Sie wissen, dass statt Ihrer Bank dort jetzt ein Café ist?«

»Ja, wieso, natürlich weiß ich das, ich hab schließlich zwanzig Jahre da drüber gewohnt ... das heißt, zuerst war das ja eine ganze Weile ›Holgers Kneipe‹.«

»Ja, ja, ich weiß. Und was wollen Sie in dem Café?« Richy hat es noch nicht ganz verstanden.

»Wie gesagt, ich will endlich meine alte Pistole dort rausholen. Und wissen Sie was, Herr Äh ..., ich habe mir gedacht, die will ich Ihnen vermachen.«

Richy fehlen die Worte.

»Ja, ich brauch die nicht mehr.« Angie muss sich das Grinsen verkneifen, Richy staunt einfach nur. »Aber Sie müssen die Waffe da selbst rausholen und die Münzen auch. Wenn die überhaupt noch da sind.« Frau AHorn nippt schlürfend an dem heißen Kaffee und tut so, als ginge es um eine simple, alltägliche Bitte. Bei dem Wort Pistole hat die ehemalige Bankkundin am Nebentisch lange Ohren bekommen, und die Canasta-Damen vergessen das Ablegen der Karten. Richy bekommt immer mehr den Verdacht, dass da bei Frau AHorn allerlei durcheinandergerät. Bisher hatte sie auf ihn jedoch immer einen klaren Eindruck gemacht. Frau AHorn hört zwar schwer und kann sich seinen Namen nicht merken, aber das war so, solange er denken kann.

»Wo soll ich denn nachsehen?«, fragt jetzt Richy mehr aus Höflichkeit nach.

»In dem alten Kohlenkeller, hinter dem Raum mit den Schließfächern und der Kammer für die alten Akten«, antwortet sie wie selbstverständlich. »Da ist so eine Luke.«

»Frau Horn, die Bank und der Kohlenkeller sind schon lang nicht mehr da«, wendet Richy ein. »Seit dreißig Jahren oder so nicht mehr. Ich kenne den gar nicht mehr.«

»Nee, nee, Herr Reinhard!«, protestiert die Seniorin lautstark.

»Richards«, korrigiert Angie sie.

»Wie?«, schreit Frau AHorn. Sämtliche Gespräche an den Nebentischen sind verstummt.

»Egal.« Richy winkt ab.

»Egal? Nein, nicht egal«, protestiert die Seniorin. »Es wird zwar nicht mehr mit Kohle geheizt, das wurde ja zu meiner Zeit bei der Volksbank schon auf Gas umgestellt, aber der Keller muss ja noch da sein. Und der Schornstein auch. Da müssen Sie mal den Kaminschieber rausnehmen, dahinter liegt die Pistole!«

»Das ist ja eine tolle Geschichte.« Die Frau am Nebentisch findet das deutlich interessanter als die Canasta-Partie.

»Also wenn ihr mich fragt ...« Ihre Spielpartnerin legt die Karten beiseite und wedelt mit der Hand vor ihrem Kopf.

»Kaminschieber?«, fragt Richy. »Was heißt das?«

»Kaminschieber. Kennen Sie nicht?« Frau AHorn wundert sich.

»Die Klappe unten im Schornstein, wo der Schornsteinfeger den Ruß rausnimmt«, schaltet sich die Canasta-Dame ein. Richy und Angie haben keine Ahnung, was sie von der ganzen Geschichte halten sollen.

»In der Bank unten im Schornstein, das ist so ein Teil aus Stein oder Beton mit einer Mulde. Da müssen Sie den Kaminschieber herausnehmen, und dahinter sollte die Pistole noch liegen und auch die Münz-Kassette.«

37

Die Recherche im Keller des Cafés schiebt Richy seit einer Woche vor sich her. Irgendwie traut er sich nicht, Sabrina zu fragen, ob er sich bei ihr im Keller mal nach der Pistole von Frau AHorn umsehen darf. Er ist überzeugt, dass er sich mit dieser Aktion nur lächerlich machen kann. Die »Milchmädchen«-Chefin hat ja ihre eigene Einschätzung zu Frau AHorns Verfassung. Und Richy stimmt ihr insgeheim auch zu. Bei seinem vorletzten Besuch wirkte Frau AHorn tatsächlich nicht ganz auf der Höhe. Dass sie bei ihm regelmäßig mit Reinhard und Richards durcheinanderkommt, ist nichts Neues. Aber sie hat offenbar überhaupt nicht realisiert, dass ihre Wohnung mittlerweile geräumt ist und dort demnächst jemand anderes einzieht. »Wieso, wer wohnt denn bei mir in der Wohnung?«, hatte sie entrüstet gefragt. »Will da eine Bekannte von Ihnen einziehen? Ist bei Ihnen nicht genügend Platz?« Nachdem Richy ihr die veränderten Wohnsituationen in ihrem Pflegeheim und in der Ottenser Hauptstraße dargelegt hatte, war Frau AHorn wieder auf der Spur und ganz die Alte. Vielleicht sollte er wirklich mal im Café-Keller nachsehen, Frau AHorn zuliebe. Er muss ja nur ein paar Treppen hinuntergehen.

An diesem Montag hätte es eine Gelegenheit gegeben.

Denn die seit Ewigkeiten geplante und immer wieder ver-
worfene Motorradtour ins Wendland zur Fluglärmschutzbeauftragten haben sie gecancelt. Von Moni hatten sie
noch rechtzeitig erfahren, dass Frau Ölmann-Rust heute
zusammen mit Hermann junior und Monis renitentem
Mann Marko bei Norbert im Stuhlkreis sitzt. Für einen
Moment kann Moni mal durchatmen. Marko hatte ihr
wieder arg zugesetzt. Diesmal hatte er das japanische
Santoku-Messer in der Hand und sich wie ein Samurai
vor der Kochinsel aufgebaut. Monis Situation wird immer
brenzliger. Erst kürzlich hatte Henry sie wieder gesehen.
Da trug sie keine getönte Brille mehr, sodass die verblas-
senden Regenbogenfarben am Auge noch deutlich zu erkennen waren. Dabei geht es ihr sonst eigentlich immer
besser. Sie wird immer munterer, die Downer hat sie
restlos abgesetzt. Stattdessen trinkt sie gern mal ein Glas
Wein. Und wenn es ein Glas mehr wird, kommt es schnell
zum Streit mit Marko.

Doch statt mit dem Motorrad die Elbe hinaufzufahren
oder nach Frau AHorns Pistole zu fahnden, arbeitet Richy doch lieber für eine Stunde im Atelier an seinen Nagelplastiken. Angie ist derweil in ihren Overall gestiegen,
um heute die alten Holzdielen in Frau AHorns ehemaliger Wohnung abzuschleifen. In ihrer WG-Wohnung sind
sie damit längst durch. Selbst Richy, der sich zunächst
gegen Veränderungen gewehrt hatte, war begeistert von
den freigelegten Holzböden.

Heute hat sich die halbe Ausrastertruppe in Frau
AHorns leerer Wohnung zur großen Schleifaktion einge-

funden. Carlotta will in ihrem neuen Zuhause erstmals die ganze Haptik des alten Holzes erspüren. »Und dann der Duft des Holzstaubs, genau!« Frieda hat den Overall noch an. Sie war letzte Nacht künstlerisch tätig und hat den Eingang des Airbnb ein paar Häuser weiter mit einem Graffito besprayt. Über dem Airbnb-Slogan *Belong anywhere* leuchtet jetzt in schrillem Neonrot »Und Tschüss!«

Sogar Hans-Peter schaut vorbei und gibt Tipps, welche der Renovierungsaufwendungen steuerlich absetzbar sind. Auch Tatjana und ihr Freund René helfen bei den Schleifarbeiten mit. René und Richy, der jetzt auch dazukommt, hieven das Monstrum von Schleifmaschine in den ersten Stock. Gleich darauf zieht Angie mit dem großen Bandschleifer die ersten Bahnen über den mit altem Lack versiegelten und verklebten Boden. Die Maschine kreischt und die Luft ist voller Staub. Aber unter den mit Schleifpapier bespannten Rollen leuchtet wie befreit das Pitchpine-Parkett hervor. Tatjana hantiert mit dem kleineren Multischleifer so virtuos wie sonst mit dem Bügeleisen. Die andere Zeit steht sie mit ihrem René rauchend und turtelnd auf dem Balkon. Carlotta kniet mit dem Winkelschleifer in den Ecken ihrer künftigen Wohnung. In ihren *Fluffy Brows* hängt der Holzstaub.

»Ganz schöner Staubfänger, deine Augenbrauen«, zieht Frieda sie auf.

»Dann sieh dir bitte mal deine *Anything-goes*-Frisur an«, ätzt Carlotta zurück. »Na, Frisur ist der falsche Begriff.«

Frieda streicht sich durch ihre widerspenstigen Haare und spachtelt weiter die schadhaften Stellen im Holz.

»Kleb dich hier bloß nicht fest.« René grinst breit.

»Noch nicht gehört? Kleben is *over*. Deshalb hab ich die Sprayflasche wieder herausgeholt.«

Nach getaner Arbeit, zwei Räume sind sogar schon geölt, lassen sie aus der »Trattoria Toskana« Pizzen kommen. Henry, der abends eintrudelt, spendiert zwei Flaschen Barbera aus Armins Sortiment. Er war den ganzen Tag mit dem Weintransporter unterwegs. Den Job im Baumarkt hat er gekündigt, stattdessen hat er Armins gesamte Spedition übernommen. Seitdem hat der Weinlyriker wieder mehr Zeit zum Dichten, was sich für die Kundschaft und seinen Freundeskreis zusehends zu einem echten Problem entwickelt.

»Feiner Tropfen«, grinst René. »Wo kommt der denn her?«

»Weiß auch nich, is mir vom Laster gefallen.« Henry verzieht dabei keine Miene.

Nach dem Rotwein trinken sie noch ein paar Biere auf dem frisch geschliffenen Boden und anschließend in der WG-Küche. Richy dreht ein paar Halfzware für Henry, Frieda und für sich selbst und legt Oasis und The Clash auf. Während Carlotta trotz der lauten Musik völlig erledigt auf dem Stuhl einschläft, schwärmt Angie von den schönsten Bikertouren durch die Südtiroler Berge. Armin hat von diesem tollen Wellness-Hotel erzählt. Angie zeigt auf dem Handy gleich die Bilder der Yoga-Plattform mit Bergblick und den Zirbenholz gerahmten Lao-Tse-Weisheiten über dem Bett. »Die größte Offenbarung ist die Stille.«

»Und vor dem Balkon donnert fröhlich die Biker-Karawane vorbei.«

Richy ist noch nicht überzeugt, und Frieda ist entsetzt.

»Das ist nicht euer Ernst, dass ihr mit deiner CO_2-Schleuder durch die Bergwelt brettern wollt, das ist doch das Letzte.«

Diese Diskussion kann der ausgelassenen Stimmung zunächst nichts anhaben. Richy flirtet mit Tatjana, und Tatjanas René flirtet mit Frieda. Und das bringt das Fass augenblicklich zum Überlaufen.

»Ich warne dich! Du weißt, was dir blüht!«, giftet die bügelnde Krankenschwester ihren Freund an. »Und dir auch!« Frieda weiß im ersten Moment gar nicht, wie ihr geschieht.

»Ja, guck nich so blöd. Ich sag dir, ich bin mit dem Winkelschleifer genauso gut wie mit dem Bügeleisen.«

Sie macht gerade Anstalten, auf Frieda loszugehen. In dem Moment mischt sich das Rasseln der Türklingel in die Gitarrenriffs von ›Should I Stay Or Should I Go‹. Zusätzlich schlägt jemand auf die Wohnungstür. Als Richy öffnet, steht ihm Trommler Jürgen von oben gegenüber.

»Was ist das für ein Krach? Den ganzen Tag! Verdammte Scheiße!« Der Trommler ist außer sich. »Und dann dieses Gehämmer, die Maschinen, was ist das?«

»Parkettschleifmaschine, Winkelschleifer, Eckschleifer ... Wir ziehen den Boden ab«, gibt Angie, die dazukommt, ungerührt zurück.

»Das geht so nicht, das ist gegen jede Hausordnung«, schimpft Jürgen. »Und dann soll die Miete auch noch erhöht werden. Wollt ihr alle Mieter vertreiben? Darf ja wohl nicht wahr sein.«

»Das ist voll übel«, findet seine blonde Mitbewohnerin, die jetzt die Treppe heruntergekommen ist.

»Wir haben einen Renovierungsrückstand, wir müssen investieren, da brauchen wir Liquidität.« Richy redet seit Kurzem wie ein Immobilienfritze. Nach ein paar Bieren hat er den Ton perfekt drauf, etwas zu perfekt.

»Was ist das für eine Scheißmusik?«, keift Jürgen.

»›Should I Stay Or Should I Go‹ von The Clash«, klärt Richy ihn auf.

»›Should I Stay Or Should I Go‹?«, spricht Jürgen ihm wie ein Papagei nach.

»Bei der Frage solltet ihr euch vielleicht für die zweite Variante entscheiden.« Richy sieht ihn provozierend an. Denn das ist von ihm gar nicht mal nur ironisch gemeint. Eine freiwerdende Wohnung wäre nicht schlecht. Wenn Marko sich weiter so aufführt, hat Moni vielleicht kurzfristig Bedarf an einer neuen Bleibe. Und Tatjana und ihr René liebäugeln auch schon mit der Ottenser Hauptstraße. Der Platz wird langsam knapp.

»Was ist auf einmal in euch gefahren, ihr tickt doch nicht ganz richtig!« Jürgen kann auch ohne Trommel richtig laut werden. »Seitdem ihr Hausbesitzer seid, mutiert ihr zu Arschlöchern, oder wie?«

»Komm mal wieder runter, entspann dich, Jürgen«, will Angie ihn besänftigen.

»Wir hätten sonst auch 'ne gute Adresse für einen Workshop.« Tatjana, die sich wieder beruhigt hat, ist deutlich angeheitert. »*Mindfull Based* ... Wie hieß das?«

»*Mindfull Based Stress Reduction*«, kommt Angie ihr zur Hilfe.

»Vielleicht wäre das wirklich was für ihn«, überlegt Tatjana, nachdem Jürgen wütend abgezogen ist.

»Vorsicht, der Schuss kann nach hinten losgehen«, warnt Angie und legt statt The Clash eine ihrer Tina-Dico-Platten auf.

38

Am nächsten Morgen schrillt schon wieder die Türklingel durch die Wohnung. Richy braucht einen Moment, ehe er es überhaupt realisiert.

»Nee, das darf nicht wahr sein, nicht schon wieder Jürgen und seine Trommlerinnen.« Er fasst sich an den Kopf. Gestern Nacht war es offenbar ein Bier zu viel. Angie sitzt schon aufrecht mit dem Handy in der Hand neben ihm im Bett und recherchiert die schönsten Motorradstrecken durch die Südtiroler Berge.

»Wer ist das jetzt?« Sie fasst ihm in die verstrubbelten Haare. »Komm, bleib liegen, ich geh.«

Heute Morgen sind es nicht die Trommler. Richys Ex-Frau Marion und sein Sohn Lars stehen vor der Tür.

»Ich hab ein frisches Brot mitgebracht.« Lars hat den Laib mit der dunklen Kruste bereits unter dem Arm. Er blickt verlegen auf Angies *Biker-Bitch*-Shirt.

»Der Ruf deiner Backkünste eilt dir schon voraus. Und ich habe neulich auch schon eines deiner Brote probiert. Richtig lecker.«

»Ich dachte, vielleicht zum Frühstück.«

»Eigentlich ist ja schon Mittag«, bemerkt Marion streng.

»Aber kommt erst mal rein.« Übermäßig begeistert klingt Angie nicht.

»'n Morgen.« Auch Marion wirkt befangen. »Holen wir euch aus dem Bett? Ich weiß ja ...« Sie unterbricht den Satz. An Richys langes Schlafen am Wochenende kann sie sich bestens erinnern.

Inzwischen hat sich auch Richy aus dem Bett gequält. Er kann sich kaum bewegen. Nach der Schleifaktion merkt er seinen Rücken. Er muss wieder mehr Sport treiben. Vielleicht sollte er doch noch den schwarzen Gürtel im Judo machen und endlich mit dem Rauchen aufhören. Er gibt Marion zwei routinemäßige Küsse auf die Wange und seinem Sohn einen Knuff auf den Oberarm.

Marion lässt erstaunte Blicke durch die Wohnung schweifen, in der sie ja selbst mal gelebt hat und die sie jetzt kaum wiedererkennt. Den letzten Stand nach der Renovierung hat sie noch gar nicht gesehen.

»Richy schicken wir unter die Dusche, und ich mach uns schon mal einen Kaffee und zeig euch die Wohnung.« Im Gegensatz zu ihrem Freund ist Angie schon richtig in Schwung und gibt sich jetzt Mühe, nett zu sein. Sie führt die beiden durch die Küche, sie werfen einen Blick in Richys und in ihr Zimmer.

»Oh, ist ja auf einmal alles so hell.« Marion staunt.

»Ja, wir haben mal eine andere Farbe genommen.« Angie strahlt über das ganze Gesicht. »Weiß.«

»Das ist mein altes Zimmer«, muss Marion unbedingt betonen, als sie in Angies Raum kommen. »Gefällt mir gut jetzt. Fast schöner als früher mit den braunen Wänden.« Sie sieht sich neugierig um. »Ist das eines von Richys alten Bildern?«

»Nee, das ist ein neues«, gibt Angie schnippisch zurück.

»Schön.« Marion sieht sich weiter um.

»Ist aber jetzt mein Zimmer.« Das muss Angie doch mal klarstellen.

»Was ist denn das für ein Bett?« Es lässt sich nicht erkennen, ob sie das abfällig oder bewundernd meint.

»Hab ich selbst gebaut.« Angie ist stolz auf ihre Tischlerarbeit. »Aber meistens schlafen wir bei Richy drüben in seinem Bett.« Das kann sie sich nicht verkneifen. »Nach hinten raus ist es jetzt ruhiger.«

Zuerst ist die Situation etwas angespannt. Aber beim Frühstück, als Frieda und Henry dazukommen, löst sich das. Zur guten Stimmung trägt vor allem Lars' Superbrot bei.

»Geile Kruste«, meint Frieda. »Dagegen kann ›Zeit für Brot‹ einpacken.«

»Einfach nur Butter, perfekt weich gekochtes Eichen dazu.« Henry köpft sein Ei und beißt lustvoll in die Kruste.

»Lars studiert ja jetzt Maschinenbau«, erklärt Marion den anderen. »Aber eigentlich backt er die ganze Zeit.« Marion macht ein Gesicht, als handle ihr Sohn mit Drogen. Frieda und Angie müssen schmunzeln.

»Früher ist mir Lars mit seiner ewigen Backerei ziemlich auf die Nerven gegangen«, gibt Richy zu. »Aber seine Brote sind eine Sensation. Muss ich zugeben.«

»Könnte ich hier bei euch auch mal machen.« Lars deutet auf den neuen Backofen, den Moni spendiert hat. »Mega, das Teil.«

Und den Ofen von Angie findet er auch mega. Nach dem Frühstück zeigt Angie Lars in der Garage ihre Moto Guzzi. Lars ist beeindruckt, nicht nur von der topgepflegten knallroten Oldtimer-Maschine, sondern auch von den zahlreichen danebenstehenden Halteverbotsschildern. Richy und seine Ausrasterfreunde haben mit diskreter Unterstützung von Lärmschutz-Kommissar Kanne ein hübsches Verkehrsschilderdepot in ihrer Garage angelegt. Henry hat sich vor seinem Abgang aus dem Baumarkt dazu ein paar hundert Meter rot-weißes Absperrband gesichert. Und dann steht da in der Ecke auch noch der PB 8010 mit zersplittertem Chassis. Richy, der jetzt auch dazukommt, wirft einen verächtlichen Blick auf das demolierte Höllengerät.

»Dabei wären wir die Einzigen, die für unsere Linde noch so ein Teil gebrauchen könnten.« Sein Sohn sieht ihn fragend an. »In der Ottenser Hauptstraße sind alle Bäume gefällt, da gibt es keine Blätter mehr, da lassen sich mit dem Laubbläser lediglich die nicht entsorgten Hundehaufen durch die Gegend pusten.«

Nachdem Marion und Lars gegangen sind, will Richy heute endlich auf Erkundungstour in den Keller des Cafés hinabsteigen. Auf dem Weg durchs Treppenhaus steckt er den Trommlern noch das Schreiben mit der Ankündigung einer Mieterhöhung in den Briefkasten, das seit Tagen bei ihm herumliegt. Nach dem Auftritt letzte Nacht haben sie sich den Brief verdient, findet er.

»Schönen Filterkaffee?«, ruft Sabrina ihm gleich entgegen, als Richy das Café betritt.

Er zögert einen Moment. »Ja, erst mal einen Kaffee, aber einen normalen Cappuccino.«

»Hört sich so an, als wenn du noch was vorhast.« Sie sieht ihn fragend an.

»Ja, Sabrina.« Er mag nicht recht damit herausrücken. »Ich müsste mal bei euch in den Keller gucken.«

»In den Keller?« Sie wundert sich, aber dann fällt es ihr gleich wieder ein. »Die geheimnisvolle Pistole von Frau Horn.«

»Die Waffe von Frau AHorn. Genau.« Jetzt sagt er das auch schon.

»Ich weiß nicht, wo du da etwas finden willst.«

»Ja, das weiß ich, aber ... möglicherweise.«

Er stürzt seinen Kaffee herunter, und danach gehen beide hinunter in den Keller.

»Wo soll das denn sein?«, fragt die Caféchefin.

»Was hat sie gesagt?« Richards überlegt. »Einen Raum weiter als die Schließfächer.«

»Richy, hier gibt es keine Schließfächer mehr. Nur Kaffeepakete und Regale mit Hafermilch-Tüten.« Sie schüttelt den Kopf.

»Lass mich mal gucken.« Er lässt den Blick über die Wände streifen. »Hier muss irgendwo ein alter Kaminzug sein.«

»Keine Ahnung.« So genau kennt Sabrina die Verhältnisse im Haus auch nicht. »Ich muss mal wieder hoch. Ich bin im Augenblick allein im Café.«

»Jaja.« Richy hört gar nicht richtig hin. Er sucht voll konzentriert nach dem sogenannten Kaminschieber.

Und dann meint er in einem kleinen Kellerraum hinter einem Turm aus Getränkekästen den Schornstein entdeckt zu haben. In dem Raum riecht es muffig. Auf der Wand sind Rußflecken und Schimmel zu erkennen. Er räumt mehrere der Kästen beiseite, und dann hat er die kleine, gut postkartengroße Luke entdeckt. Die Ränder sind verrußt. Er glaubt solche Vorrichtungen des Öfteren gesehen zu haben, aber nie bewusst. Und den Begriff Kaminschieber kannte er schon gar nicht.

Er zieht einen im Weg stehenden Rhabarbersaft-Kasten über den Betonboden und greift in die längere Quermulde. Er muss eine Weile daran rütteln und mit dem Schraubenzieher, den er vorsichtshalber dabeihat, an den Rändern etwas hebeln, anschließend kann er die Betonluke aus dem Mauerwerk herausziehen. Dahinter liegt ein eingestaubtes Stück Stoff oder ein Beutel. Das muss es sein. Er greift in den Schornstein und zieht das Teil heraus. Aus dem Stoff rieselt Ruß. Er kann die Umrisse und das Gewicht einer Waffe ertasten, dann zieht er die eiskalte, trotz ihrer Lagerung in dem Schornstein silbrig matt schillernde Pistole aus dem Beutel. Dabei fällt eine Schachtel Patronen heraus.

Richy sieht sich die Waffe näher an. »Beretta neun Millimeter« steht auf dem Lauf. Er legt die Pistole auf dem Rhabarbersaft-Kasten ab und greift ein zweites Mal in den Schornstein. Er fühlt einen kleinen Metallkasten, der gar nicht so leicht durch die Öffnung des Kaminschiebers hindurchzubekommen ist. Aber mit Drehen und Kippen bugsiert er die schwere Kassette aus dem Schornstein heraus. Sie hat nicht mal ein Schloss, sodass Richy gleich den üppig mit Goldmünzen gefüllten Kasten in den Händen hält. Es sieht aus wie ein kleiner Piratenschatz. Krügerrand-Münzen, wie Frau AHorn gesagt hat. Es sind bestimmt vierzig Münzen oder sogar mehr. Er hat keine Ahnung, was der Inhalt dieser Kassette wert ist. Warum hat seine Nachbarin über all die Jahre diesen Schatz hier versteckt?

Zu weiteren Überlegungen kommt er gar nicht. Auf der Treppe sind Schritte zu hören, schnelle Schritte. Er schiebt die Kassette eilig in den Schornstein zurück. Gleichzeitig hört er die Stimme von Angie. »Richy, bist du hier unten? Wo steckst du?« Sie klingt panisch.

»Hier!«, ruft er zurück. »Du musst weiter durchgehen. Hinter dem Raum mit den Regalen.« Vorsichtshalber schließt er die Schornsteinöffnung wieder.

»Schnell, komm. Moni wird gerade von ihrem Kerl bedroht.« Angie ist außer sich. »Sie hat gerade angerufen. Polizei will sie nicht holen. Wir müssen schnell zu ihr. Motorrad hab ich schon aus der Garage geholt. Los!«

Während sie die Kellertreppe hinaufhetzen, schiebt Richy sich die Beretta in die Innentasche seiner Fliegerjacke.

39

»Sollten wir nicht vielleicht Kanne Bescheid sagen?«, gibt Richy zu bedenken, als sie durch den Vorgarten auf die Villa zugehen.

»Weil Marko zu viel Krach macht? Und Kanne ein paar Schilder aufstellen kann?« Angie setzt ein Grinsen auf, aber dann wird sie gleich wieder ernst. »Moni will keine Polizei.«

Richy ruft ihn trotzdem kurz an. Die Adresse kennt Kanne ja, er war schon zu Befragungen wegen der Gasexplosion hier.

Die Eingangstür der Villa ist angelehnt. Richy und Angie entern vorsichtig, aber zielstrebig das Haus. Sie sind sofort mitten im Geschehen in der offenen Küche. Sämtliche Gasflammen des teuren französischen Herds brennen auf höchster Stufe. Der Wasserhahn am Spülbecken ist voll aufgedreht. Das heiße Wasser dampft. Marko steht mit dem Santoku-Messer in der Hand vor dem brennenden Gaskochfeld. Richy kommt sich vor, als sei er in einer Bühnenshow des Psychedelic-Rockers Arthur Brown gelandet. ›Fire – I'll take you to burn‹. Moni hat sich zur Verteidigung in der Eile eine Flasche aus dem Weinregal gegriffen.

»Marko, leg das Messer weg!«, ruft Richy ihm gleich zu.

»Willst du Pisser mir sagen, was ich in meinem Haus zu tun habe?«

»Marko, es ist nicht dein Haus, begreif das endlich!«, kontert Moni.

»Erzähl keinen Scheiß!« Markos Worte klingen wie Nägel.

»Das Haus gehört Moni, das wissen wir, und das weißt du natürlich erst recht.« Angie bleibt dabei ganz ruhig.

»Du hältst jetzt auch mal dein blödes Maul.« Er fuchtelt mit dem Messer durch die Luft, seine Oberlippe zittert.

»Nun komm mal wieder runter!«, will Richy ihn zur Ruhe bringen. Er fand Marko ja schon bei den Weinevents zum Kotzen, aber mit dem Messer wird es richtig gefährlich.

»Da seht ihr mal, wie er sich aufführt«, schaltet sich Moni ein. »Aber was rede ich, die Scheidung läuft.« Sie wendet sich an Marko. »Wird langsam Zeit, dass du das mal begreifst und ausziehst.« Moni fuchtelt jetzt mit der Rotweinflasche durch die Luft.

»Stell die Flasche hin! Das ist ein Sechsundneunziger Château Margaux!« Marko gerät vollkommen außer sich. »Weißt du, was die gekostet hat?«

»Das kann ich dir ganz genau sagen, ich hab sie schließlich bezahlt! Zweihundertfünfundvierzig Euro.« Sie droht ihm mit der Flasche wie mit einer Waffe. »Du kannst dir solche Weine gar nicht leisten.«

»Du bist doch verrückt!«, keift Marko. »Sie ist verrückt. Was heißt denn Scheidung? Sie ist überhaupt nicht geschäftsfähig!«

»Geschäftsfähig?!« Moni stößt ein hämisches Lachen aus, wie es vor einem Jahr bei ihr noch undenkbar gewesen wäre. Sie schwenkt die Weinflasche hin und her und fegt dabei ein volles Wasserglas von der Arbeitsplatte. Das Glas zerspringt auf dem Steinboden in tausend Scherben.

»Achtung, der Wein!«, schreit Marko.

»Unser Freund Armin kann jederzeit Ersatz liefern.« Aber über Richys Bemerkung kann im Augenblick niemand lachen.

»Ich bin, wie du weißt, wieder in der Geschäftsleitung unserer Firma«, blafft Moni ihn an.

»Dazu bist du doch überhaupt nicht in der Lage!« Inzwischen zittert Marko am ganzen Körper. Es sieht so aus, als wollten sich beide jede Sekunde aufeinander stürzen.

»Marko, verdammt, leg das Messer hin!«, ruft Moni und schwingt dabei die Weinflasche durch die Luft.

»Der Margaux!«, grölt Marko.

»Ich kann Richy und Angie deinen Antrag an das Betreuungsgericht ja mal zeigen.« Ihre Stimme überschlägt sich. »Du wolltest mich die ganze Zeit für verrückt erklären lassen ... für geschäftsunfähig!« Auch Moni zittert jetzt. »Hat ja wohl nicht geklappt.«

»Die stecken doch alle unter einer Decke!« Marko schreit. Die scharfe, silbrige Klinge des Santoku blitzt im hellen Licht der Deckenspots auf. Moni umklammert die Weinflasche immer fester.

»Vorsichtig mit dem Messer!«, fährt Richy ihn an. Am liebsten würde er sich Marko mal vornehmen, einfach eins auf die Nase geben oder einen Fußfeger vom

Judo ansetzen. Aber vor diesem japanischen Kochmesser hat er Respekt. Er fasst von außen an die Tasche seiner kampferprobten Lederjacke und spürt Frau AHorns Waffe. Richtig beruhigend findet er das nicht.

»Hört auf jetzt!« Angie wird lauter. »Kommt mal runter.«

Aber Moni will nicht runterkommen. »Deine ganzen Versuche, mich für verrückt erklären zu lassen, waren vergebens. Und weil das nicht geklappt hat, willst du mich vor der Scheidung schnell noch umbringen, um an mein Haus und mein Geld zu kommen. Wir haben dich alle durchschaut!« Triumphierend grinst sie ihren Mann an.

»Du blöde, verzogene Tussi, halt doch endlich deinen Rand!«, kreischt Marko völlig außer sich. Breitbeinig steht er da und hält das Messer vor sich, wie zum Stoß bereit.

»Leg das Messer hin, verdammt noch mal!« Richy wird immer panischer. »Du weißt selbst, das ist keine Lösung.«

»Angeblich ja doch.« Marko dreht sich zu ihm um und stiert ihn an. »Wie war das? Du musst einen Weg für deine Wut finden! Hört, hört!« Er zischt die Worte wütend hervor, in ihm kocht es, der ironische Unterton ist kaum erkennbar. »Wut und Aggression machen dich ja soooo kreativ, zumindest behauptet das dieses Weichei Norbert in seiner Schwafelrunde. Dann wollen wir doch mal sehen, wie kreativ das hier weitergeht!«

»Die Kreativität kann aber nicht darin bestehen, dass du Moni dein Japanmesser in den Bauch rammst.« Richy klingt zu seinem eigenen Erstaunen plötzlich sehr gelassen. Er behält sein Gegenüber dabei genau im Blick. In seinem Kopf spürt er ein Hämmern und Dröhnen, als hätte Kevin im Hinterhof den PB 8010 angeworfen.

»Wieso, das hat sie schließlich auch mit mir gemacht.« Marko deutet mit der Klinge auf Moni.

»Vielleicht solltest du deine Kreativität besser für die Suche nach einer neuen Wohnung nutzen«, schlägt Angie mit sarkastischer Stimme vor.

»Wie bitte?!« Markos Gesicht läuft tomatenrot an.

»Moni trennt sich von dir. Sie will nicht, dass du hier noch wohnst. Ich würde mich an deiner Stelle langsam mal um eine andere Bleibe kümmern.« Angie sieht ihn herausfordernd an.

Angesichts dieser Bemerkung droht Markos Tomatenkopf fast zu platzen. Es sieht aus, als laufe er gleich Amok. Tatsächlich stürzt er auf Angie zu, das Messer in der einen Hand, mit der anderen will er Angie packen.

Richy zögert keine Sekunde. Reflexartig zieht er die Beretta aus der Fliegerjacke und zielt damit auf Marko.

»Jetzt ist hier endgültig Feierabend, Schluss jetzt!« Die Pistole liegt bedrohlich kalt in seiner Hand. »Weg mit dem Messer! Fass sie nicht an!«

»Halt du dich da raus!«, schreit Marko. Richy kommt jedes Wort wie ein einzelner Nagel vor, den er ihm in den Kopf schlägt.

»Mach keinen Scheiß! Lass meine Freundin los! Sofort!« Richy kann es kaum fassen, dass er auf einmal eine Waffe in der Hand hält. Er hat noch nie eine Pistole auf jemand gerichtet. Was passiert hier gerade? Er hat keine

Ahnung, ob die Beretta überhaupt geladen ist. Vermutlich nicht. Dass er die eingestaubte Pappschachtel mit der Munition in seiner anderen Jackentasche hat, nützt ihm wenig. Ihm fällt wieder das Wort »Empfängerhorizont« ein, dieser juristische Sachverhalt, der Henry zum Verhängnis geworden war. Doch weiter kann er nicht denken. Das Hämmern in seinem Kopf wird immer stärker, ein dumpfes Donnern, das den ganzen Körper erfasst. Angie in der Gewalt dieses Amokläufers! Was donnert da in seinem Kopf? Und warum krakeelt der Typ in dieser Lautstärke? Er kann diesen Krach nicht ertragen. Richy ist kurz davor durchzudrehen. Der Lärm in seinem Kopf steht kurz vor der Explosion.

»Ruhe! Oder es knallt!«, schreit Richy durch die gesamte Küche.

Ein paar Sekunden ist es still. Auf einmal ist da ein anderes Geräusch zu hören. Jemand ist an der Haustür, und im nächsten Moment steht Kommissar Kanne in seiner beigen Regenjacke in der stylischen Küchenlandschaft.

Dann geschieht etwas Erstaunliches. Richy lässt ganz langsam die Hand mit der Waffe sinken, und Marko lässt das Santoku-Messer in den dafür vorgesehenen Holzblock gleiten.

»Ruhe! Herr Richards hat ganz recht.« Der Kommissar hebt die buschigen Augenbrauen und wirft einen kurzen Blick erst auf Richy und dann auf die Beretta. »Aber das, Herr Richards, will ich nicht gesehen haben«, sagt er mit ruhiger Stimme. Er streckt die Hand nach der Waffe aus. Richy händigt sie ihm nicht aus, sondern lässt die Beretta wie beiläufig in der Tasche seiner Fliegerjacke verschwinden. Kannes nachsichtiges Nicken ist kaum erkennbar.

So hat er staatliche Autorität noch gar nicht kennengelernt, denkt Richy. Keine Uniform, keine Wasserwerfer, nur ein ruhiger Auftritt in beiger Regenjacke. Kanne überzeugt sich noch, dass Moni nicht mit Marko alleingelassen wird. Moni packt Zahnbürste und ein paar Sachen zusammen, um zumindest die nächste Nacht in der Ottenser Wohngemeinschaft unterzukommen.

40

Nach dieser Aufregung lädt Moni ihre Retter in das Restaurant »Kleine Brunnenstraße Eins« ein, wo früher einmal die »Mottenburger Stuben« waren. Nichts gegen den »Strammen Max« von damals, aber Richy muss zugeben, der Skrei mit Miesmuscheln und Mangold ist eine ganz andere Klasse. Zum Essen ist Henry noch dazugekommen. Er kennt die Restaurant-Crew, das Lokal wird von Armin mit Weinen beliefert. Die Weine und vor allem das Dinner sind exzellent. »*Mind blowing*«, findet Moni. So einen Ausspruch hatte man von ihr früher auch nicht gehört.

Trotz der unangenehmen Konfrontation mit Marko sind alle bester Laune, als sie nach dem Essen durchs Viertel flanieren. Vor den Bars und Cafés an der Reitbahn und auf dem Spritzenplatz sitzen die Leute, schlecken Eis und trinken Cocktails. Aus der geöffneten Tür von »Schröders Eck« schwirrt das dreistimmige ›*Silence is Golden*‹ auf die Straße. »*Musik und Biere für Kenner* – hatten die mal als Slogan«, fällt Henry ein. Bevor sie schlafen gehen, wollen sie in der Bar um die Ecke noch einen Absacker nehmen.

Als sie mit ihren Drinks vor dem Lokal sitzen, erzählt Richy noch mal von Frau AHorns erstaunlichem Versteck im Schornstein bei den »Milchmädchen«. Die Beretta steckt immer noch in seiner Jackentasche und vermittelt ihm ein seltsames Gefühl. Nicht wirklich angenehm. Was soll er mit dem Ding machen? Vielleicht ein Kunstobjekt? Hatte er nicht von einer Londoner Ausstellung gehört, zu der Damian Hirst die grellbunt marmorierte Installation einer Kalaschnikow beigesteuert hatte? Vielleicht eine Beretta mit Nägeln? Irgendeine Verwendung wird sich noch finden. Bei der Geldkassette dagegen müssen sie nicht lange überlegen.

Moni weiß, wie viel so eine Krügerrand-Münze wert ist. »Zweitausend Euro etwa sollte man dafür im Verkauf bekommen«, meint die Kauffrau.

»Was meinst du, Richy, wie viele Münzen sind das? Vierzig oder fünfzig?«, will Angie wissen.

»Ja, so ungefähr.« Richards nickt.

»Das reicht dann doch sicher, dass Frau AHorn ein Upgrade bekommt und in ein Zimmer mit Elbblick umziehen kann«, schlägt Angie vor.

»Super Idee«, findet Richy. Die Runde ist begeistert.

Auf einmal fällt es Richy wie Schuppen von den Augen. »Jetzt weiß ich, warum Frau AHorn die Krügerrand da im Schornstein gebunkert hat. Für das Alter mit Elbblick.«

In dem Moment werden sie von dem Morgenpost-Verkäufer unterbrochen, der seine Runde durch die Lokale macht.

»TÖDLICHER UNFALL«, lautet die Schlagzeile der Mopo und darunter: »Beim Laubblasen vom Müllwagen erfasst.« Kurz vor der Umstellung der Hamburger Stadtreinigung auf traditionelle Besenkehrung ist der Mitarbeiter mit dem letzten Laubbläser auf tragische Weise verunglückt, heißt es im Text. Darunter ist auf einem Foto das Unglücksfahrzeug mit dem großen, wahnsinnig witzigen Aufkleber »Ab dafür« zu sehen. Richy kippt den Rest seines Gins herunter und blickt fast etwas schuldbewusst.

Auf dem Weg nach Hause kommen ihnen drei Leute entgegen. Eine der Stimmen haben alle sofort erkannt. »Ah ja, gut, verstehe.« Norbert nickt seinen Begleitern zu. Und dann erkennen Richy und Angie auch gleich den Hund, den der humpelnde Hermann junior an der Leine hat. Nur die dritte Person, eine Frau in sommerlicher Kostümjacke, ist ihnen unbekannt.

»Das sind Teilnehmer eines früheren Seminars«, stellt Norbert Richy und seine Freunde den anderen vor. »Damals waren wir noch eine größere Gruppe. Jetzt sind wir, wie ihr ja wisst, kleiner geworden, intensiver.« Norbert nickt etwas gequält.

»Ihr kennt euch ja, glaube ich.« Er deutet auf Hermann junior. »Und das ist die Margit.«

Die Frau nickt ihnen zu. »Ölmann-Rust«, stellt sie sich selbst etwas förmlicher vor. Richy trifft fast der Schlag. Aber er lässt sich nichts anmerken. Angie sieht ihn an und muss sich das Lachen verkneifen. Frau Ölmann-Rust wirkt irritiert, und Hermann junior wird erst mal wütend.

»Na, jetzt habt ihr es ja geschafft, euch das Haus unter den Nagel zu reißen und meinen Vater dabei übers Ohr zu hauen.«

»Was soll das denn jetzt heißen?«, fragt Richy giftig zurück.

»Ihr habt das Haus doch zu einem Schnäppchenpreis bekommen. Aber freut euch bloß nicht zu früh. Wenn ihr mir in Zukunft dumm kommen solltet, bekommt ihr es mit dem Hund zu tun. Was meinst du, Fricco?!« Es klingt wie ein Kommando für das Tier. Doch der Pitbull reagiert ganz anders, als Herrchen sich das vorgestellt hat. Statt zu knurren und die Zähne zu fletschen, zieht Fricco an der Leine und läuft freudig auf Richy zu. Dabei wedelt er rasant mit dem kurzen Schwanz, als habe er eine Batterie verschluckt, leckt Richy die Hand und schmiegt sich wohlig an seine Beine.

»Feiner Hund, Fricco.« Richy tätschelt ihm den Kopf, was der Pitbull sichtlich genießt.

Angie, Henry und Moni können dieses Schauspiel kaum mit ansehen.

Frau Ölmann-Rust dagegen kann ihren Blick gar nicht von Richy abwenden. »Sagen Sie ... Ihre Stimme kommt mir doch irgendwie bekannt vor?«

Hier ermittelt
Nordfrieslands bester Dorf-Cop

BAND 1   BAND 12

»Verbrechen in Fredenbüll machen richtig Spaß.«
Cathrin Brackmann, WDR